U0127827

那一曲军校恋歌

Nayiqu Junxiao Liange

陈华○著

江西出版集团
百花洲文艺出版社

图书在版编目(CIP)数据

那一曲军校恋歌 / 陈华著. —南昌：百花洲文艺出版社,2008.8

ISBN 978-7-80742-375-1

Ⅰ. 那… Ⅱ. 陈… Ⅲ. 长篇小说—中国—当代 Ⅳ. I247.5

中国版本图书馆 CIP 数据核字(2008)第 079375 号

出版者　江西出版集团·百花洲文艺出版社

社　　址　南昌市阳明路 310 号　　　　邮　编　330008

电　　话　0791-6894736(发行热线) 0791-6894790(编辑热线)

网　　址　http://www.bhzwy.com

E-mail　bhz@bhzwy.com

书　　名　那一曲军校恋歌

作　　者　陈华

经　　销　全国新华书店

印刷装订　三河市燕山印刷有限公司

开　　本　710×1000　1/16

印　　张　15.75

字　　数　170 千字

版　　次　2008 年 9 月第 1 版

印　　次　2008 年 9 月第 1 次印刷

定　　价　24.80 元

书　　号　ISBN 978-7-80742-375-1

序

纯洁的力量

二十年前,我曾写过一篇小说叫《新兵连》。一群乡村少年,在乡村,还是睡打麦场的年龄,当他们被一列火车拉到戈壁滩军营时,政治、社会对他们天性的改变。这个改变是如此迅速,新兵连短短三个月,就使他们由一个人变成了另一个人,就使过去的群体和共有的观念土崩瓦解,猝不及防和囫囵吞枣地演变成另一个群体。后一个群体不但吃掉了前一个群体,也使掉队者付出了血的甚至是生命的代价。唯一不变的,是血红的晚霞和火车汽笛的长鸣。

二十年后,当我读到陈华的长篇小说《那一曲军校恋歌》时,我一下回到了二十年前或三十年前。《那一曲军校恋歌》不同于《新兵连》。《新兵连》写的是三十年前的事,《那一曲军校恋歌》写的是二十年前的事;《新兵连》写的是一群乡村少年,《那一曲军校恋歌》写的是一群如花似玉的军校女生,来自各个不同的城市;《新兵连》写的是人性与政治的搏斗,《那一曲军校恋歌》写的是人性、爱情和特有规则的搏斗;但是当我看到这些五花八门的爱情故事时,我对这生活,这人性、这搏斗,又是如此的熟悉和亲切。人的性别不同,面对的风车不同,但人的天性,这天性的扭曲和扭曲后带来的创痛和辛酸,却是相同的。

为什么会这样呢？答案只有一个，因为那个时候，我们天性的底色是：纯洁。社会的底色是：单一。

二十年、三十年过去了，生活发生了很大变化。生活开始多元了。生活开始庞杂了。后一个生活，又吞噬了前一个生活；后一个群体，又吞噬了前一个群体。在中国历史上，再没有一个时代，歌舞升平的背后，充满着如此浓郁和赤裸裸的钱的气息、血的气息和性的气息，这些气息混合发酵的浑浊的气息。

朋友，没有谁再相信纯洁了。

恰恰在这个时候，我读了陈华的《那一曲军校恋歌》，如同在浑浊炎热的街头，饮下一杯清澈的山泉。被生活追赶得如此疲惫，原来也可以坐在树荫下歇息片刻。和青春的记忆有关，但饮下山泉之后，我又突然明白，原来纯洁也是一种力量。无非我们相信浑浊之后，把它忘记得太久了。

《那一曲军校恋歌》写的是几个军校女学员不同的爱情。在如今的大街上，爱情也算烂了街了；在如今的书摊上，爱情也算烂了市了。但那些爱情都与爱无关，叫性；《那一曲军校恋歌》中叶小米、郝好、朱颜、丁素梅、姚小遥、马小蕾们的爱情，就显得别具一格。她们每一个人的爱情和爱情的过程都不一样，但在共性上，又是相同的：那个时候，她们都相信爱情。于是这爱情不管多么曲折，核心又是相同的：纯洁。她们刚刚还是一群唧唧喳喳的城市女孩，转眼就穿上了军装。在特殊的军校环境，遇到了另一群各不相同的男人，任天行、廖凡、张雪飞、孙宏雷、彭鹏、邓海云、陈骁、郭福来、庞尔，也就遭逢了几段不一样的爱情。由于军校的规则，三年的军校生活，使所有的爱情都只开花没结果。于是这些爱情更加埋在了心底。随着军校生活的结束，每一个女孩，在心里，都变成了另一个女人。这个宿舍里的女兵，或美丽，或可爱，或有些心计或小心眼；因为爱情，或变得快意，或变得嫉妒，或变得丑陋。但是，所有的爱情都不是逢场作戏，所有的爱都是真实的；所有的限制也是真实的，所有限制的执行者，大队长朱金亮、班主任老安和老洪他们，执行起来也是真实的。因其纯洁，连丑陋都变得美丽；因其真实，连限制都变得动人。如小说中"我"也就是叶小米的爱情，现实中有些缥缈，但到心里，又变得那么强大和实在；一个爱情，像磐石一样，整日压在这少女的心上。当她跟这男人任天行分别的时候，随着火车汽笛一声长鸣，她好像才刚刚懂得什么叫爱情。

我突然有些怀疑，二十年前和三十年前的时光，真是这么纯洁吗？如果真是这样，我们可有些傻。不是人傻，是这搏斗傻。因其傻，因其傻与青春相连，它又显得格外宝贵。青春易逝，长存于心，所以作者用了回忆的笔法。陈华在这部小说中，多次写到对军营熄灯号的留恋，如同我常常想起二十年前、三十年前火车汽笛长鸣一样。它再一次证明，纯洁是一种力量，它力量之大，甚至能够战胜污浊，及后来吞噬我们的一波又一波的生活。

由于内容，带来这部小说的创作手法，也是两个字：朴素。陈华重视的不是手法，而是朴素的表达。朴素的结构，朴素的情节，朴素的细节，朴素的人的内心，在众多浮躁、虚华、莫衷一是的文字中，又显示出它格外的力量。

这是这本小说的价值。

刘震云
2008.4 于北京

第一章

1

上军校没几天,我的大号"006"就被叫开了。

这既不是我的学员证号,也不是我被委以重任而有了光荣异常的使命。有句话叫"从零开始",我的军校生活,就是从手枪和步枪射击的这两个耀眼的光头战绩以及一顿饭吃下六个包子的惊人胃口开始的。

那是一个平常的夏日午后,军用大卡车载着我们一行人奔赴靶场,一路上我不断遭遇热心的问候和真挚的鼓励。同学们都对我特别友好,因为这些补考的学员里就我一个倒霉蛋女生,并且首度创下了军校打靶历史上的双零纪录。

为了鼓舞士气,几个军训班长轮流带领我们这些补考的学员唱歌。我一边机械地动着嘴巴,一边望着身后匆匆掠过的风景,紧张得直想跳车。手枪和步枪射击都是颗粒无收,全脱靶,两个光头的成绩,让我接连做了好几夜的噩梦。梦里头,全是烽火硝烟的战争场面,枪声大作,我吓得躲在战壕里用手捂住了耳朵。战士们都冲杀上去了,而我呢,到最后不是野战部队特派来的军训班长把我拽出战壕要枪毙我,就是军训大队长朱金亮扔了把枪在我面前狠狠地嚷道:"软蛋一个!自杀去吧!唉,可就你那射击水平,我真怀疑你能不能打得准你自己。"

天高云淡,热风习习。打靶场设在大山里一处空旷的平地上,命令一下,立即枪声四起,报靶的声音此起彼伏。我举着一把"五四"式手枪,像个女游击队队长一般冲上山头,对准了可恶的敌人,敌人自然是假想的,靶子竖立在100米外——听到一声哨响,我狠狠地抠了一下扳机。"砰"的一声,子弹飞了出去,枪口前顿时升起一片白烟,耳朵里也"嗡嗡"直响。那声音巨大,像是穿透了我的胸膛。五枪下去,山坡上一片尘土飞扬,子弹偏偏不往靶子上跑,就爱亲近大自然的一草一木。我很干脆地又收获了一个光头。

"给她再上五发子弹!"大队长朱金亮在我身后沉着命令道。朱金亮五十开外,头发已经有些花白。此人上世纪七十年代末参加过西南边境的那场战争,曾有"军中神枪手"的美誉。听说,朱大队长还有两年就要退休了,这是他最后一次带军训生,所以对我们的训练要求格外严格,一招一式绝不含糊。军训不久,他就被我们偷偷叫成"巴顿队长"了。

面对我这样一个笨蛋兵,他双眉紧皱,面色铁青。军训班长给我上足子弹,我又一次做女游击队队长状凛然开枪。我重新瞄准后扣动扳机,子弹出膛时巨大的后坐力撞得我肩胛窝隐隐作痛,也不知打中靶心没有。可惜,又一次荒山秃岭颗粒无收。

"再上五发!"朱金亮踱上了步子,眉心拧成了一个大疙瘩。

我举枪的手哆嗦起来,冷静冷静,我不能这么糟蹋伟大人民的正义子弹啊!还好,这一次不是光头,有一个打了个8环,一个打了6环。可是还是不及格呀!

"再给她上子弹,上五发!"朱金亮不踱步了,叉腰站在一处高坡上,眉心的疙瘩变成了一块铜钱大的红印。

终于终于,我以四倍于同学的子弹量,获取了一个手枪射击的及格。

可还有步枪射击呢。装弹,卧倒,出枪,我的几个准备动作一气呵成,干净利索。军训班长在一旁鼓励我说:"就凭这动作,打'光头'也是好样的!"同学们都笑了,而我心里却一阵扑腾,生怕他一语成谶。

好在上帝还是给我留了点面子,步枪没那么丢脸,一次就过了。从打靶场上走下来的时候,我感觉两腿发软,身上的军用作训服已经湿了大半了。

射击补考回来的路上,晚霞当空,晃荡的大卡车里,学员们一起高歌:"日落西山红霞飞,战士打靶把营归把营归……"男生廖凡凑到我跟前说:"老乡,你可真给咱北京人长脸呢!我们都是5发子弹,您却来了个20发,过瘾吧?绝对的特殊人才啊!"

我能做的,就是除了给他一双愤怒的白眼,再给他一对更大的,出离愤怒的白眼。

而在当晚,由我一手创造的一顿晚饭吃下六个包子的辉煌纪录,其威力远远超过了射击场上的那20颗子弹,它的影响力和杀伤力,在未来漫长的岁月里口口相传,生生不息。这,是作为当事人的我在当时绝对没有想到的。

这天晚上,不知是心血来潮还是早有安排,军校领导突然在晚饭时间来看望我们新生了。院长、政委等一行人在军训大队长朱金亮的陪同下直接进了食堂。我们哲学系的饭桌挨着门,头头脑脑们一进门就先转悠到我们这边来了。

当晚的伙食是包子、绿豆汤。包子是三鲜馅的,味道香、分量足，一个少说得有二两。那天晚饭前我似乎特别饿，胃部已是生命不能承受之空。打靶这一关总算过了，尽管是一波三折浪费了大量人民的子弹。可能是心一落定，我的好胃口就来了吧。我一气儿囫囵吞枣般连吃了五个包子，正在为要不要去中间的大盆里取第六个包子而做着激烈的思想斗争的当口，院长大人已经驾到，在饭桌前停下了脚步，他制止了我们大家要起立的动作，而后挨个问候着饭桌边的新生。院长带着明显的四川口音，话语里带着浓重的关切之意："饭菜还合口吧？习惯吗？吃好！吃好才能打胜仗嘛！"

学员们还是一一起立毕恭毕敬地回答问题。轮到我时，院长特别停下了步子，格外温和地问道："小鬼，能吃几个包子啊？"

我的父亲是四川平昌人，是从巴山蜀水走出来的，乡音令我倍感亲切。我肯定要十分认真地回答院长的问题了，以不辜负他亲切的乡音。我迟疑了一下，飞快地盘算了一下，能吃几个？我觉得自己再干掉一个包子一点问题也没有。关键时刻我的大脑还是比较跟得上的。于是我起身报告道："报告院长，六个。"

我的声音并不小，但院长似乎没听清，下意识地追问了一句："几个？"

我一字一顿："报告院长，我能吃六个包子。"

院长脸上怎么那么惊讶呢？不，应该是欣喜吧？因为，他很快就忍不住笑起来了："六个，六个好啊！好啊，好嘛。"院长的声音在食堂中分外清晰。食堂里安静数秒，突然发出一阵猛烈的哄笑来，那声音越来越响，像暴风雨前的雷声一般滚过食堂的上空。

与我一个饭桌吃饭的男生们都笑了，只有一个人没笑，就是坐在我身边的邓海云，一个天津男生，军训期间他是我的副班长，后来一直是我的班长。邓班长小声冲班里的人嚷："笑什么笑？好好吃你的包子！自家姐妹出了洋相，嘛！还乐，没个阶级感情。"他

说话带家乡口音,尤其喜欢带那个"嘛"字。而后,他贴了我的耳朵叹了口气说:"丫头,你也太实在了。不能人家一打听,你就把自己和盘托出。这样下去,嘛!以后你怎么嫁得出去啊?"虽然哀我不幸怒我不争,但他还是往我面前的盘子里放上了一个包子,"来,该吃吃,别难过。嘛!没啥大不了的。不就六个包子嘛!吃吧。"

我沮丧,我难过,说真话的代价咋这么大呢。此刻院长声音朗朗:"同学们不要笑嘛,这有个啥子好笑嘛。我觉得这位女同学很诚实,坦率,是块当兵的料!胃口好才能身体好嘛,身体健康才能当兵打仗保家卫国。我希望你们每个人都能吃饱吃好,确保我们的军训任务圆满完成!"全场随即爆发出热烈的掌声,还是院长他老人家高瞻远瞩。

于是,我抬起头,鼓起勇气伸手拿起了盘子里的包子,放到嘴边大口咀嚼。这才是我今天遭遇的第六个包子啊,我才不死要面子活受罪,饿着肚子喊万岁呢!我得让这六个包子名副其实啊。

不久,关于那六个包子的打油诗就赫然出现在了我们的黑板报上。它的作者,就是我的北京老乡廖凡。我记得廖凡的那首诗写得自然风趣,读得当事人的我都有些乐不可支。但如今我似乎记不起它来了。也罢,省得你由此牢牢记住我的好胃口。

很快,男生们又把这"六个包子"写进了军训联欢会的节目中,并且,在我们毕业后的十多年里,成为军校同学一次次久别重逢欢乐聚会时的保留段子。

军校里的女生是罕物,也可以说是稀缺物。男女生的比例近乎十比一,把男生们澎湃的热情给兜头泼了盆凉水。军校里的男生在大太阳底下高歌"我们走在大路上,意气风发斗志昂扬",背过身就想骂人:啥破地儿呀,修个庙门就成和尚庙了。那些个抱定了要保家卫国献身国防的革命青年以及一心要到军营里建功立业的雄心勃勃者,还是很能豁达地看待眼前的性别失衡的,毕竟他们来军校不是为了谈恋爱的,成就一番事业才是他们的初衷。可还是有为数不少的男生们一进军校的门就把肠子悔青了,恨不得要把头往白墙上撞。见识了野战部队派来的军训班长叠成豆腐块样的军用棉被,并且明白了这便是四年里每天早起必修的第一道功课,听了军校里三令五申的禁止学员谈恋爱的明文规定,再放眼一望眼前近乎清一色的和尚军,他们顿时就大脑缺氧一般神情呆滞、两眼无光了。

说实在的,军校里的女生是焦点,走到哪里都是一排注目礼。男生的说法是,军校里是狼多羊少,女生长得再寒碜也是走到哪里哪里亮。作为焦点的我们,你说完全没有一点喜滋滋的感觉吧,当然是不可能的。作为一个青春少女,谁不希望拥有来自异性的关注和欣赏呢?回头率和你的魅力指数显然成正比。但实在地说,这样特殊的眼光,时时会令女生们感到一种猝不及防的尴尬,甚至是压力。

比如眼前,军训时,我们区队的五个女生渐渐成了33名男生的眼中钉。我们像气儿吹起来一样的浑圆身材和太阳吻出的黑红的胖脸蛋,映衬着绿军装和红肩章,个个像是杨柳青年画上的喜兴大胖娃。这一年的夏天,军校生刚一入学,正赶上我军又一次历史性的大换装。军校学员服的肩章被设计成了两块长方形的红牌子。军校生们顶着这两块平展展、红彤彤的红牌子,军旅生涯由此拉开序幕。区队的男生们望着穿梭在庞大男性王国的仅有的这五个女生,忍不住满面失望摇头晃脑。见了我们没心没肺的样子,东北来的男生张雪飞摇头叹息:"军校真是个毁人的地方呢,这才多长时间啊,可爱的姑娘就变成胖大婶了!"

2

当我"006"的大号正响彻在风口浪尖上的时候,我们区队的另一个女生郝好,突然也拥有了一个风靡军校的雅号。

掌声中,军训誓师大会正式开始。代表女生发言的郝好,步伐坚定地腾腾地第一个走上台来。郝好中等个儿,身材谈不上好,少女该出来的腰没有出来,就显得丰满的胸和浑圆的臀多少有点累赘,整个人像个圆柱体,看上去不够轻盈和生动。但好在她的脸长得很争气,眉眼出奇得俊俏。一双粗黑的眉毛神气地向两边扬着,一双杏眼黑白分明。她梳着军校女生统一要求的齐耳短发,出操时把那军用宽皮带往腰间一系,活脱脱就是过去样板戏里女党代表一类的人物,威风凛凛,英气十足。

郝好是西安一所重点中学里的连年三好生和学生会干部,父母的独生女,去西安招生的军校教员一眼就相中了她。郝好的父亲是部队上的师政委,面对家访的军校教员,郝好的父亲说:"我可就这一个宝贝闺女,从小当儿子养,金贵着呢!交给你们,交给部队,我一百个放心!"于是郝好花落军校。

同为军人家庭的孩子,郝好身上的爽朗大方、热情质朴令我备感亲切。但她却显然和我有着一些不同。郝好的身上,似乎天生遗传了她的军人父亲的革命本性,凡事特别注重纪律和原则,军训才开始,她就第一个向组织上递交了入党志愿书,这家伙在政治上似乎非常积极。

因为太激动了,郝好上台的步伐有些急切,像枚运行中的炮弹一般。发射到位,郝好开始了讲演。或许是舞台上灯光的映照,明晃晃的,照得郝好两腮上像是各悬了个小太阳,明艳动人。

台上的郝好感情充沛地演说着:"……现实是残酷的,当军训开始的时候，我忍不住想要退缩了。面对一系列高强度的训练，我有了强烈的畏难情绪。你想啊，像我这样一个，一个……"郝好迟疑着，怎么也想不起讲演稿上准备好的那个词是什么了，只好短发一甩，临时发挥道："像我这样一个，一个——弱不禁风——弱不禁风的女孩子，要去应对……"

观众席里忽然爆发出一阵不大不小的笑声。而后这笑声却一直没熄，像是个引子一般，一路迤逦着点爆了串串鞭炮，而后礼堂里就乱了，嘻嘻哈哈笑声响成了一片。

"弱不禁风"？天！我满脸的笑纹都快撑破了，可是我还是以最大的努力克制住了。我的郝好同学啊，咱们在台下练习的时候可没这句啊。怪不得大家要笑，这一届的新生里，就咱俩苗壮得最没资格用"弱不禁风"这个词了。甚至"参天白杨出芙蓉"的您都可以招呼，但"弱不禁风"不行啊，咱不带这么谦虚的啊。

此时，台上的郝好显然清楚地听到了，竟还有那不学好的坏小子在鼓倒掌呢。郝好腾一下敬了个军礼，而后瞪圆双眼，用眼神朝那个响着零星掌声的地方狠狠刮了一刀。

郝好满面通红地走下台来，坐到了我旁边的空位上。气还没喘匀，呼哧呼哧的，鼻音挺重。我伸手去拉她的手，滚烫滚烫，天！不会是发烧了吧？事实上我的判断没错，当晚，郝好就发起了高烧。

自此，郝好无论走到哪里，"弱不禁风"的窃窃私语就跟到哪里。

接下来是调子很高的各路演讲。有声泪俱下痛说革命家史的，有铿锵豪迈表达献身国防的宏伟决心的，还有热烈奔放地表达对我们军校的无限热爱和对即将开始的军校生活的美好憧憬的。高八度的声音，听上去有点舞台剧的感觉，令人难以产生共鸣沉浸其中。就在我眯起眼睛，注意力有些游移的时候，一个高分贝的声音

骤然闯入我耳中，一个低沉浑厚、不疾不慢的男声在演讲——

"……我是个半南不北的皖西人，安徽西部，大别山里。以黄河为界呢我是南方人，以长江为界呢我又是北方人……"我抬起了头，目光在主席台上寻找。像小说联播里听到的讲故事一样的开场白，来自怎样的一个人呢？这男生的面相并不十分出众，眉毛过于浓厚，纠集在眉头中心有些毛扎扎的。单眼皮，眼睛也不大，但眼神相当犀利，看定前方时透射出一股子灼热。鼻子不够挺，嘴唇很厚实。说话中间有停顿的时候，嘴唇不由自主地绷一下，看上去一派倔强。这显然是个豹子一般的男人，高身板宽肩膀，透出十足的男人气势，令人不容小觑。

他继续沉着地演讲着——

"我是个往届生，按照规定，军校是不收我这样情况的学员的。高考落榜后的那一年里，我渴望过一种高尔基在《我的大学》里所描绘的那种生活，梦想着在社会这所大学里一展身手。我做过筛炭工、瓦工，在粮食加工厂烤过面包，去农村插过秧，还在农贸市场上卖过猪肉，浑身旺盛的精力似乎只有靠不停歇的劳动才能消耗得出去。后来，是我的高中班主任李老师把我找了回来，他鼓励我复读，还让我住到了他家去。那一年，我高考过了分数线整整五十分。我的体格还算不赖，于是到大别山地区招生的何教员，一眼就看中了我。何教员把我的情况跟军校领导一汇报，军校经过慎重研究，最终特批了我这个指标，于是我就被军校录取了。所以，我是幸运的。

"一般人理解，上军校就是当军官，一身军装很威武。我就是觉得上军校很适合我这样的人——特想干一番名堂的人。因为我时时渴望，渴望过一种不那么循规蹈矩、不是一眼就能望到头的生活。

"我很感谢军校,真心实意地感谢。说军校给了我第二次生命吧,这话听上去太像是句套话了,但却是句实话。我爱军校,军校绝不单单是给了我一次机会,一次上大学的机会,而是给了我一次实现人生理想的机会。虽然以我的分数上别的大学没有一点问题,但我想上军校。像我这样从社会下层走出来的青年,军校在给我知识的同时,也给了我建功立业的可能。所以,我珍惜这次机会。我会让自己在四年的学习生活中好好历练……"

他说出的每一句话、吐出的每一个字,实实在在落地有声,又仿佛有种特殊的韵律,像是钢琴上的重音,一下下敲击着我的心。我屏神静气,洗耳恭听。

当晚熄灯前,我们的宿舍里,女生们还沉浸在演讲失利的悲痛中。郝好闭目躺在床上,身上盖着绿色的军被,额头上顶着一块凉水浸过的白毛巾。视荣誉为生命的郝好同学,此次演讲的失利令她骤然发起了高烧,三十九度五。精神上的重创更使她一回宿舍就一蹶不振地躺倒在了床上,真真成了"弱不禁风"。

朱颜、丁素梅、姚小遥和我四个人,坐在各自的小马扎上围在郝好的床边,气氛很有几分肃穆,令人极容易联想到某种悲痛欲绝的告别场面。

"乖乖,我的妈呀,三十九度五呢!郝好,不能硬扛的。咱们去门诊部好不好?"朱颜一边对着日光灯眯缝了眼看体温计,一边对床上的郝好说。江城姑娘朱颜的当地口音挺浓,不南不北,有点愣头愣脑的可爱。

朱颜的身材,可称之为玉树临风的那种,一张脸也生得十分耐看。报到那天,她脑后拢着利落的马尾辫,一件明黄色的连衣裙把她衬得芬芳四溢。最有特点的是她的那双毛毛眼,睫毛密而长,仿佛眨一下就会掉下来几根。她看人喜欢眯缝着眼睛,很有几分

媚态。但我知道朱颜不是故意做出来的,因为不喜欢戴眼镜的轻度近视眼都这么看人。她显然是朵黑牡丹,肤色黝黑得像两广地区的少数民族少女。但好在她的黑不是那种木炭一般的无望的黑,是微黑,是春天的晚上天色将暮未暮时的色调。

"郝好,你发言蛮好的啊!真的,我就爱听。下来后,好几个人都夸你发言不错哩。"丁素梅也在劝。安徽姑娘丁素梅的底子十分好,细眉细眼,标准的瓜子脸,有种天然的清秀和水灵。不说话的时候,一副很柔弱很文静的样子,一说话,就骤然间成熟老到了几分。

"想开些吧。做人谁没个马失前蹄的时候啊?做女人难,做军校的女生更难啊!难上加难!"朱颜起身把体温计收好,又赶紧坐回到小马扎上,把郝好头上的毛巾翻过来。哲学系女生似乎天生善于反思人生,朱颜这一特点已经开始显山露水了。

湖南来的姚小遥不吭声,低头削苹果,而后把苹果仔细地切成小块,用牙签往郝好嘴里送。郝好扭过头,闭紧嘴巴不吃,十足的宁死不屈的女八路作派。

我在一旁接了过来,张开嘴就吃。苹果酸酸甜甜,小遥望着我笑,干脆喂起我来了。美女就是可爱。

我们五个女生里,不,我敢说整个军校女生中,湖南女孩姚小遥才是地道的美女,从她踏入军校大门的那一刻,她的脚下,就似乎绵延开了一条光芒万丈的红地毯。她摇曳动人的身姿被一袭火红色的吊带裙携裹着,映衬着她那湘江水调养出的锦缎一般的好皮肤。她昂着白天鹅一样骄傲的脖颈,长长的马尾辫高高地吊在脑后直至腰际。这美丽的尤物一出现,一刹那就把军校里所有雄性动物的本能唤醒了。那可是20多年前啊,一袭吊带裙可比今天各种电影节上走红地毯的女星们着的晚装前卫惹眼多了。那一刻,她款款而行的美丽风姿,绝不亚于那部当时还没有诞生的意大利电影《西西里的美丽传说》中的女主角玛琳娜。

那一瞬间,但凡军校里活着的雄性动物,无论是脖梗儿伸得像只抢食的鸭子从宿舍窗户往外探身张望的,还是在操场上正踢球忽然就趔趄了步子张了嘴原地不动的,抑或是在林荫道上驻足观望哈喇子流得哗哗的,都仿佛见了美女罗敷的使君一般,一时间雄性荷尔蒙骤然加大了流速。男生们几乎同时听到了自己胸膛里发出的噼里啪啦喊哩喀喳的声音,像是肋骨断裂开来了。那,绝对是情窦初开和动物发情的美好声响。

没想到的是,这个杀伤力绝对一级的女孩子,竟步伐款款地走进了我们的宿舍。当晚,她像只温柔的小猫一样卧在了我的上铺,成了睡在我上铺的姐妹。对这样一个美女的降临,我感到兴奋。我不嫉妒小遥,在外貌上我们显然差距过大。于是,我选择了崇拜。这是对美的崇拜。

朱颜用她迷梦一般的眼睛看着我说:"叶小米,你好胃口啊!这事可有你的责任啊!郝好发言前,不是在跟你面前练习过好几次吗?你怎么把关的?"

这话我不爱听。我睁大眼,把一块苹果块囫囵吞了下去。"没有调查就没有发言权,练了几遍也没扯上这个词啊!郝好人家是临场发挥,才……"我望了望床上弱不禁风的郝好,不忍说下去了。

"你们能不能不这么围着我?我离含笑九泉还远着呢!"撑了半天的郝好腾一下坐起了身,她终于在沉默中爆发了。

一阵笑声响彻在军训期间的临时女生宿舍里,泉水一般欢畅。

3

命运多舛。继郝好和我失足落马之后,不久,朱颜也跟着壮烈了一把,得了一个封号叫"朱黑手"。

天落大雨,可我们的训练并没有停止。那天训练的科目是匍匐前进。南方雨水多,从半夜就开始下的雨哩哩啦啦一直没停,到了早上已是瓢泼大雨。越是这样的天气,我们新生的训练科目就越拣难度大的上。

操场的草地上,朱颜一路吃力地向前爬着。她本来并不畏惧这样的训练,但那天她身上恰巧来了老朋友,雨水一浇,军用作训裤和着雨水及血水,像是黏在屁股上一样,令她感到很不自在。而且小腹也开始一阵紧似一阵地疼,人在地上爬,禁不住浑身流起冷汗来,挪动起来的动作便不由迟缓了许多。朱颜勉强硬撑着挪到了一个土坡前,按规定是要把身子横过来,而后一路滚动下去的。但这时她刚把身子横过去,只觉小腹处一阵剧痛难忍,她趴在地上喘着粗气,感觉身体像面条一般一点劲儿都没有。她原本一直朝前仰着的头垂了下来,趴在地上一动不想动,想稍微积蓄一点力气再前进。

不想她刚趴下,屁股上突然就被人猛拍了一掌。朱颜回身望去,雨雾遮挡了视线,朱颜一时间分辨不清是班上的哪个男生。想了想,或许是个误会吧,她于是忍了,又快速地向前滚动了几下。

刚滚了几下,一阵剧烈的疼痛感又涌了上来。朱颜趴在地上实在动不了了。"嘿,你没事吧?"那男生跟了上来,朱颜的屁股上又挨了一下。士可杀不可辱,这还一而再而三了?一下子,朱颜恼了。她不知从哪里来的力气,突然跃身而起,腾一下就蹲坐在了土堆上。对面,一个男生懵里懵懂正抬头望向她,一怒之下,她伸手就给了那张脸啪啪两记耳光。而后，她一甩头，腾一下站起身走向了收操的队伍。

没想到当天晚上，男生廖凡就找上门来了，熄灯前，他立在走廊上狂喊朱颜的名字。听出是廖凡的声音，我还好奇地探了下头，廖凡就喊住了我。廖凡是跟我坐同一趟火车来军校报到的，捧着一本尼采的《查拉斯图拉如是说》看了一宿没合眼。我当时就判定，这个穿着粉红衬衫的长发青年，注定是我们哲学课堂上的翘楚。如今，他却是一副义愤填膺的愤青模样。

"她打我耳光，还两个！左右开弓。干吗呢？你说，我好好的招谁惹谁了？绝对的，她精神有问题。"廖凡愤然不平。我这老乡说话，特别喜欢加上"绝对的"三个字。

"他打的是你？"我惊愕住了。朱颜说了一天的那个流氓，那只揩她油的黑手，就是廖凡吗？不可能啊。这两个近视眼啊！

此刻，宿舍里，讲究生活品质的朱颜正在换下身上的那件睡裙。为了接见廖凡，原本已经准备卧床的朱颜只好又把军装穿上了。

她那件所谓睡裙，是件半透明的粉红色的丝绸裙子，第一次在宿舍里见她抖落开的时候，我曾很是好奇。

"睡裙啊，睡觉的时候穿啊。亏你还是大北京来的呢，连这个也不懂。女人，就是要讲究一点嘛。"朱颜很认真地为我讲解示范，睡裙穿在她身上，实在地说真有几分风姿绰约呢。不久后，突遇夜间紧急集合，狼奔豕突之际，朱颜竟把睡裙当成件大褂穿到了军装里面去，结果军装短袖后身拖出一大块粉红。长跑结束，天色大亮，朱颜的粉红尾巴惹来了一片笑声。众目睽睽之下，朱颜当即发誓从此告别有品质的夜生活，和我们大家一样穿上军校发的裤衩背心沉入梦乡，彻底回归了革命军人的本色生活。

朱颜终于从宿舍里晃了出来，被我劝了半天的廖凡气还没

消，上来就质问她，为什么要打自己那两耳光。朱颜惊得连退了好几步，唱戏一般用手指点着廖凡说："怪道，怪道，你一整天都在瞪我啊？"她马上拉了脸说："啊，那只黑手是你呀，我还没找你呢，你倒来找我了。"

廖凡急了："谁是黑手？谁是黑手？你才是黑手呢！朱黑手！大雨滂沱的，我没戴眼镜，你头发理那么短，还戴着作训帽，想不把你当男生都难。你，朱颜，必须给我平反，道歉，否则我绝对的没法做人。"

朱颜生气了："你这个人好不讲道理，我受了伤害还要向你道歉？我是直到现在才知道，那个耍流氓的人是你。"

廖凡一下激动起来："你把话说清楚啊朱颜同学，谁耍流氓了？当着小米的面，你把话说明白了。"

两个人在走廊上争辩了半天，要不是我把他俩拉开，两个人肯定还要没完没了地吵下去。

当晚，熄灯号响过之后，静默中，从我的上铺传来一声幽幽的叹息。

"请问楼上的小姐，这大白天你搅得天下大乱，这晚上云心云水的，有甚闲愁吗？"我问小遥。20多年前，"小姐"还是个褒义词啊！

"扑哧。"上铺的小遥笑了。

此刻，朱颜在郝好的上铺不停地翻身，辗转难眠。那个廖凡，竟然管她叫"朱黑手"。

我听出了朱颜的躁动。"你叹什么气嘛，不就是'朱黑手'吗？比我那'006'强多了。"我故意逗她。立马，一个枕头斜着飞到了我的脸上来。我高叫了一声："有刺客！"

"姚小遥，你怎么想到上军校的呢？军校有什么好？男女不分。"枕头杀于朱颜不理我，转向了小遥。

"不许污蔑我们伟大的革命军校啊！"我接茬说，而后转向小遥，"你上军校真是太英明了，真的。这才一露面呢，军校里的男人就都变成了餐馆门口的那几个字——生猛海鲜了。晚饭时你看那些男生，见了你，一个个眼珠子瞪得都要掉饭盆里了。"

"是不是家里有当兵的？替父从军，不，子承父业？"继"弱不禁风"的失误之后，郝好似乎并没有悬崖勒马，反而更喜欢咬文嚼字了。

"说出来呀，你们可能不信。我是为了听这熄灯号，才来上军校的。"姚小遥悠悠地说。

"熄灯号有这么神吗？我都听了19年了，怎么没听出来什么呢？"住在部队大院的我很有些不解。

"她这叫熄灯号情结。我特理解。"朱颜已经不生气了，侃侃而谈，"我读的中学与咱军校就隔个小马路，你们知道的，江大附中。每天早起，从宿舍楼望见军校操场上的那一队队绿色的方阵，真觉得好神秘啊。就总想着，自己穿上身军装会是什么样啊？这不，我就来了。"

"你这是典型的军装情结。"我拾人牙慧地总结道，而后，我冲楼上的小遥说，"嘿，小遥，以后我们叫你小妖得了，你整个一倾倒众生的小妖精啊。"

大家一同响应，连一直不说话的丁素梅也说好。

小妖有"熄灯号情结"，朱颜是"军装情结"，那么，我上军校又是为哪般呢？仅仅是因为，那部突然跃入我眼中的老电影《大浪淘沙》里的几个镜头吗？

军校的夜如此静谧。不远处的长江，有江轮的汽笛声响过，悠远而绵长。

4

"上军校我百分之百支持!"听说我转换门庭报考军校,我妈的态度变得相当友好和豁达。"军校环境好,伙食好,管得也严,我放心!再说了,军校里男多女少,物以稀为贵,好找对象,毕业时顺便把你的个人问题解决了,省得回来再麻烦我。"我妈这个革命军队里的白衣天使人民军医,说话永远保持着一贯的客观性和条理性。

"你可不能瞎引导啊,军校里可是不允许他们战士学员谈恋爱的啊。"我那一贯讲求原则的已经有着三十年军龄的父亲在一旁开口道。父亲16岁从四川老家出来参军,同行的一条船上的二百来号人,如今就留下他一个人还穿着这身军装。他参加过抗美援朝和西南方边境战争,出生入死枪林弹雨,对军队的感情远远大于对家庭的投入。

报考北大中文系,是我一直以来的梦想和目标。当我点灯熬夜发愤读书,近乎挣扎地度过了艰难晦涩的青春期,我已经把自己武装成了一个彻头彻尾的文学女生,同时把人生的目标锁定在了未名湖畔。可高考前的一次次模拟考试,与一类重点线近20分的差距,把我和这个梦拉远了。

我怎能甘心,高考前我坚决不改初衷,依旧要报考北大中文系,我的人生理想就是到那所书香弥漫的名校去成就我的作家梦。我态度坚定地表示,即使今年考不上还有明年,为了实现理想我宁肯牺牲自我再复读一年。我妈当即出马,不但态度强硬地制止了我,而且还用她那秋风扫落叶一般的无情话语再一次摧毁着我的作家梦。在我这个当军医的妈妈眼里,当作家是纸上谈兵、海市蜃楼一般的事,学中文远远不如有门手艺来得安全可靠。她坚持让我填报金融或者法律专业,那正是当年的热门行当。我坚决不干，这些显然都和我的作家梦南辕北辙风马牛不相及的。我和我妈冷战数日，最终局面僵持不下，而上交高考志愿表的日子也眼看着一天天临近了。

仿佛是天意，老电影《大浪淘沙》里的几个画面，在一个午后，突然就蹦到了我的眼前来了。

高考前，我所在的重点中学注重培养学生的自学能力，一开春就早早把学生们放回家复习功课，只有每周六上一天课，老师来回答学生们的各种问题，称之"解惑日"。温习功课着实不是个有意思的事情，母亲又把我爱读的小说和诗歌都没收了，百无聊赖之中，我就在父母上班以后偷偷看电视。那是20世纪80年代末的一个春天，电视里的节目也就两三个台，老电影走马灯一般在轮番上演。一个沙尘飞扬的下午，我邂逅了老电影《大浪淘沙》。荧屏上那些身着戎装，高唱着激昂的歌曲，迈着大步走在革命队伍里的热血青年，特别是那几个英气十足的军校女生，一下点燃了我。那些男女军人之间欲说还休荡气回肠的爱情，深深地把我吸引住了。

考不上北大怎么办？与其坐以待毙，不如另辟蹊径。我想，何不到军校去闯荡一遭呢？那时节，我的偶像是作家三毛，心中时刻有一种浪迹天涯四海为家的冲动。

于是，在填报高考志愿的时候，我忽然提出在提前招生栏填上这座江城的军校。我那一对军人父母一时间格外惊喜。我的哥哥当时正在大学里读工科，披着一头长发狂热迷恋着"甲壳虫乐队"和崔健。当年我的父亲动员儿子考军校，没想到我哥就是死活不去，说是在家里已经受够了军事化管理，才不要去军校受二茬罪，理那种犯人一样的颗粒无收的发型。如今我主动投身国防建设要去上军校，自然令父母兴致勃勃，一时间仿佛喜从天降。

我的高考分数出来了,发挥得不错,与一类分数线一分之差。在顺利地通过军校的体检后,录取通知书就来了。随之而来的是军校的两名招生教员,来我家作家访的同时,也带来了军校领导的意见。说军校在北京原本计划招一名女生,但考虑到我是军人的后代,并且高考分数在北京地区报考江城这所军校的考生中高居第二名,学校决定临时增加一个女生名额。

　　当晚我几乎彻夜难眠,在日记本上洋洋洒洒大书特书了一番。临到出发前的一夜,哥哥叮嘱我说,既然上了军校就要好好表现,为了我这一个额外增加了的女生名额,母亲特意给一个父亲的老战友打过电话呢。我一下很是沮丧,对上军校忽然有点提不起精神了。这么说,我不成了一名后门兵了吗?这是多么令人沮丧的事情啊。

　　都临上火车了,我还对送站的爸妈叨咕着:"我不想去了!我不想当后门兵!"眼镜后面,我的圆眼睛一定瞪得圆圆的,我是认真的。

　　我妈一把把我拉到身边,拿她好看的丹凤眼瞪我说:"你现在说撤退就撤退啊,那你可成逃兵了啊!逃兵最可耻了。"大约是平日里我口出狂言惯了,我妈并没把我的话当真。她一边帮我整理T恤衫的领口,一边用眼梢飞快地扫了一遍那几个同行的男生,顿时满面春风笑意盈盈,看上去简直有点乐不可支喜上眉梢了。她神秘地凑到我耳根子底下小声说:"别整天疯疯傻傻魔魔怪怪的,像个女孩儿样!看看人家,一个个,多精神啊。听话!"我有些不耐烦了,一扭身上了车。

　　父亲来到了车窗下,望定了我说:"小米,是好兵还是孬兵,我等你的答案!后门兵也可以当成好兵,这全在个人!不要放弃你的爱好,多动笔,让作品说话。"

我不知道该说些什么，不争气的眼泪忽然就在眼睛里打起了转。好在列车很快就开了起来。此时，同行的男生大都在使劲朝家里人挥手，只有一个女生形只影单地靠在窗边沉着地喝水。这个叫马小蕾的女生是我们之中分数最高的，她的分数远远高于一类重点大学的录取线。她矜持地不看任何人，只是低头喝水。我并不知道，那一刻马小蕾的心事其实比我更重，她想到的已经是四年以后还能不能重新回到这个城市，回到需要她的家人身边。

　　谁能想到呢，马小蕾的故事和命运，此刻已经随了这趟开往南方的列车，一点点逼近它的新的内核。而其中的悲喜，更是令人无从预料和猜测。

　　列车渐渐开出了暮色笼罩的北京城，一位粉红色衬衫牛仔裤打扮的长发青年，背着一只硕大的双肩背背包，突然出现在了我们九个同行的伙伴中间。粉红衬衫的贸然现身，立即得到了几个警惕性极高的男生的严厉盘问。最终，一番问答之后是彼此热情的介绍，差点误车的哲学系男生廖凡才算坐定。这是我们之中的第十个。透过我的度数很浅的眼镜镜片，我清晰地看见粉红色衬衫的右肩膀处有一块破洞，像是被什么东西划破的。

　　车窗外夜色苍茫，旁边的同学都昏沉沉地入睡了。埋头在看尼采的那本《查拉斯图拉如是说》的廖凡，终于抬起了头，用眼镜后面的那双充满睿智光芒的大眼，开始从上到下打量我。绝对不是我有什么可让他惊艳的，而是十个人里面，就我们两个还睁着眼醒着。

　　突然，廖凡推了一下鼻梁上的眼镜，望定了我，开口道："看得出，你，绝对的，喜欢尼采。"

　　一片笑声骤然除去了心中的暗淡。

　　夜色中，列车不管不顾地风驰电掣，一路奔向了长江边的江

城,我们共同的军校。

5

体检复查、理发和领军装,是新生们到军校报到之后的开门三件事。

因为一直把眼镜藏着没敢堂而皇之地戴出来,开头的几天里我一直有点懵里懵懂的。离开北京时,飒飒秋风已经把白杨树刮得哗哗作响,秋意已至。而位于长江边上的江城却还是实打实的夏天。气温居高不下,天气闷热难当。长江上的水汽格外充沛,因而令人感到天天在蒸着桑拿一般。没有了眼镜的帮助,我眼前的人物和景象都多少有些混沌不清,大脑也有点缺氧似的跟不上趟。

别以为进了军校的大门就万事大吉了,由于还有一次体检复查,新生们都心照不宣地提着神儿呢。我的近视度并不深,视力测试也完全符合这所文科军事院校的招生条件。可眼看着班上除了廖凡,再也没有人戴眼镜,我不由自惭形秽,宁肯裸着两只眼睛凝望模糊的世界。从高中我就戴上了别的女生避之唯恐不及的眼镜,我只是觉得戴上眼镜很有气质,很容易让我和那些俗不可耐的小女生们彻底划清界限。而直到三个月的军训结束后,上课的第一天,我迟疑着把眼镜戴上,无意中四处一望,眼镜们已经如雨后春笋一般冒出来的时候,我不由哑然失笑。朱颜也有些轻度近视,但她就是坚持着不戴眼镜。她说:"女人一戴眼镜就毁掉了哎,谈起恋爱来,磕磕绊绊的,接个吻都麻烦。"

体检结果出来有人大放悲声,还是个男生。正是午饭的时候,他拿到了那张决定命运的血液化验单,据传是肝功能不正常。那男生放下手里的饭碗就哭开了,很快就被两个学员架了出去。两条长腿像面条一般软软地悬在空中，无辜得很。我看不清那号啕着的男生的面容，面条挂在半空的造型却是刻骨铭心，而那满腹冤屈的哭声也是声声入耳。记忆里，只有在周总理和毛主席逝世的时候，才在公共场合才听到过类似这样的悲声大放。军校的神秘和冷酷，在这一声声的号哭中瞬间揭开了冰山一角。

理发的场面可说是蔚为壮观。教学楼前一字排开五把椅子，五名理发师同时展开手中的推子和剪刀。新生们在每一个师傅身后自觉地排好了队，带着些许忐忑上了理发椅，而后近乎麻木地走下理发椅。因为这不是常规意义上的理发，理发师傅完全不需要征求你的任何意见。他们就像从筐里拾捡起一只粗皮糙肤的土豆，而后利落地动手操练，只几下，就把你削成了一个军校所要求的制式土豆。男生被削成了一律的小平头，个个成了建国之初的进步青年；女生则被理成了一水儿的短发，个个可以出演《红色娘子军》里的红军女战士。

11名女生们单排了一队，这一届也就12名女生，哲学系和历史系各五名，新闻系两名。郝好来报到时就已经是齐耳短发，完全符合发型要求，所以没排在我们中间，已经赶去领军装了。排队等待理发的男生们都不自觉地往女生这边看，带着些好奇和惋惜的表情，一边还有人窃窃私语。那个一入学即集无数火辣目光于一身的姚小遥，走上理发椅的一刻，表情肃穆得与走向铡刀的刘胡兰有一拼。而众男生们望着小遥根根秀发飘落，一头青丝转瞬被削去大半，那充满悲愤的眼神，简直就是众乡亲目送刘胡兰时的情景再现。

小遥走下理发椅的时候焕然一新，长发依依的多情女郎摇身一变成了干练帅气的短发女兵。美女实在是不容易被打败的，甚至，一头短发映衬的她，眼睛更大更亮，气质里一下多了几分果断

麻利。但小遥一触及周遭那些热切的目光，两腮倏地就滚落了两行泪，令人猝不及防，像是晴朗的天空上突然降下了几滴太阳雨。这太阳雨令理发现场的空气骤然间伤感起来。丁素梅走上前搂住小遥，红着眼圈在小遥耳畔轻声柔语。丁素梅刚刚把肩头的两把刷子辫削掉，与小遥可谓是心有戚戚。

朱颜从理发椅下来的时候，理发现场的人已经寥落起来，男生们顶着土豆脑袋散开去了大半，才使得现场的压抑气氛不至于掉落谷底。朱颜的头发被剪得短短的，按照条令上的说法，是标准的青春式。可如今看上去青春倒是有了，无奈性别给丢了。朱颜掏出面小镜子左照右照，嘟个嘴不满意。

哲学系的最后一个女生也就是我，坐到理发椅上去的时候，不知是理发师傅对改颜换面的女生们有了恻隐之心，还是我圆乎乎的模样给了他创作灵感。理发师傅俯下身对我左观右察，而后手起刀落，不是砍我脑袋，而是给我剪了一个标准的童花头出来。于是顷刻间我圆乎乎的脑袋上便似扣上了半个西瓜一般，齐齐的刘海儿遮住了大半额头，紧接着就是两只圆圆的眼睛，圆头圆脑的鼻子，连嘴巴都给带成圆的，圆嘟嘟的上下唇呈现撅嘴的造型，像是跟谁赌着气。我顶着新发式出现在晚饭桌上的时候，男生们都用惊异的眼光注视着我。我虽没戴眼镜，但还是感觉到了非同寻常的关注，我愿意一相情愿把这样的目光理解为"惊艳"。文学女生多少都有自恋癖。

军装下发之后，女生们的婀娜身段全不见了。我胸前的军装紧绷绷一片。不是我刻意制造女性魅力，那时候对这个还是相当蒙昧、挺纯真无邪的。我喜欢宽松，可这已经是军装短袖上装里的最大号了。

历史系的一个叫余丽娜的女生当即摸出剪子，准备对我军的制式军服进行自行改装，但还没容她下刀子，就被她们的班主任当场呵斥了一顿并立即没收了凶器。实在地说，军装穿在女生们身上并不难看，别有一种素朴清纯的美感。但那时候我们多年轻啊，年轻得眼睛里只有万紫千红、争奇斗艳的春天。

穿上军装后男生们的喜悦却是由衷的，特别是那些农村来的同学，军装穿上了就不下身。记得入学的时候，农村来的男生们步履沉稳地出现在了校园里。他们一个个面庞黝黑，发型带着浓重的乡气，衣着的颜色不是太沉就是太花，样式也过于守旧，手上的行李更是简朴到一个布包袱了事，其特征与那时节街头刚冒出来的民工无异。但是等军校给大家统一理了发，再换上新发的军装，这些农村男生的精气神儿一下就出来了。黑的皮肤成了阳刚的标志，配上军校统一打理的平头，新发的军装又上了身，有款有型的，辉映得整个人亮堂堂的，简直可以称得上英武帅气了。他们相互交换着喜悦的眼神，彼此认真地打量着，你给我整整肩章，我给你上上领花，一个个神气活现忍不住说了——这军校还真上对了！

小小的失望过后，女生们也不由沉浸在一派喜悦之中。眉梢带喜忍不住对着镜子照了一遍又一遍，并很快举着相机出现在一切能出现的场合，把她们不爱红装爱武装的飒爽英姿摄进镜头。我也有点兴奋，跟在笑声朗朗的女生们后头，忍不住也搔首弄姿，让她们给狠拍了几张。

6

当军用大轿车飞驰在公路上的时候，窗外正是南方妖娆美丽的夏日风景。那是个晴天，只是空气很有几分闷热，潮湿得过头。这并不是出行的好时节，但大家的好心情一点都没有受影响。一路上，车里一直播放着流行歌曲，同学们有的跟着哼唱，有的独自

安静地倾听。坐在我身旁的，是我们区队上年纪最大的男生邓海云，也就是我们的邓班长。他眯缝起他那双波光荡漾的大眼睛，望着车外，一语不发，完全沉迷在了流行歌曲营造的一派缠绵悱恻之中。

军训中，我们的班主任老安特意组织了这次外出游玩，说是让大家放松一下心情。车子还没到燕子矶，远远地我们就望见了长江。

燕子矶是长江三大名矶之一，在江城北郊观音门外。山石直立江上，三面临空，形似燕子展翅欲飞，故称燕子矶。江风很猛，甚至有几分狂暴。天空明丽，江水澄碧，水色天光交映，是一番我从未见过的别致风景。

一路沿着陡曲的石砌山径走走停停，天空突然下起雨来。这突如其来的雨，就把我们几个女生给打散了。我和小妖落到了后面，加快脚步一路找躲雨的地方。而今小遥已经坦然接受了我们对她的昵称，改叫"小妖"了。

小妖在我前面走，轻快的步子，灵巧的身姿，一会儿就把我甩下了。我在后面追啊追的，一会儿就有些气喘吁吁了。我实在有些累了，索性顾不上雨浇，找了块平坦些的石头坐了下来。

小妖突然在前面冲我使劲招手，喊着："小米，快来！上面有个小亭子。"说着她赶紧回了身，几步跑到我跟前，拉着我就往亭子里跑。

前方，离我们十来米远的地方，一座亭子突兀于群山之中，像是只栖身在山石上的飞鸟。我们笑闹着跑进了亭子。站在亭中远眺，只见大江东去，烟波浩渺，浪涛轰鸣。亭子下，浩荡的江水仿佛就在脚下流过。想来滚滚长江一路曲转流回，奔腾而下，不知穿越了多少山陵沟壑，在大江两岸造就了多少雄奇美景呢。

突然，我的眼神定住了，定在了我们前方的峭壁山石间。在离我们二十米开外的地方，我看到了一个穿军装的背影。雨雾中，那人伫立在纷扬的雨中，背对着我们，手交叉放在身后，正极目远眺，听惊涛拍岸。雨水，已经把他的军装彻底打湿了。那穿军装的高大的背影、挺拔的身姿，似曾相识，但又一时判断不出具体是班上的哪一个男生。

　　小妖也发现了那人，我们两个都没有做声。我久久地望了那男生的背影，内心不由有些震撼。这一刻，他完全像个诗人，感日月之伟，叹江河之辉，而后落笔成雄奇文章；他又如一位将军，观江山之险，察水路之遥，之后指挥千军万马征战四野；他还似一位参透了人生的智者，望过眼云烟，睹脉脉水流，愈加神闲气定波澜不惊。周遭是愈来愈密集的灰色云朵，青色山石，脚下是浪滚滚声滔天的长江水。他就那么默然伫立，任由雨水冲刷，仿佛入定了一般。

　　突然地，天空猛然响了个霹雳，"轰隆"一声，仿佛天地间一下有了应和。我和小妖不由得靠在了一起，但那个背身却依然一动不动，似乎，他等待的，正是这一声与上天的感应。

　　雨还在落，那人突然转过身来，浓密的双眉，犀利的眼神，厚嘴唇倔强地紧绷着。正是那个在军训的誓师大会上作过演讲的，牢牢吸引住我的耳朵和目光的，豹子一般的男人。眼前，我们虽然还不熟悉，可我早已经记下了他的名字。那是一个天马行空、特立独行的名字。他叫任天行。

　　那一刻，我感觉我跃动了19年的心脏，突然被一种看不见的外力猛然击中了。

　　神色迷离中，我望见他竟然攀上一处山石，冒着大雨，似一名独行侠一般，迈开一双长腿，往高处一路跋涉而去了。

　　满山苍翠，雨声和涛声此起彼伏。风好大，天色灰蒙，天空有勇敢

的鸟儿翱翔的身影。那一刻，天地是静寂的，时间也停止了流动。

身边，小妖在拉我。我才恍然把目光收回，雨水飞溅进亭子里，我们上身的短袖军装已经湿了大半了。

军校里还有这样的男生吗？他应该是出现在北大校园未名湖畔的啊！我听到自己的心脏在欢快而热烈地跳动着。

我们踏上归程的时候，那场突如其来的暴雨早已经停了，临近黄昏，天空已经恢复了它最初的明艳。车上的放音机卡带了，没有了歌声的衬托，一时间空气有些沉闷。这时候，我突然听到了一阵吉他声，轻扬飘忽，仿佛一股清泉正从山涧里落下。而后，我听到了一个低沉而宽厚的优美的男声唱道——

像一阵细雨洒落我心底
那感觉如此神秘
我不禁抬起头望着你
而你并不露痕迹
那是你的眼神
明亮又美丽
啊，啊
有情天地
我满心欢喜
……

是那首蔡琴的《你的眼神》。我寻着声音赶紧回头望，是坐在后排的一个男生。啊，不是他，不是任天行。我怎么就感觉那么庆幸地长舒了一口气呢？灰姑娘总会不由自主地想，太过耀眼闪亮的东西，我还配享受它的光芒吗？

一望而知,这唱歌的男生和任天行是两种类型的。这是一个不折不扣的阳光男孩。天生两道剑眉,眼睛像外国人那样向里凹着,眼波含情。军装穿在他身上,像是凭空地就能穿出一种性感来。而今,他一边拨弄着手里的吉他,一边轻声唱着。迎上我的目光,他微笑着,一双明眸闪亮,和他的歌声一样,令人有如浴春风之感。

我偷偷拿眼睛去找任天行,那个雨中的独行侠。找到了,他靠了车窗,眼睛望着窗外,似乎若有所思,身上的军装还湿着。

一曲歌罢,车上掌声热烈。有人喊着:"庞尔,再来一首!"这阳光少年叫庞尔吗?也是一个别致的名字,让人一下就记住了。一派静寂中,吉他声再次响起,这次,小溪加快步速奔腾起来了,欢快的旋律过后,庞尔的歌声再次响起——

　　读你千遍也不厌倦

　　读你的感觉像三月

　　浪漫的季节

　　醉人的诗篇

　　唔……

　　读你千遍也不厌倦

　　读你的感觉像春天

　　喜悦的经典

　　美丽的句点

　　唔……

　　你的眉目之间,锁着我的爱怜

　　你的唇齿之间,留着我的誓言

你的一切移动,左右我的视线

你是我的诗篇

读你千遍也不厌倦

……

深情款款的美少年庞尔啊,一下成了我们女生的最爱!我们围拢着他,一首歌接一首歌地唱着,只唱到窗外已是苍茫的黄昏景色,车子不知不觉驶入了已是万家灯火的江城市内。

车子进了军校,我听到身后有个男生叹口气说:"哎,现在女人都喜欢奶油小生了,像庞尔那样的,绝对的,吃香!"另一个淡淡地笑了一声,而后说:"你多虑了吧老兄?是大丈夫、真男儿,何愁没有红颜相许。"

不用回头,我就知道头一个发感慨的是我的老乡廖凡,绝对是他。后一个呢,怎么像是他的声音?

我不由回头望去。就是他,粗黑的双眉,犀利的眼神。这位大丈夫、真男儿,正是那个雨中的独行侠。是他,任天行。

7

有件事每天都在困扰我,就是我经常为找不到自己的宿舍而苦恼。军训期间,我们这一届的学员被临时安排在教学楼的三层统一住下。军校的这座教学楼说起来相当有名堂,据说是当年前国民党的交通部所在地。外观看上去一派巍峨古朴,气度不凡,内里则堂皇精致,回字形的结构迷宫重重,去趟盥洗室出来就很可能走到楼道的另一侧去了。我本来就迷糊,这一下更是懵懵懂懂地反应不过来,夜间都不太敢去上厕所,生怕误走到男生宿舍那头去。

因为是夏天，男生宿舍的门都大敞着，连个门帘都没有，所以在熄灯前短暂的洗漱时间里一旦走错路，很容易就能一眼撞见男生宿舍的乍泄春光。光着膀子或者穿着军用裤衩的男子汉们，一见有异性出现，往往夸张地"噢"上一声，两手捂住要害部位，几下飞奔到你看不到的角落里，或者干脆往床上一扑。对军校的治安之好，我的北京老乡廖凡在班务会上如此慷慨陈词："军校的环境绝对的好，就是那八个字了——路不拾遗夜不闭户。以前对这八个字只是字面意思的理解，这回，绝对的是有切身体验了。"

　　和廖凡一个班的朱颜把他的发言传达给了我。她一边嗑瓜子一边学了廖凡的口气说了："你老乡挺能拽的啊。他跟我说，人家叶小米可是军人世家，绝对的根正苗红。知道人家为什么叫小米不叫大米吗？学问呢。小米有个哥叫步枪，革命就是小米加步枪。"朱颜吐出一口瓜子皮接着说："哼，是你告诉他的吧？看把他得意的。我看啊，绝对的，他对你有好感。"这"绝对的"三个字好像很容易传染。

　　我满面诚恳，老实回答："是来军校报到那次，坐夜车聊天时瞎说起来的。他呀，绝对的是在试探你。我和他之间，虽然有共坐了一趟夜车的交情，但绝对的没有电流。你挨他近，接收电流最便利。绝对的有戏啊。"

　　朱颜和廖凡两个人在队列里的位置挨着，两个人身高接近，身材相仿，朱颜的短发被军帽一扣，走队列的时候无论从后面还是前面看，真有几分雌雄难辨。听了我的话，朱颜当即给了我一飞腿。她个子高腿长，喜欢炫耀优美的腿部线条。

　　"黑手"事件之后，后来好长一段时间，朱颜和廖凡两个人都不说话。这样一直到了前不久的那次夜间行军，两个人的关系才开始解冻。

夏夜里的一次军事地形学野外作业,朱颜和廖凡恰好分到了一组。那天考核的是夜间野外行军,学员们四人一组,黄昏时出发,在当夜十二点之前完成行军,并且找到指定目标者才算合格。黄昏时分,新生们被大卡车运到了郊外的山野地带,而后就按组行动起来。

　　朱颜这一组三男一女,行军之初情况还不错,路也摸得顺,该找的目标也都能如期找到。但慢慢的就出了问题,除廖凡外的那两个男生在路线问题上发生了争执,两个人把一支指北针抢来夺去,双方的口气渐渐硬起来,火气明显都不小。

　　廖凡跟在后头闷头走路,不是他不想发言,而是他早已是一头的雾水。廖凡对哲学问题日夜求索洞若观火,组织个活动也是嘴皮子利索颇具煽动性,但军事素质却明显差着一大截子,很多时候相当影响他的自信。一路上朱颜并没有主动跟廖凡说话,那件事之后,她其实知道自己是错怪人家了,嘴上挺硬,心里多少还是对廖凡带着几分愧意的。眼见着两个男生越来越有分歧,朱颜开始一边走一边暗暗用心辨认着方向。

　　因为意见无法统一,那两名男生最后用抓阄的方式决定胜负。依照其中一人的意见,四个人向着大山深处走去。等他们深一脚浅一脚地走进山里以后,夜色已经很是浓厚,风起云涌,月亮也不知躲到哪里去了。一路走下来,四个人终于转了向。那两个男生已顾不上吵架了,只顾赌气般地胡乱向前迈着步子。

　　廖凡显然慌了神儿,步子开始不断趔趄起来。他水壶里的水早已喝干了,而今口干舌燥的,心头不禁沉甸甸的,不时回头求救似的望朱颜一眼。后来,他像是走不动了,落到后头并排和朱颜走起来,一路跌跌撞撞像个才学步的孩子。我的老乡廖凡像大多城市来的同学一样,没有农家子弟那般吃苦耐劳,体质上也要娇气一些。

朱颜并不说话,两个男生争得凶,又黑灯瞎火的,所以一路上她始终没有发表意见。但眼见着这样下去他们小组考核失败不说,四个人还有可能就此迷失在这野山中,于是她便暗中开始留心起来,有意在走过的路上做了一些标记。见到旁边廖凡那个慌张样子,与平时侃侃而谈的他简直判若两人,她一边心里暗笑,一边不时好心地扶上他一把。又见他晃荡着走路,张大嘴喘气,实在看不下去他那个狼狈样,朱颜就把自己的军用水壶递给了他。

夜色越来越深了,四个人游荡在山路上。有了朱颜的一路关照,又喝过了水,廖凡的心绪平静了许多。这时,朱颜脑子里思路已经完全清晰下来,她要来了那个一直被前面两个同学把控的指北针,左观右看了一番,而后只淡淡扔下一句:"你们要相信我,就跟我走吧!"而后便迈着大步朝大山的更深处走去。连廖凡在内的三个男生或许是被朱颜的这份从容镇住了,不由分说跟了上去。

那天夜里,在十二点之前,朱颜他们小组如期到达了指定地点。

廖凡从此对"朱黑手"的那两记耳光既往不咎,并且从此对朱颜刮目相看,几次三番邀请朱颜到操场上散步,共同探讨哲学问题。军校里除了图书馆,就操场上这块地儿显眼。这是块爱情的绿洲,地球人都知道。女生们对图书馆和操场都甚为敏感,于是朱颜当即毫不犹豫就给了廖凡一个"No!"

8

清晨,一辆军用大卡车缓缓驶出了校门。炊事班的两名战士坐在前面的驾驶室里,我和两名男生坐在后头的敞篷座上。上车前,见来了个女生,战士们都把我往驾驶室里让,但我却很是客气地谢绝了。我不进驾驶室，坚持要坐在后面。旁人不知道，我对这样的军用大卡车一直充满了深厚的情感。父母在野战部队工作的时候，每到假日，军人和家属们就是乘着这样的大卡车出了军营，去城里采购日常所需。

另外，还有一个原因使我想待在后头。因为这次同行的男生里，就有一个是他，任天行。另一个男生是张雪飞，一个颇具明星气质的东北男生。

每周星期一这天，炊事班要到街市上做一次大采购，先买蔬菜和肉蛋，再去一个军用仓库运面粉和大米。因是在军训中，每次采购，我们新生都会被抽调去帮忙。

正是清晨，街道上几乎不见行车。卡车开过一条小街的时候，正遇见前方驶来的一辆军用卡车，两辆卡车同时让行，同时按响了喇叭互致问候。慢慢交错而过之后，我一眼望见，那辆车的后面竟也载满了学员，还是清一色的女学员，大约是哪个军医学校的。这么一早就外出，像是新学员去靶场打靶。张雪飞趴在车尾，拼命向对方挥舞起手中的军帽致意，很快就引来一片女孩子的笑声。女孩子们的笑声远了，张雪飞突然举手向着车外的蓝天，高声朗诵起来："都来吧，所有的日子都来吧，让我编织你们，用幸福的金线和青春的璎珞……"

是王蒙的小说《青春万岁》里的诗句，我们这些生于阳光灿烂的日子里的一代，对这样的作品是不陌生的。眼见着有人如此流利地背诵，以文学女生自居的我不由得笑出声来了。军训的这些日子，野外拉练，紧急集合，日常操练，我的军校生活进行得狼狈不堪，似乎每时每刻都在狼奔豕突疲于奔命。而这一刹那，这个似乎在电影《青春万岁》中出现过的画面——张雪飞的即兴朗诵，骤然间令我感受到了军校生活少有的一丝浪漫。我的笑声或许过于爽朗了,任天行望向了我,张嘴也笑了,露出一口整齐的白牙。他的笑容宽厚温暖,似乎,还有几分羞涩腼腆。

卡车到达一个军用仓库时已经临近中午。办过了取货手续后,两名战士和任天行、张雪飞便开始从仓库里往外扛面粉和大米。我在一边看车。大米和面粉五十斤一袋,分量不轻。任天行一把甩掉短袖军装,露出结实的前胸后背。张雪飞则赶紧脱去上衣,一身白肉毕现。两个人相互打趣着,一边把粮食袋扛上了肩。

任天行是把粮食扛到肩上就走,脚步噔噔。他扛着粮食袋一路走来的时候,那黝黑而结实的前胸后背就完全呈现在了我眼前。乍一下看到这副男人的健壮的上身,我的眼睛下意识地避开了,像是遇见了什么刺眼的强光一般。但很快地,我又把自己放到远处的目光给找了回来。我四下张望,把军帽的帽檐压低了一些,有了这层遮蔽,以为就可以大着胆子来观察任天行了。趁任天行来往着运粮食,我偷偷拿眼睛去扫他的前胸和后背。这独行侠有着明显的胸肌,后背的线条也极其流畅,那形体有着一种古希腊雕塑一般的力量美。

好容易运完粮食,中午吃饭的时间就到了。炊事班的战士开了车,把大家带到了街上的一家饭馆里。这是家小饭馆,门面不大,客也不多。两个战士显然是这里的熟客了,一进门就和老板娘打招呼说笑,直说上几个大菜来吃吃。

我拣了个靠窗的座位坐下,任天行和张雪飞一人坐在我一边。一个战士取了瓶白酒来,让过司机,挨个给大家倒酒。到我跟前时,我把自己面前的杯子一把捂住了。立刻,那战士嚷嚷着不愿意,说是大家都是战友了,这个女生可不能看不起人。任天行把我手里的杯子拿了过来,举到那战士跟前让他斟满了,随意地往我面前一放,对我微微一笑,低声说:"别紧张,做做样子吧。"而后,

他起身到老板娘那儿取了瓶饮料回来,换了个干净的杯子,给我倒上了杯饮料。

很快凉菜就上来了,大家举杯之际,两名战士又嚷着让我一道喝酒。任天行急忙拦住了,他也不说话,只是把我那杯酒端在手上,仰头一饮而尽。不久热菜大盆大碗地热气腾腾地铺了满桌,多是些大鱼大肉。席间,大家边吃边聊起来。

那两个战士都是老兵,年底就要复员回家了。在部队里干了三年的炊事兵,多少就有些牢骚要发,两个人话说得磕磕绊绊,情绪明显有几分不快。我闷头听着,任天行也一直没开口,好在有张雪飞插科打诨,饭桌上的气氛才不是太沉闷。

"两位大哥不必妄自菲薄,是真英雄总有风流处!来,人生处处有相逢,干!"大约是喝了些酒,一直不说话的任天行突然起身,一气儿连敬了三杯白酒,并且全干了。两名战士也坐不住了。司机斟了满满一杯茶,说是以茶代酒。另一名战士则举起一大杯白酒,双双起身回敬任天行,对这个不怎么显山露水的小兄弟表露出由衷的感谢和欣赏。

话说开了,大家的话题就开始围绕着我们为什么上军校而来展开了。张雪飞大大咧咧地说:"我喜欢穿军装,从小就喜欢,这身国防绿太诱惑人了。打小我就喜欢打仗,我觉得吧,男人这辈子不穿军装简直白活。"

"我来上军校,是有野心的。男人,就得有点野心。你们知道吗?我这个人名利心特别重。小时候,看到公告上那些犯人的名字,我都在想,要能把我的名字印成铅字,广为流传,那死也值得了。要么流芳千古,要么遗臭万年!这是我的人生准则。当然,我绝不会遗臭万年的!"任天行仰头喝下一杯酒,语调沉着如是说。接着,在他们几个热情的催问下,或许也是被任天行的坦率所打所打动，我老实交代了一个后门兵的故事。一时间，我不由自卑地低下了头。

"你的高考分数并不低，素质应该不错。后门兵也可以当成好兵，你不要有心理负担。是好兵还是孬兵，全看你自己的了！"任天行对我，也是对大家说。

这话怎么听上去似曾相识呢？好像有点耳熟？对，是父亲说过相似的话，是父亲在送我来上军校那一天，在站台上对我这么说过。

我抬起了头，望向了他。一双明亮热切的眼睛里，满是信任和鼓励。我心头的那一点冰霜，在这样的注视下开始一点点融化。

后来，我一直想不明白的是，是从誓师大会上听到他那句句实话的讲演开始呢，还是在燕子矶窥见了他雨中独行侠的背影的那一刻，再或者，就是从眼前的这一刻起呢，我爱上了这个狂放雄肆却不乏细腻温情的男人。

正是中午，太阳升到了正中，阳光把一条街都晒得亮堂堂的。两名战士已经晃荡到街上闲逛起来，说是再买点调味品就回军营。两个年轻的军人一出现在街头，立刻成了小商贩们殷勤招呼的对象。他们两个则很是自得地一路走走停停，见了年轻女孩看管的摊位，必要上前搭讪一阵流连半天。

有几束光还探到了小饭馆里来了，透了窗玻璃正打到我的身上，暖暖的令人不觉有了几分倦意。张雪飞靠在椅子上打起了盹。任天行坐在已经被收拾干净的餐桌旁，趴在那里翻着几张不知哪天的报纸。我偷眼去看他，大约是喝了点酒的缘故，他的面孔透着红润，映衬得他的眉眼很是鲜亮。任天行正点了一支烟在手上，那是刚才一个战士给敬上的。他把那支烟夹在手上，却并不见他狠抽，只是偶尔吸一下，淡淡的烟雾就那么在空气里一点点弥散开去。

也不知是不是饭后有些困倦了，我望向任天行的眼神不由渐

渐有些迷离。这是一个禀赋多么奇特的男生啊！

9

军训总会给人留下很多符号性质的记忆，比如叠成豆腐块的被子，出早操晚点名，以及紧急集合什么的。但对我，那一个月夜，那月下的那幅画，却是永恒。

多少年过去了，我还是会不由自主地想起那一幕。

无数次在梦中如美国大片里的恢弘画面一般展开的，是那样的一个月光清凉的军校的夜。凌晨三四点的样子，一弯新月高挂，是细细的一钩。清淡的月光笼罩着这座城市主干道旁的军校，一两声江轮的汽笛声不时从不远处的长江上传过来。月影徘徊，绕过梧桐树的婆娑的叶，照在了教学楼下军训大队长朱金亮那张紧绷绷的脸，和他已经有了几分花白的头发上。

他的穿着军用胶鞋的脚在地上来回踱步，步伐极有节奏。朱金亮眯缝起他那双睿智的小眼睛，犀利地不时扫向教学楼的三层。教学楼的一个窗口灯光两灭一闪后，朱金亮果断地举起了手上的哨子，郑重地举到嘴巴跟前，使劲全力吹了起来。"嘟嘟——嘟嘟"，急促的哨音立时划过静谧的夜空。

几秒种的停顿之后，"咣当当"一声响，像是谁把椅子推倒了。须臾，这座前国民党交通部的所在，如今军校的主教学楼，如地震了一般，大地在颤动，树叶哗啦啦作响。但没有灯光，也没有人声，听上去像是一堆人在黑暗中无声地搏斗，是群殴。按军校的规定，夜间紧急集合是严禁开灯和说话的。

不到三分钟，教学楼前的篮球场上，已经集满了密密匝匝的学员。月光偏来凑趣，借了它的银光，依稀可见小跑着赶来的新生们跌跌撞撞的身影，人人身后背着鼓囊囊的背包，一个个到位后似乎都惊魂未定,背对了同伴让人帮着整理背包,或者低头整理军装和皮带。我落了后,军训中除了吃饭其他事情我似乎一律落后,从内务检查到队列训练再到打靶射击。

郝好永远要被我拖累。这个从军训开始就和我头对头睡在另一张下铺的姐妹,不是上辈子欠了我什么,就是我在上一世曾救她于水火之中。所以,紧急集合的哨声一起,她打好自己的背包就来帮我,睡觉前一只胶鞋不知被我踢到哪儿去了,郝好爬到床底下摸索好一阵才摸出来。她再帮我系军用皮带,那宽大的长长的一条,只要一紧张我不是系不上就是打不开。终于我们跑出来了,狼狈不堪,仿佛两个迟到的消防员。

宽大的军帽扣在我的圆脑袋上,行进中一下一下地打着我的头,郝好在我后面跟着,不断帮我拽拽系背包的带子,我的背包松松垮垮的明显基础不牢,郝好不放心地又把塞在上面的两只胶鞋顺了一顺。

整队的命令之后,是快速的报数声,而后,大队长朱金亮点名。"刘保国!""到!""来云龙!""到!""向忠顺!""到!""戴忠贤!""到!"毛殿中!"——"扑哧"一声,我笑出了声,引得周围的几个女生——郝好、朱颜和小妖也是一片会心的笑。班上的五个女生只有我身边的丁素梅没笑,她还轻轻捏了我的手一下以示提醒。

"注意纪律!"军训大队长朱金亮高声警告了一句。我们几个女生才使劲憋住笑。这些名字一个个气势磅礴、掷地有声,有些还令人情不自禁地联想到某个形象不那么光彩的古人,于是总是一次次触动我们那根笑的神经。没办法,女生们的思想往往是活泼的,在应该严肃紧张的时刻。

天蒙蒙亮,由新生108人组成的队伍环成一个绿色的长龙绕

了操场跑动着，"一二一"的口令声和"一二三四"的口号声此起彼伏。那一刻，我觉得自己像是在接受特殊培训的女特工，作别家园远离亲人，经受肉体和精神的双重考验。一时间，一种神圣的情感和荒凉的情绪同时涌上心头。

东方的天色渐渐发白发青，早操的队伍似一条长虫一般一路蠕动着身子爬出了军营，一路迤逦着奔上了城市的主干道。我跑在队伍里，只感觉热，头发闷在军帽里，滚下来的汗珠子把脸都浇湿了，模糊了视线里前方的路。空气里弥漫着的是炸油条的香气，那些勤快的早点摊已经开始出摊了。

也不知道跑了多久，队伍的步速突然加快了，由匀速跑步变成急行军的步速。突然，我背上的背包软绵绵的，像是撑不住了要散架，眼看就要扑向大地的怀抱。我有点慌，胶鞋已经滚落下来了。我梦游一般忽然收住了脚步，就要挡在队伍中间了。就在这当口，背包好像长了翅膀，停在半空后突地要向上飞翔。一双仿佛从天而降的大手牢牢地从后面把我的背包接住了。"快，跟上！"一个急促的声音对我命令着。随后我的身子被人从后面推了一把，确切地说是托了一下。背包飞走了，连背包带都跟着三下五除二地从我身上给拽走了。我像个被松了绑的犯人一般，立刻身心轻盈。

队伍最终在一座大桥上停住了。桥下，涌动着的，竟是一派浩瀚的汪洋。长江！这浩浩荡荡的水流一路澎湃欢歌，敲击着江岸，跃动着灵性，小停歇地向着太阳升起的地方奔腾着。远处有帆影流连，第一班江轮开动出来了，汽笛声悠扬响亮，仿佛在向长江一声声地道着"早安"！此刻晨曦已破，东方天边上的一轮红日，正一路升腾着往上挪。队伍宣布解散，学员们跑向桥栏，聚拢着欢呼着，把军帽拿在手上晃动着，向江轮上的人招呼着，而后，向空中抛去。

我也跟着大部队欢呼了好一阵，深切感受着一种革命军人的浪漫。激动好久我才忽然想到去队伍里找那个帮我接背包的人，是他。背着两个背包的人不难找。此刻，他正站在欢腾的人群外，望着长江独自屏神静气，我喊出了他的名字——"任天行"！

　　他终于听到了我的呼唤，目光也在寻找着什么。一双闪亮的眸子，掩不住他的骄傲和神气。当我们彼此就要奔向对方的一刻，朱金亮吹响了集合的哨音。

　　新生们回到军校的时候，天色已经大亮了，解散后的队伍乱纷纷的，我怎么也找不到他的影子了。早饭后新生们被拉上了一辆大卡车，说是到野外的一处靶场练习射击。这一去就是一天，连午饭也是在外面吃的。回到军校已是日落西山了。晚上就寝前，我蓦然想起自己的背包来。正在着急，这当口，门口有人高喊着我的名字。

　　"叶小米，叶小米！"是在叫我。

　　我跃到宿舍门口，一撩门帘走了出来。走廊的那一头，一个宽肩膀高身量的男生正笑吟吟地站在走廊暗淡的光影里。他侧肩背着个背包。刚发的土布军用白衬衫扎在军裤里，显出一种素朴和干练的美感。军用的白衬衫是粗布的料子，不够挺，颜色不够白，穿在他身上却是那般熨帖。他的一双眸子在暗影里星星一般闪亮，微笑时露出的牙齿像月光一样皎洁。他的身材那么的挺拔，背包的姿态优雅得让人觉得，他背着的不是四方的背包，而是一架手风琴或者一把吉他。

　　是他。任天行。

　　永远是他。

10

我要是问你,你觉得我们五个女生里谁会头一个恋爱?你一定会说,是小妖!恭喜你,答错了。

军训半月不到,我们区队的美女小妖的确收到过一封情书。这情书不是从邮局寄来的,而是从门缝里塞进来的。显然,这封情书的作者来自军校内部。"此致敬礼"后面,落款留的是——一个每天注视着你的人。紧跟的是一首情诗,一首抄袭痕迹很明显的情诗,这躲不过我这个文学女生的火眼金睛。

拿到信小妖把我单独约了出来,在熄灯前的操场上,我们俩头挨头坐着,举着个手电筒把这封信认真研读了一遍。小妖显然没有了往日的平静,动人的大眼睛眨巴眨巴直望着我,呼吸都有几分急促。美女对别人的示爱似乎总是一股司空见惯的劲头,这是怎么了?自从上军校以来,小妖的信最多了,那些对她心存好感和幻想的中学男同学,而今从祖国各地的各所大学纷纷给她来信,或含蓄或直露,主题却只有一个,希望小妖做他们的女朋友。而今,这么一个不明不白的"每天注视着你的人"就令她芳心大乱了吗?

"怎么,动感情了?"我问。

小妖摇头,而后说:"小米,你帮我分析分析,他会是谁呢?"

"天,该不会是爱上了吧?你的抗击打能力也太差了。品位也有待提高啊。这什么人呢,诗是抄的,名字也不敢署,'每天注视着你的人',呸!每天注视你美女小妖精的人多了去了。我看不出他哪点值得你动心!"我很客观。

"我不是爱他。我就是觉得,这一段风声这么紧,他还敢写信,挺有勇气的。"小妖柔声说。

军训里除了训练就是学条令。军校明文禁止学员谈恋爱,一切不良动向要及时向组织汇报。这一条整天里被各级领导传达来传达去的,大家听得耳根子起趼子而不知觉间就被洗了脑了。昨天班主任老安还在晚点名时强调,一切不良动向包括收到情书,要及时向组织汇报。

"唉,倒也是。顶风作案确实需要勇气啊!可这人脸上又没写字,怎么找?每天注视你的人,天,军校里的雄狮子,少说也有上千头呢。会是哪一头?哎,你想想看,谁最近对你总是挤眉弄眼脉脉含情来着?"我和小妖展开了分析。

小妖满面茫然,摇头。

"是没有啊,还是暗送秋波的雄狮子过多?数不过来了?"我问得很紧。

"扑哧!"小妖笑了。

"严肃点!你这个态度可没法分析。怎么分析?要不,咱们发个寻人启事得了?"我望了小妖问。

"咯咯咯……"小妖笑出声来了。

"没看出来啊,你还挺深情的。美女是不是都特冷酷啊?你收到那么多情书,都怎么处置啊?我多年来潜心文学创作,什么时候拿给我借鉴借鉴啊?"我起身,拉起了小妖,沿操场边走起来。离熄灯号响还有十分钟了。

"这可不能随便给旁人看的。你有不爱的权力,别人有爱的权力。情书我是随看随烧,天知地知他知我知就可以了。"小妖回答。

"这么多情书,你就没遇见一封令你心动的?或者说,没有哪一个男人让你有了爱的感觉吗?"我问小妖。

"没有,还真没有过。我觉得呀,爱情来临的时候,那感觉一定是非常不一样的,应该是,天空爆炸了一般的,轰,要听得见声音

的那种。"说到爱情，一向寡言的小妖，说出来的话竟如此诗意。

在爱情面前，人人都是诗人。

那一晚，我们没听见爱情在天空爆炸的绝响，却听见有人在前方冷静地叫着我们的名字。是老安。没曾想，我们才走到那幢教学楼的楼下，老安已经满面严肃地等在那里了。

熄灯号响过半个小时，小妖回来了。少顷，她从上铺扔下来一个纸团，打开来，白纸上只有几个触目的黑字——

"情书暴露，有人通风。形势逼人，情书已毁。打死不说！切记切记！！！"

天，整个一个《红岩》里的对敌斗争。陡然间，我觉得周遭的空气都冷峻起来了。

通风报信者是谁？当我和小妖不约而同把目标锁定在一个人身上的时候，军训已经结束了。那人，以意想不到的奇怪方式浮出了水面。

周日下午四点一刻，我和小妖坐在正对了军校大门的教学楼外的台阶上，眼巴巴盼着朱颜的倩影在大门口出现。五点是晚饭集合时间，朱颜一般在四点半会准时出现在校门口。我们这么盼着朱颜回来不是我们有多想她，一个晚上和一个白天的分离并没有使我们滋生出这么澎湃的思念。我们爱的是朱颜带回来的那些江城的美食小吃——小笼包、烧卖、糍粑。有时，朱颜还用一个大保温桶提了她妈妈包的小馄饨给我们吃。可爱的朱妈妈，四年里，我们吃了她老人家亲手制作的多少美味啊！朱妈妈做的小馄饨最好吃了，特别是那汤的味道鲜美至极，简直要把人吃晕过去了。遇到朱颜心情特别好的时候，她还会给我们捎上一包煮熟的蚕豆来，那叫做茴香豆的家伙，咸亨酒店孔乙己的最爱。茴香豆吃到嘴里香喷喷软绵绵的，往往是我们人没走到宿舍呢，豆子就被我们干掉半包了。

军训结束，我们原以为可以出去好好逛逛了，不承想军校里外出一次相当困难，每个周日全区队 38 个人也就有限的几个外出名额。十人一班，一个班也就能轮上一两个人外出。朱颜就幸运多了，家在江城，每周六晚上晚饭后至周日晚饭前，她可以进行一次短暂的探家。但到了军校生活的第三年，小妖的那件事情发生后，军校对学员尤其是女学员严加管理，朱颜只能一个月回家一次了。

眼前朱颜迟迟没有出现，我们的视野里，却出现了一个神态和举止都有几分可疑的年轻女子。那女子身材高挑，留着齐耳短发，上身穿一件紫色的半长风衣，下面是一条黑呢裤，脖子上围一条白色纱巾，身背个大包，这都没有什么奇怪的。奇怪的是已是黄昏时分，她却戴着一副大大的墨镜。并且，墨镜下的一个白色的口罩，严严实实地罩住了她的半张脸。如此一来，她是个啥模样令人完全无法瞻仰到了。天气虽然已到了深秋，但也没凛冽到要戴口罩的地步。那女子挎了个大包，她的身边，是一个身材瘦长的戴眼镜的青年男子。眼镜男推了辆 28 男车，车前挂着一网兜的水果，两个人走走停停，嘀嘀咕咕，女的不断地朝那男的招手，像是不让他跟着。眼看要进大门了，两个人却又磨磨蹭蹭地就是不往大门这边来。后来，两个人索性改变方向往回走，转过弯朝了军校大门旁的一片茂密的树影走去。

"呜"的一声，小妖向我吹了声口哨。天，她还会这个，文武双全啊。"有情况！"小妖轻声向我发出信号。什么情况？望了那一对青年男女渐行渐远的身影，我除了有几分纳闷没想别的。"跟上！"小妖一面嘀咕着，一面朝我挥了一下手，她利落地跳起身往大门边的围墙飞快奔跑。

我一直觉得小妖是个很不一般的女孩。她在我们区队里年纪最小，可学习成绩和军事素质却相当过硬。这一点在军训中就看出来了。打靶她和郝好一样是双十环，体能测试也是优秀，但她做事没有郝好那般处处讲原则守纪律，没有朱颜那样张扬咋呼，也不像我笨手笨脚，更不似丁素梅那般暧昧闪烁、含糊不清，她做事从来不显山露水却每每出奇制胜。她聪明过人，美貌出众，且洞察能力非凡，心理素质极佳。如果日后小妖做个女特工什么的，绝对势如破竹、所向披靡。

　　我知道有情况了，小妖从来不故弄玄虚。但具体有什么情况我的心头却是一片茫然。我傻呵呵地随小妖跑到围墙底下。这是一片我们的卫生责任区，平日里我们没少在这里挥动笤帚清扫落叶，低头躬身拔去杂草。原本绿油油的草地有些泛黄了，已经是秋天了。小妖贴着墙根底下，来了个刚学的马步蹲裆式："快，上去！"我一头的雾水，问："上哪儿去？""快，上到我肩上去，快！"小妖拍拍肩膀。

　　"这，还是你上吧。"想到自己五大三粗的体格，我实在不忍心如此践踏一个柔弱的姐妹。"别啰唆！快！"小妖瞪起了她那双美目，生气起来的她更好看了。我笑了，赶紧往小妖身上下脚。"真笨啊，脸朝着大门外！"小妖骂我道。我赶紧调整了方向，三两下就跨到了小妖的肩膀上。小妖一边命令我扶住围墙，一边慢慢支起她那柔韧的身子。我很不安，120多斤的一堆肉扛在这样一个美女身上，两袋50斤的大米还富余一袋20多斤的面呢。我没法安心，虽然说这样的动作我们在军训中没少练习。等小妖站稳了，我又慢慢拔出两腿，两只脚站到了小妖的左右肩膀上去。

　　"看见什么了？"小妖的手按在我的两只脚上轻声问我。

　　"看见，看见大街、汽车、自行车，还有人！"我手扒着围墙的沿儿如实报告,有了小妖的支撑,我的两只眼睛刚好露在围墙外面。还好,围墙上方没按电网或者玻璃碴子什么的,只有一些末梢尖锐的朝天竖立的铁条条。

"笨死人了!让你看围墙下,树丛里,就在你眼皮底下。"小妖晃了一下身子,差点要把我从她身上摔下来了。

看见了,看见了。就在围墙下,隔了一条日夜流淌着涓涓细流的人工河,我看见刚才那一对男女站在了一簇矮墩墩的但绝对茂密的灌木丛的阴影里。男的已经把自行车支上了,手里提了一网兜的水果。大包也换到了他手上,他背在身上站在那里。那女的突然脱掉了上身的风衣,里面露出来的,竟是件军装的夏长服上装,红色的肩牌很是醒目。是个女学员耶!她把风衣递给了那个眼镜男,而后,手按到腰上,像是要解腰带。天!眼镜男忍不住后退了一步,像是给吓的,而后赶紧回头朝街上望望,下意识地往前靠靠,像是要给那女子遮一遮外面的视线。那女的三下五除二就把下面的裤子也甩下来了,正如我预料的,她下面穿的是一条军裤。而后,女子把脖子上的纱巾拽了下来,墨镜、口罩也摘了,露出一张面容清秀的脸。天哪,是她!我激动地哆嗦了一下身子,下头的小妖跟着也是一阵乱颤。"是丁素梅!"我赶紧低头向小妖小声报告。"接着观察!"小妖冷静地命令道。

在军校的最初两年,学校规定军校生外出必须着军装,后来就提倡便装出行了。所以,像这种在临进校门之前换掉军装的事很常见,像我就是经常在军校外的一处公共厕所里解决。

我再抬脸去望目标的时候,天哪,丁素梅怎么就倒在眼镜男的怀里去了呢?网兜里的水果,红彤彤的苹果、黄灿灿的梨滚了一地。丁素梅靠在眼镜男身上,她的头埋得很低,我看不清她的表情。很快眼镜男的脸在往下移,他扶住了丁素梅的脸。天,他把自

己的嘴唇一路按下去了。那一刻我只觉得脸上一阵发烫,喉咙里干得要命,我很是艰难地咽了一口唾沫,眼睛却睁得更大了。但见这时,丁素梅却猛一把推开了眼镜男,把换下来的衣服纱巾和口罩团成一团塞到大包里,而后,一边看看手腕上的表,一边跟眼镜男急急地说了句什么。那眼镜男忽然就猛然扑向她,又一次把她拽进了怀里。天哪,这一次,两个人不约而同都抬起了头,深深地,来了个 KISS!

我晕!长到 19 岁上,我还是第一次这么真切地看两个大活人接吻。当然,以前在公园的小树林里突然撞见或匆匆一瞥的那些少儿不宜的画面除外。并且,眼前这大活人里还有一个我认识。我受的刺激不小,身子一后仰,一下就从小妖身上跌落下来了。

我重重地仰面倒在了卫生责任区的草地上。

那天晚上,轻度脑振荡的我,特别用心地观察着丁素梅,想从她身上找出些特殊的东西来。但除了晚上熄灯后她躺在床上,像个老鼠一般啃着个苹果或者梨,其他情况一切正常。

听着那"咔嚓咔嚓"吃水果的声音,我的口水一次次涌上来,我使劲地一次次吞咽下去。黑暗中我在想,她如果能分给我一个就好了。但我同时十分理解,这水果是丁素梅的那个他给她的,这是爱情的果实。而爱情是不允许同别人分享的,只能独吞,所以我不应该有任何妄想。

小妖说,那天她和丁素梅一起回宿舍,同时在门缝里发现了那封情书。除此,就只有我知道了。全身心享受爱情果实的丁素梅,应该不会是那个告密者吧。

11

舞会绝对是军校生活里一道奇异的风景。虽然它如昙花一现，不久就从我们的生活中永远消失了。

一转眼，梧桐树换上了金黄色的外衣。军训结束，天已深秋，女生们拥向了军校的周末舞会。

军校的舞厅就在主教学楼的最顶层，吊灯璀璨，富丽堂皇。军校的这个舞厅原本就是个舞厅，遥想当年，也是达官贵人、阔妇名媛出入的地方。而今它属于我们的军校，它的主人已换做堂堂正正的我们军校里的兄弟姐妹了。

说是这么说，可舞会每个周末举行一次，军校里的姐妹可以随意出入，军校里兄弟却不是人人都能踏进来的。舞会的门口有两名全副武装的战士把守，那架势真不含糊。大门边立着块牌子，上书"舞会须知"四个大字。下面的小字密密麻麻的，明确注明着舞会的各项规定。其中一条规定格外醒目，使许多跃跃欲试的人望而却步。这一条便是——参加舞会的男宾只能是军校的领导、教员以及干部学员，青年男学员禁止入内。前两者自不必说，所谓的干部学员，是与青年学员相对的一种叫法，指的是来军校进修学习的有干部身份的学员。而青年学员则指的是高中毕业直接考到军校的学员。舞会的这一规定沿袭多年，虽不断遭到各届青年男学员的强烈抗议，但却一直未见有任何变动。

一到周末，军校里最亮丽的所在无疑就在舞会上了。军校里的女生本来就少，到了周末的晚上，大半都会被邀请到这里来。平日里她们总是素面朝天戎装在身，展现在人前的是她们的飒爽英姿。而当晚她们则个个是卸去盔甲后的花木兰，粉黛巧施，裙摆飘飘，尽显女儿的自然美态。可惜的是军校里的大多男生却无缘领略这美少女的芳容，只因为"青年学员"四个字无情地阻挡住了他们迈向青春盛会的步子。于是在周末的晚上，舞会上的乐声一起，男生宿舍楼里总会发出一阵长一阵短的吼声，那声音似旷野上的

狼嚎一般,凄厉地游荡在军校的上空。如果这时离军校不远处的长江上恰好有江轮驶过,所发出的汽笛声便与这吼声汇成一片,如泣如诉,无比哀怨。

我们区队的五个女生有四个都跑到舞会上来了。小妖天生丽质难自弃,舞跳得相当好,一现身便成了舞会上的公主。一个秋天下来,小妖明显瘦了,很快恢复了她进校之初的傲人风采。初次登场的小妖如此受到拥戴,这使得和她同来的我们几个既振奋又有点惭愧,郝好、朱颜和我对跳舞完全生疏,因而只能眼巴巴望着小妖在舞池里左右回旋。丁素梅躲进图书馆看书去了,死活就是不来。自从那次对她偷窥成功而我轻度脑振荡之后,她在我心里就成了一个谜团。

两只舞曲的间隙,郝好和朱颜围拢在小妖一左一右,完全是两个忠心耿耿的女保镖。邀请她们两位共舞的人不是没有,但两个人就是死活不肯下舞池。郝好说了,不习惯被个不认识的男人搂着,要多别扭有多别扭。军训结束,郝好被选举为了我们的团支书。真没看出来郝书记还挺封建。而海拔高度明显突出的朱颜,却是横竖高低看着那些大小军官不入眼,她曾就读的重点中学江大附中,和军校就是一墙之隔,可就是这堵墙令朱颜对军校产生出各样神秘莫测的想象,并且最终在中学班主任的大力推荐和军校招生教员的热烈动员下,迈过这道墙成为了军校的一分子。而今,那些记忆里的高大俊朗的军人哪里去了?怎么眼前晃动着的净是些矮冬瓜土八路啊?

我完全被眼前堂皇的舞会景象吸引住了。从小到大,在军队大院里长大的我还从来没有来过舞会这样的场合。新年的时候,我倒是参加过机关礼堂举办的游艺会。20世纪80年代,改革的春风刚刚刮起,社会上开舞会的风气已经盛行起来,可军队大院里还没有普及开来这一崭新的娱乐文化。

而今站在这似梦如幻的所在，第一次来到这里的我不觉有几分痴迷起来。背靠了舞池边朱漆色的大柱子，我眯缝起了双眼，望了舞厅上方璀璨的吊灯，明丽的光影下那旋转着的对对双双，我怀想过往，不由沉迷其间。

"傻丫头，来，跟我跳一曲吧！"我身边忽然晃过一个高大的身影，金黄色的肩章在我眼前一闪，像是个一毛三的上尉的牌子。没等我看清那人的脸，我已经被两只有力的大手一把拽进了舞池中了，而后腰部被人沉着地一揽，旋即就加入了舞会的行列。我懵懂着但却绝不含糊，我挣脱出自己的两只手，想一把推开了这莽撞的舞伴。但那人却像在有意逗我，搂紧了我的腰就是不放。慌乱中我不由狠狠踩了对方一脚，只听那人颇带夸张地"哎哟"了一声，松开我，抱住一条腿做仰面倒地状。

哈！是张雪飞。也不知他从哪里找了身上尉的夏长服穿上，嘴唇上还黏着道一字胡。此刻，冒牌上尉正龇牙咧嘴地瞪了我，金鸡独立着一路后退，靠到了舞池边上一根大柱子上去了。柱子旁，立时传来一片豪爽的大笑。

我半张了嘴，一眼望见柱子边上站着的两个人，正是班上声名远播的"三大公子"中的另两名——廖凡和庞尔。

"三大公子"的名号是朱颜和我的创意，一经申报立刻在女生中沿用并很快推广至全区队直至全校。

大公子廖凡披一件咖啡色的长风衣，立领。他把自己装扮成一位踏着秋天的落叶深沉而来的青年。并且，还戴着一副配以标签的墨镜。他的这身打扮使他看上去像是国产老电影《保密局的枪声》里的地下党人物，总是穿梭在舞厅里左顾右盼极不安分，与接头人交头接耳窃窃私语。我的这位老乡平日里走路总有几分含

胸驼背，显得老成持重、谨慎低调。他戴着副白边眼镜久坐书桌前，发言时慢声细气却总有令教员激赏不已的真知灼见。廖凡坐在教室里和图书馆中的时候周身散发着浓烈的书卷气，可等下课后他换上他那身千疮百孔的蓝色带斜白杠的，当时北京的中学生上体育课穿的运动服，跃身球场，足球在他脚下滚动而脏话从他口中吐出，十足的京腔和淋漓的国骂，仿佛一转身，廖凡就变成了一个北京街头混不吝的小痞子。

二公子张雪飞最招人眼。说是有新闻系男生看他不入眼而放出风来要收拾他。明星气质浓郁的张雪飞的确是扎眼了些，在农村背景的男生居多的军校里引起如此愤慨并不奇怪。今天舞会上的这身打扮是他的标志性招牌装。一身白色的西装倒没啥，关键是下面那条白色的西裤，是条吊带裤，两条带子一勒，这就显出了刻意。脚上则是一双白色的三结头皮鞋，油光锃亮的。因为他来自东北的一个曾是著名的战略要地的小城，他的这身打扮使他很快获得了一个雅号叫做"少帅"。其中自然暗讽的成分多些，但张公子自己却很受用并且果断地蓄起了小胡子。自然，八字胡的形刚刚长出，就被班主任老安勒令剃去了。平心而论张雪飞是个长相极具杀伤力的美少年，生得是鼻直口方、面相俊朗。张雪飞有些自恋着实不假，但其实并没有让人觉得有多讨厌。他本没有文艺青年的范儿，但平日说话总有几分文艺腔，没头没脑，天真浪漫。一次趿拉着拖鞋去澡堂里洗澡，路上见着刚出浴的我和郝好，热情寒暄："姐儿俩刚洗完呢。澡堂里头人多吗？"问得我和郝好当场应不出一句话来。本想骂他句流氓，见他满面无辜都懒得和他再计较。

还是三公子庞尔看上去自然。这个青岛小伙子上身穿一件军校发的制式白衬衣，本白，发点淡淡的黄色，下面是条军校发的草绿色的作训裤，白衬衣往皮带里一扎，很随意的样子。庞尔是众人眼里不折不扣的阳光男孩,面容英俊不说,走起路来晃悠着两条长腿一蹿一大步,样子很是潇洒。军装穿在他身上,怎么看怎么提气。我们几个女生都有同感,军装穿在他身上,像是凭空地就能穿出一种性感来。不穿军装的时候他也总显得与众不同,清新明亮的样子着实迷倒军校里的不少女生。女生们都知道庞尔是三大公子里最浪漫的一个。他爱玩。玩乐器,什么都能拨弄两下,吉他尤其弹得好;玩相机,他的摄影作品还上过报纸呢;还对天文有兴趣,晚上经常趴到操场上对了台天文望远镜看星星。再就是,他特别爱出去疯玩。军校里外出名额有限制,一个人在一个月里顶多只能轮上一次外出机会。每到一个月里的这仅有的一次外出,庞尔往往是连早饭也顾不上吃就溜了出去,把江城的那些名胜都转遍了,一直要到快晚点名了他才气定神闲地悠然现身。

三大公子潇洒地站成一排,神情悠然,重装出场。我朝他们身后望望,唯独没有他,没有我最想见的那个人。这样的时刻,他在哪里呢?

不知何时,我身后已经站上了郝好、朱颜和小妖。她们三个也惊讶地望向对面的三大公子,眼睛里写满好奇。天哪,翩翩少年们向我们走过来了。

小妖和张雪飞立刻成了舞池里最为完美的一对舞伴,仿佛王子和公主,立刻征服了众人。郝好则被绅士一般的庞尔也带进了舞池里,在庞尔的引领下,郝好生疏的舞步很快变得自然多了。我站在朱颜和廖凡的中间,望望这个,又推推那个,可他俩就是不肯下舞池。

朱颜高傲地绷着一张脸像在跟谁怄气,她在生廖凡的气我知道。朱颜和廖凡的关系可谓一波三折。误伤事件之后,两人冷战;夜行军患难与共,两人关系解冻。后来,朱颜对廖凡的印象慢慢好

起来,特别是开课不久,廖凡就在学院的学报上发表了一篇相当有分量的学术论文。

于是在我的极力煽乎下,朱颜一度对哲学才子廖凡很是留意,甚至有过暗送秋波之举。一次周日晚上开完班务会回来,朱颜提了小马扎进了宿舍,一见我就很没好气:"以后别在我面前提你那个尼采尼老乡了,抽烟,牙都抽黄了!还邂逅!他床底下总共放三双鞋,没一双不是破的!说他不懂生活都是抬举他,简直是生于忧患,死于邂逅!"每周日晚,区队先点名开大会,再以班为单位展开班务会。班务会都是在男生宿舍进行,所以原本有点小心思的朱颜才有幸瞻仰了男人廖凡的不羁生活,从而收获了深深的失望。

廖凡脸上的表情则无从猜测因而显得讳莫如深,他本不会跳舞,本意是来舞会上观景的,所以也就不敢贸然相约舞伴。眼见同班的女同学朱颜一脸正气,他就没敢再往上凑趣搭讪,好在一副大墨镜把他的两只眼牢牢实实遮住了,外人完全无从看出他的内心活动。

那一天的组合完全是随意派对,但有谁知道,场上场下,不远的将来,竟然就有两双心灵撞出了火花。这奇异的人生,很多时候,仿佛上帝就在不远处偷望着我们呢。

我走出了舞厅,走到了图书馆的楼下。与舞会的绚烂相比,这里一派安然本分。我用眼睛搜索了一遍,从一楼到三楼,除了同宿舍的丁素梅和区队的其他几个男生,我没有望见我想要遇见的那张面孔。

当我意兴阑珊地走到操场边的时候,我望见一个正在单杠上用力做着引体向上的身影。我走了过去,沿操场开始了散步。

"叶小米吗?"当我再一次转到单杠旁的时候,一个声音在唤着我的名字。我转过了头。一个身影麻利地从单杠上跳了下来,是他。军训结束,他被任命为了我们的区队长。

"怎么一个人散步呢? 没去跳舞吗? "任天行开口问我。

"你为什么不去跳舞? "我开门见山。

"我,想去啊,说不感兴趣是假,可青年学员不许进是真啊。"他回答。

"好像没那么严吧。咱们班好几个男生都去了。要不下次,我带你混进去? "我怎么这么热情主动啊?

"别引诱我犯错误啊。哈! 玩笑啊。等以后有机会再说吧。"他乐呵呵地说着。

军训下来,他似乎瘦削了一些,一张脸更加轮廓分明,英气了许多。担任区队长以后,他似乎内敛沉静了许多。

"好啊,我教你。"我真敢开口。我这个舞盲刚刚还狠踩了张雪飞一脚呢。

他身上究竟是什么东西在那么强烈地吸引着我呢? 他喜欢说自己是北人中的南人,南人中的北人。果真是一方水土养一方人,他的粗犷而不乏细腻的性格,真是很吸引人。但我同时担心,军校这样的环境,会不会把这样的一个内心激流涌动的男人,给渐渐磨成一个制式的公文一般乏味的人呢?

"快熄灯了,小米,回宿舍吧。一会儿我得查铺,先走了。晚安。"任天行和我招手作别。

"晚安! "我喃喃着。

就在他转身的一瞬,月光如水,熄灯前的军校一派安详,熄灯号突然悠悠地响起来了。第一次,我觉得这号声听上去如此温暖安详,正如他的那声"晚安"。

12

在冬天里的一次舞会上,我看见了历史系的女生马小蕾,同我第一次来舞会一样,她也是靠在大柱子上四下里张望。我并不是舞会的常客,多数时候是陪小妖来。小妖舞跳得好但也并不痴迷于此。只是一到周末,请她去跳舞的人太多,晚饭后回宿舍的路上,我们身后能黏上一串干部学员。我们区队的男生酸溜溜地管那叫做"小数点后的若干位"。

夏天里,我和马小蕾是坐了同一列车来军校报到的。列车从北京站开出的时候,同行的男生大都在使劲朝家里人挥手,只有马小蕾形只影单地靠在窗边沉着地喝水,因而我对她印象深刻。并且,马小蕾是我们北京考生中考分最高的,因了她的出类拔萃,排名第二的我差点就与这所军校擦肩而过了。

在舞会上见到马小蕾时我很有几分惊异。因为,从踏进军校的第一天起,马小蕾就表现得忧心忡忡满腹心事。军训时,我手枪和步枪打靶打了两个光头,第二天要补考,头天晚上我慌得睡不着觉,一趟趟跑厕所。夜里马小蕾也上厕所,见了我,一脸的冷静:"慌什么慌,打十个光头又怎么样了?毕业了还不是你回北京。我呢,还不知道给发配到哪儿去了呢。"说得我心中惭愧,一晚上几乎没合眼。

她有危机感,确切地说从拿到军校录取通知书的那一刻马小蕾就有了危机意识。招生老师当时对我们大家说了:"我们军校的待遇是好,但军校的分配可是全国分配,你们可要考虑好了。"来到军校,不用打听,就听说北京一年里考来十名学生,四年后能分回去的还不到一半呢。军训刚一结束,马小蕾她就给自己制订了周密的学习计划,有了毕业后考研究生的打算。那一段时间,她永远是一本英语书不离手。其实还在军训里她就开始行动了。那阵儿正赶上军校新生们离家后的第一个中秋节，我们几个女生们坐在桂花丛边、梧桐树下，一首歌接一首歌地唱，想家想得抱在一起直哭，而只有马小蕾一个人闷在宿舍里沉着地背单词。这次周末舞会，是同宿舍的几个女生好说歹说才把马小蕾拉来的。

说实在的，军训结束后马小蕾倒是好看了许多，她本来过于瘦削的脸颊，饱满起来后脸色也跟着红润了许多，使她跟换了个人似的有了一些活力。马小蕾的底子不错，乍一看有些憔悴，仔细看却有一种秀丽之色。她眉形很正，眼睛也秀气。今晚，背靠着舞池边朱漆色的大柱子，一抹微笑淡淡地挂在马小蕾嘴边，舞厅的灯光洒在她周身，令她看上去有几分不真实的梦幻感。

不久，我就看见马小蕾被一个干部学员热烈问候着。那人曾经纠缠了小妖好一会儿，有点鹰勾鼻，所以我多少有一些印象。几次三番后，那人拉着马小蕾的手，在舞池边上一步步走着舞步，像在教马小蕾跳舞。

马小蕾的故事，无意间就从舞厅开始了。

是马小蕾脸上那抹微笑，不经意间就被舞场猎手——进修班的干部学员孙宏雷捕捉到了。

孙宏雷起先向小妖频频出击，却一直难获美人芳心。经过几个回合的征战，和几个与他一样有掠美之意的学兄一起败下阵来，连小妖的名字都没问到。

孙宏雷不免感到了几分落寞，徘徊在舞池边上，眼睛里像个怨妇一般满含幽怨。望着舞池里翩然起舞的一对对男女，他不由对舞会生出了一种厌倦，甚至顿时有了归隐之意。意兴阑珊的孙宏雷溜达着，不经意间，忽然就瞥见了一个女生，静静地靠着舞池的柱子，脸上带着如梦似幻一般的微笑，望着那舞池中舞动的人

们，久久地一动也不动。这场景令孙宏雷心下一动，他站住了。

那女生就是马小蕾。

舞会上的失利使孙宏雷一番反思之后重新调整了战术。只有知己知彼才能百战不殆。他觉得以往自己对军校的女生太缺乏了解了，贸然上阵，自然要铩羽而归。由此他快速总结出了一套新的战术方法，觉得未必一上来就要动真格的，可以采取迂回前进的游击战法。他打算在军校里先找个女孩练练手，这就好比大考之前的模拟考试或实战之前的演习，对取得最终的胜利是非常重要的，这一环绝对不能省略。这叫什么呢？孙宏雷套用在部队上经常用的一个词——大练兵，权且就把它叫做大练兵吧。

孙宏雷在舞厅里很是不安分地转了几圈之后，一下被马小蕾的微笑吸引住了。经过对马小蕾由上而下几番仔细打量，马小蕾脚上的那双鞋，让孙宏雷的目光久久没有移动。

那是一双军校统一配发的黄绿色的军棉鞋，棉鞋的形状憨憨大大的，样子显得有几分笨笨的。棉鞋的边角已经被磨损得起了毛边，鞋面的颜色有点发白，显然穿了有不短一段时间了。在军校里，在男生们脚下看见这么一双棉鞋倒不奇怪。男生们大多不讲究，军校发什么就穿什么呗，何况这军棉鞋就是暖和。但女生们却几乎无人穿它。冬天里，女生们的脚上大多套着双自己买的样式精巧的棉皮鞋。有爱打扮的，还会蹬双款式时髦的皮靴来，靴子的腰藏在军裤裤边下，鞋跟高高的，走起路来"咯噔咯噔"响，很是神气。军校里大家都穿着同样的军装，能显出区别和个性的，无疑就是一上一下头脚两处了。讲究一点的女生，往往就爱在这两处做文章。乍一下在一个女生的脚上看见这么一双军棉鞋，孙宏雷不觉感到诧异。他再一次抬头望向这双鞋的主人，望见的依旧是马小蕾那散发着出尘气息的微笑。孙宏雷心里"咯噔"了一下。

说实在的，马小蕾这样的女孩子对孙宏雷其实并不具有杀伤力，令孙宏雷感到心仪的是那类美艳夺目的女孩子，而马小蕾无疑显得过于平常了一些。但马小蕾脚上的那双鞋，却着实把孙宏雷撼动了一下。她算不算是白天鹅里的丑小鸭不知道，但她应是天鹅群里不那么骄傲的一只。这正是他此刻所需要的对手。

　　孙宏雷是东北人，到江城的这所军校进修前是东北某部队的上尉参谋。孙宏雷在舞场上的自我感觉很是良好，他那样脾性和气质的人，一望而知就是在哪儿都会自我感觉不错的。这个28岁的青年军官，据民间的说法他似乎很有来头。有人说他的父亲是东北数得着的大老板，生意大得很，在欧洲好几国都有分公司；还有人说孙宏雷的一个叔叔是北京的高干，跟中央领导经常在一起开会吃饭；还有人说，他的几个姐姐都在南方做生意，家里好几辆"宝马"、"奔驰"车。军校虽看似是一方净土，但其实也是鱼龙混杂，在有些方面就媚俗得格外蹊跷。有关孙宏雷的这些传闻真真假假，大多数人听后多是一笑了之，并没有人太当真。但奇怪的是虽然没有人真信，但孙宏雷却因此有了不小的名气，加之他平日里出手大方，在军校里很快就有了好人缘。

　　终归是在江湖上混了些年头了，孙宏雷落落大方的一番自我介绍后，就成功地当上了马小蕾的舞蹈老师。他迈着大步迎上前去，笑容可掬，风度翩翩，没费多少周折就打着要教马小蕾学跳舞的旗号，把她一把搂到了自己的怀里。

　　马小蕾的故事便不露痕迹地继续下去了。

13

　　传说，3000多年前，古希腊美女海伦就被视为"世界第一美女"。荷马史诗中说："她的美貌足以击沉数以千计的船只"，她的

移情别恋，与情人私奔，导致了世界上旷日持久的特洛伊战争。

在认识姚小遥之前，我对这个传说半信半疑；认识了姚小妖之后，我对这段历史深信不疑。

说到因为小妖而引发的那场新闻系男生和我们哲学系男生之间的火拼，请注意我在这里用的是"火拼"而非别的词，意即同伙之间的拼斗。我之所以把新闻系和我们哲学系的男生看成一伙，是因为两年后当小妖的那场意外变故发生之后，有人亲眼看见这场火拼中的领袖人物——新闻系的彭鹏，在军校的小酒馆里抱着我们系的男生廖凡哭泣。

说到那场内部斗争就不能不先提提我们的女生宿舍。因为，我一直觉得女生宿舍虽不是整个事件的导火索，但绝对是故事的缘起之一。

江城的这所军校是一所军队文科院校，男女生的比例是 10 比 1。女生们集中住在一幢两层小楼里，小楼正对操场，操场过去，就是七层楼高的男生宿舍。男女生宿舍中间隔了个操场，跑道是圆环形的。于是就流传下了个说法，管男生宿舍叫牛郎楼，女生宿舍自然就叫织女楼，中间隔着的自然是星汉迢迢的银河了。

女生宿舍的小楼前种着几棵法国梧桐，梧桐树伸展着繁茂的枝桠，像修长的手臂一般直举到女生们的窗口。门口有花坛，花坛里有两棵月桂树、两株玉兰。春天玉兰花开，白色的花瓣散发着清雅的香气，总有女孩子在树下拾花瓣往书本里夹。一到秋天，幽雅的桂花香便荡漾在了空气里，连女孩子们晾晒在窗口的衣衫上都熏上了淡淡的香气。从宿舍楼下经过，经常能听到从楼里传出的各种演奏乐器的声音，有小提琴的如泣如诉、手风琴的轻快旋律，还有笛子的悠扬乐声。有时是首完整的曲子，有时则长一声短一声的像在做起步练习。虽不是很流利，到底也有着音乐的悦耳。经常地，还能听到女孩子们的笑声，银铃一般悦耳。

女生宿舍总给人以无限的遐想，特别是在你根本就无法进门的时候。

还没踏进女生宿舍楼的大门口，就能望见门上方的玻璃上横着四个大字——男宾勿入。四个字是用黑色的墨刷上去的，规整的楷体，透着严肃和警告的意味。走到大门口，一眼就瞥见了一张长桌，紧紧地抵着门口斜放着，只留下一个能通过一个人的小口。长桌后面终日坐着一个面孔严肃的妇人，眼神炯炯地望向每一个经过门口的人。这女宿监其实长得并不赖，鼻直口方，梳着利落的齐耳短发，颇有点妇救会干部的英姿。但她的神情却总让人不由感到畏惧，那是一种很奇怪的神情。眼睛发着亮，从中发散出来的光束是直的，直直从你的脸上扫过，再从上身扫到下身直至脚下。如此一层一层地打量着，像给你做了遍彻底的 X 光检查，让人忍不住先为自己的肉身自惭形秽。她的嘴巴紧闭着，两边的嘴角却一努一努地往两边抻着，像随时准备嘲笑什么人和什么事。

日子久了大家都知道了，这女宿监是军校里某个教员的随军家属，之前在村子里，一直担任着乡党委书记，也是大红大紫的人物。跟着丈夫一进城，英雄无用武之地，困顿数日后终于在女生宿舍找到了自己新的人生坐标。以她过硬的党性原则和扎实的工作作风，完全做到了一夫当关万夫莫开，没有通行证的男士进女生宿舍难于上青天。女生宿舍多年来如一块圣洁的处女地，始终保持着她的纯洁无瑕。

你禁不住会问了，在这样的重重戒备之下，能有多少爱情的花儿尽情绽放呢？是啊，正是十七八岁的青春年华，相处久了，男女间难免会产生出异样的化学反应。这就像种子入了地要发芽，果子熟了就要坠地一般自然。但在军校，纪律上的特殊要求使得

 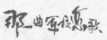

恋爱成了一种违规行为。男生女生间的交往完全没有私人空间，永远是处在人民群众雪亮的眼底下。而愈是这样，似乎就愈容易上演那种飞蛾扑火一般的令人瞠目的悲情剧。

寒假过后，开春了，美女小妖的追求者在蛰伏了一个冬天之后，纷纷开始登场出动了。不久，众多的追求者中突然杀出了一匹黑马。

黑马彭鹏来自新闻系，家里的背景据说在军界极为显赫，算是个军队的高干子弟。这男生形象气质都不赖，算得上是个帅哥。笑起来的时候爱把头向后仰，神情一派优越。平日里周围总跟着一干小兄弟，做派很有几分啥都不怕的架势。元旦里，因为一句话不对付，就和几个干部学员在军校的小酒馆里干了一仗，自己虽没动手，可底下几个拥戴他的小兄弟却趁乱给了人家几脚。他因此背了个警告处分，但他依然我行我素不改咄咄逼人之势。

彭鹏怎么看上小妖的详情不得而知，其实也不用去想，军校里谁人能不注意到小妖呢？他追求小妖的路数有点特别，起码在那时候的军校里看起来很有些洋派。他不给小妖写情书，小妖收到的情书太多了，恐怕就不那么容易脱颖而出。所以他有意剑走偏锋。他派了个整日里跟他形影不离的小兄弟，在从食堂回宿舍的路上猛跟小妖搭讪，塞了张票在小妖手上，说是邀请小妖周日去离军校三站地外的军人俱乐部游泳。

早春时节，穿着游泳短裤的高干子弟彭鹏同学在游泳池边望眼欲穿，最终没能等来泳衣遮身的美女小妖。第一次贸然出击失利归来，难眠的夜里彭鹏在铺位上辗转腾挪，一个接一个地打着响亮的喷嚏。乍暖还寒时候最难将息，早春的游泳馆还是很有几分寒意的啊。睡在彭鹏下铺的一个兄弟有点看不下去了，就告诉了彭鹏一个信息，那就是小妖最近时不时会出现在周末的舞会上。

彭鹏于是打算到军校的周末舞会上去走一遭。周末终于到了，他没有像张雪飞那样乔装改扮，晚饭也没顾上吃，请了个假后披上一件黑皮夹克就去了进修班的宿舍。他父亲手下的一个团长就在学院进修，得知了小兄弟为情所困的窘境后，先是把他拉到军校的小酒馆里小斟了几杯，算是做了战前动员和上场热身。而后，他带着彭鹏，一路畅通无阻地就进了军校的舞厅。

　　彭鹏守候在舞厅里，如等待猎物的猎人一般，两眼炯炯望着舞池的人时刻警惕着。终于，他望见了一个款款而来的窈窕身影，眼睛一下就直了。当晚的小妖，纯白色的衬衣扎在一条水磨蓝的背带牛仔裤里，纤纤细腰勾勒得仿佛盈手可握。小妖一路走来，边走边抖开一条红色的羊绒披风围在了肩头。瞬间，仿佛舞池里翩然而至了一朵红玫瑰，一下吸引了众多的目光，整个舞厅仿佛陡然间明亮了好几分。

　　彭鹏赶紧飞奔向前，低头弯腰伸手向小妖发出共舞的邀请。小妖见是他，忍不住愣了一下。同是一届的，又有那么一次失约在先，小妖有些难为情，于是把一只手放在了彭鹏摊开的手心里。一旁的团长见彭鹏首战告捷，已经抱得美人在怀，就冲他做了个胜利的手势，转身离开舞场找几个老乡打牌去了。

　　两个人晃动到舞池中央的时候，小妖已经被彭鹏踩了好几脚了，奶白色的高跟皮鞋上已经落下了点点污迹。不是彭鹏寻机报复，而是他着实不会跳舞。小妖面色绯红，几次停下舞步想要终止这次合作，但这个唐突的舞伴却很执著，一只手顽强地揽着她的腰根本不撒手，另一只手则握了小妖的手迟迟不肯放开。并且，舞伴的一张脸已经红得像她的披肩一般耀眼，令小妖着实不忍断然抽身。

　　几个圈子绕下来，小妖出了一身的汗脸上也汗涔涔的，舞曲

终于停下来了,她获得大赦一般赶紧跳离了舞伴。临走,不忘礼貌地冲那男生笑了一笑。天哪,彭鹏被小妖这美人一笑弄得啊,立刻就天旋地转眼冒金花起来。他完全找不着北。等彭鹏举了两瓶汽水从舞厅外回来,一首舞曲已经在舞厅里悠然响起。此时彭鹏一眼望见小妖正跟一个一袭白色西装的小伙子舞蹈着,两个人步伐配合得天衣无缝,如行云流水。彭鹏不痛快了,敢抢我的女人?他已经晕得以为小妖就是他的女人了。他举着两瓶汽水,大踏步地就迎着小妖和她的舞伴走上去了。

舞厅里的人们成双成对,起舞翩跹,安然享受这愉快的周末时光,完全没想到,一场冲突顷刻间将要发生。并且,眼下他们沉浸其中的分分秒秒,已然进入军校舞会告别前的倒计时了。

只听得"噼里啪啦"一声,舞池正中,一瓶汽水被一个穿黑皮夹克的小伙子摔到了地上。旁边,一对金童玉女一般的舞伴惊诧地张大了嘴。周遭的人们全傻了眼,眼望汽水瓶落下的方向,像被定格在那里了一般一动不动。但见那黑皮夹克小伙伸手去拉玉女,穿白西装的金童下意识地把玉女往自己怀里拽了拽,伸手来挡黑皮夹克小伙的手。这一下,他的脑门上立刻与一瓶汽水亲密接触。汽水瓶在白西装金童的脑门上顿时开裂,黑皮夹克小伙喝了酒,手上的劲却来得并不含糊。血痕毕现,立即有股红的血从白西装的脑门上涌了出来。汽水瓶的碎片一路滚落下来,再次拥抱了舞厅的木地板,第二次发出"噼里啪啦"的响动。

人群这才有了反应,有尖厉的女声发出"哎呀"或者"噢呦"的叫声,仿佛机器人的开关刚刚被启动。场面瞬时混乱起来,人群四散,叫嚷声四起,舞曲里的音乐却还在继续。此刻,舞厅呈现出一种历史回放画面,仿佛地下党和狗特务狭路相逢,一场激战在所难免。在老电影里才见过的混乱场景,突然发生,恍然重现。随便哪个拍暗战剧舞厅戏的导演进得门来，不用设计安排，准保抓起机器就能拍个过瘾。

十分钟之后，舞厅里的这场纷争延续成了一场格斗，战场由舞厅拓展到了军校的操场。两队体格精壮的男生在操场上分两列排开，中间隔了10米的样子。一列有十人，正是军校里一个班的编制。这是新闻系的彭鹏和哲学系的廖凡经过谈判后，从各自的兄弟中挑选出的精兵良将。更多的人，围拢在周围给两队人马打气助威。

这是一个春风沉醉的晚上，军校的操场上，随着裁判员——一位特邀来的历史系男生的一声令下，军校里的20个生猛小伙儿，龙腾虎跃一般奔向敌手，立刻双双抱成一团，开练起了军体课的训练科目——军事擒拿格斗。这不是平日的军事训练，这是为了捍卫一个美女而发起的战争，不，是火拼。

那一天晚上，很遗憾我没在军校里。那一天是我20岁的生日，我去了父母的一个战友夏伯伯家里，亲爱的夏伯伯方阿姨一家人为我过了一个温暖而难忘的生日。当我背着一军用挎包的苹果走过操场的时候，已经是熄灯前的十分钟了。

操场上早已偃旗息鼓灰飞烟灭，完全看不出任何争斗的痕迹。熄灯前的晚间音乐悠扬地播放着，皎洁的月光下青草依依，晚风里飘荡着蔷薇花的芬芳，完全是一派和平温馨的美好景象。

我一进宿舍的门，梨花带雨的小妖正在郝好怀里啜泣。见了我，这个军校里的海伦一头就扎进了我的怀里。

那一夜，我20岁生日的那一夜，我失眠了。长这么大，我头一次为自己不是一个美女而心思辗转彻夜难眠。美丽的女人竟然有着原子弹一般的杀伤力？比任何出众的才华、任何美好的品质都来得直接？可书上不是一直都在说，心灵美是最持久、最有力量的

吗?不是一直在说,人不是因为美丽而可爱,而是因为可爱而美丽的吗?我发现,我上当了,上老当了,上了整整20年的大老当。我傻啊!

严重失眠中,我轻手轻脚地从床上爬了起来。我穿上军装,套上军用胶鞋,拿上手电筒,下了楼。女宿监每天熄灯号响准时下班。女生宿舍楼前,换上的是两名学员岗哨。在通过了值班员细致的盘问之后,我奔跑在了军校空无一人的操场上。

天,我才跑了一圈,就望见一个人晃悠悠地从门诊部的方向一路走来。走到眼前了,竟是他,胡子拉碴,一脸沧桑。我赶紧扶住了高烧中的任天行。

如果任天行那天没有发烧,没有去门诊部输液,担任区队长的他,会加入这场全校瞩目的"海伦之战"吗?

我希望答案是肯定的,也是否定的。

从我20岁的第一个晚上开始,我有了一个重大决定。我决定,要把自己变成一个美女!我要在不远的将来,看到任天行为了我而跟别的男人决斗!

14

许多年过去了,关于那场"海伦之战"的胜负,一直是众说纷纭、莫衷一是。有人说我们系的男生所向披靡旗开得胜,也有人说新闻系的男生心狠手辣揍得我们班男生满地找牙,甚至还有人说,那天其实根本没打起来,擒拿格斗刚摆开架势,就被闻讯赶来的我们的班主任老安给断喝住了。所以有些时候,我禁不住怀疑那是一场在军校生的脑海里虚拟的争斗,是口口相传而又人人希望确实存在的一场大比武。军校生活太过平淡甚至有几分压抑,但狂放的青春不容窒息,冲动起来有时很容易自说自话,给想象插上飞翔的翅膀。

我清楚地记得，那天熄灯前我路过操场的时候，那是个美妙的四月的晚上，春风沉醉，蔷薇花飘香，完全寻不到战争的一点蛛丝马迹。

不久我的怀疑因为当事人的受罚而有些动摇。彭鹏因为当众滋事斗殴背了个严重警告处分，而在处理廖凡的问题上引发了很大的争议：一派说他集结同学打架，虽然操练的是军校的传统科目但也属不正当活动，理该重罚；一派说一场军事擒拿格斗，也就是一次业余时间的大比武，组织严密，程序到位，并没有出现任何不良后果，不该承担任何责任。但最后，廖凡还是得了个通报批评的处分。而正是因为张雪飞一路飞奔赶着报信，才引发了那场为捍卫美女尊严的大战。因此，脑门被缝了七针的张雪飞倒霉到家，难逃干系，摊上了个班内批评。

军校的周末舞会也在那一天完成了使命，惨遭封禁后悄然退出了军校历史舞台。一时间军校的操场和图书馆成了战略要地，后者尤甚。在浩瀚的书的海洋里，经常可以看见数只明面打捞知识实则收获爱情的成双入对的小帆船，那些交头接耳或者传递着小纸条的男生和女生，是军校图书馆一道最平常的风景。但图书馆毕竟不是谈情说爱的地方，所以如此众多的私密活动，很是引起一心在这里攻读学问，而脚下有望延伸出几行伟人脚印的学员们的愤慨。他们抗议说，要么就把图书馆改名鸳鸯楼，要么就把这些鸳鸯们请出去！

校园里没有活动空间，且有限的资源着实令人感到知音难觅。正是十八九岁荷尔蒙流量和流速都哗啦啦的年龄，出操训练、整理内务、课堂学习、晚间点名根本累不住他们，三饱两倒（军校里还有午休）倒是把他们的能量储备得一个个如下山猛虎，可以

随时拉出去上战场。要完全毫无杂念而且安分守己、循规蹈矩，那必须是革命者的意志外加一副钢筋铁骨。

好在还有周日，有限的外出名额还可以让幸运儿们出去透透气。那时节流行一个很著名的节目，就是请到假的男生会不自觉地在校门口集中，而后同乘一辆车，集体到江城那座著名的艺术院校走走逛逛。明媚的阳光下，十来个二十出头的生猛小伙儿成一路横队，以一个气势磅礴的横切面出现在艺校里，隆重展示着我威武之师的傲人风采。那精神气儿，怎"生猛海鲜"四字了得啊。

那时节大学里很流行搞联谊活动。在男生们的强烈呼吁下，由班主任老安牵头，我们区队就和江大的哲学系联系上了并准备开展友谊往来。在介绍那场空前绝后的联谊活动之前，我觉得有必要给你先介绍一下我们的班主任老安。

班主任老安其实并不老，也就是三十七八正当年。但从入学的第一天起，班上的同学就开始在背后喊他老安了。老安年轻的时候一定很英俊，所以临近中年的老安依旧唇红齿白、疏眉朗目，外形上和《西游记》里美男子唐僧绝对有得一拼。江浙男人外表和行事都不像北方男人那么糙，老起来似乎也要慢上半拍。

老安不仅人长得像唐僧，行事和做派上也颇有唐僧的风范。才当我们班主任的时候，他可能还没有习惯带女学员，和我们女生总是一字一顿有一说一，并且目光永远光明磊落地直视前方，仿佛唐僧入了女儿国一般坐怀不乱。再有就是他传达事情的时候话总是说得很漫长很制式，难免有点小啰唆，让人不由想起唐僧对着悟空念紧箍咒的时刻。

军校的班主任当得苦，有家不能回，每日里与学员们同吃同住，以学校为家。学员兵不好带，一个个有思想讲个性，一个命令下达前得先讲清楚若干个为什么。老安早年是以特招的文艺兵入伍的，后来在大山里当过很长一段时间的测绘兵，再后来上了军校，军校毕业后被分派做了教员，而今又做了学员队的班主任。

因有教书的底子，老安爱看书，区队的队部也是老安的宿舍里，高高的三组铁皮柜里大半是老安的私人藏书。学员们没事就跑去借书，说是借，基本是看哪本顺眼就给顺走了。老安起初有点气恼，专门在铁皮柜上贴了张纸条，上书"私人藏书，请勿借阅"。后来眼看书被取走了大半，完全没了章法，老安把柜子上的纸条取下，又换了一张"私人藏书，借阅登记"。倒是有几个自觉的主动登记了，可时间一长，也就总是那几个老实人登记许多书还是照样经常不在位。老安索性贴上了最后一张纸条"流动图书馆，借阅凭自觉"。学员们眼见老安如此惜书，于是推选了张雪飞做图书管理员，挨个宿舍进行了一次大搜索，才算把那些书大体集合起来，从此开始了正规化的流动。

老安不常回家，有时周末的晚上安夫人就会带着儿子小安到学员中坐坐，给老安送送换洗衣服什么的。安夫人一出现，不用谁招呼，不少男生就会自动拥到队部来。安夫人可不是电影里经常看见的那类制式军嫂——满面贤良，一脸春风，眼珠只随了老公转。安夫人可不是。她是老安当兵时的战友，舞蹈队的，跳的是独舞和领舞，是部队文工团的顶梁柱，也算一枝独秀。安夫人后来转了业，去了江城的一家文化单位工作。安夫人是扬州人，生就舞蹈演员的标准身材，溜肩长脖，面容姣好，脑后绾髻，韵致颇佳。看上去她也就二十七八，要不是身边立着个白面红唇的小公子小安，真让人难以相信她是个十岁孩子的母亲。

男生们围了安夫人痴痴地望，弄得人家一家子团聚的时刻却是有话难讲。于是每回都是安夫人起身离开队部，老安送夫人出来，儿子在前面走走停停，两口子在后面绕了军校的操场散步。一

68

般也就走上两圈,时间长了还不行,熄灯号一响老安还要到男生宿舍挨个查铺。每到这时男生们都会拥到盥洗室,推开了窗户往操场上望。或明或暗的夜色下,安夫人挽起老安的胳臂,俪影双双缓步而行。不少男生倚靠在窗边痴迷地做托腮遐想状,对班主任老安的幸福生活油然神往。

老安做教员的时候教的是宗教,对宗教世界满心热爱。春天里,他带着学员们来到了栖霞山游春。山下的栖霞古寺是佛教圣地,老安带着大家参观。寺里的法师在给学员们讲经说法的时候,接待室里苍蝇当空舞得欢。有苍蝇落到法师脸上,人家轻轻一拂长袖便作罢。对面的老安一脸恭敬,有苍蝇来亲近他,他没有可以拂的长袖,只任苍蝇落在他鼻头尽情撒欢。见此情形,男生们倒还沉稳,我们几个女生向来思维活跃,当着法师的面不敢造次,回来的路上却忍不住挤眉弄眼地笑成一团。

我们区队是老安带的第一个学员队,因而他对学员的事特别上心,情感上也跟大家走得特别近。老安是个细致人,连"三八"妇女节这样的节日也会记得给我们过。安夫人亲自下厨,碟碟盘盘密匝匝的很快摆满了一整桌,都是些色香诱人的南方菜,老安还不忘准备一瓶葡萄酒或者几瓶香槟。晚上邀请来了我们五个女生,一桌子菜很快被馋嘴的我们一扫而光,惊得老安一边进厨房亲自上阵,一边赶紧打发儿子小安上街上买点熟食回来。

老安好是好,就是凡事管得过细,不定期的内务检查就让我们几个女生恨得牙直痒痒。人家别的系的女生就没这一项啊。别看我们女生们同住一幢小楼上,宿舍与宿舍之间却是两重天。人家宿舍里是墙上有画,床上是自己带的花格床单和松软的花棉被,窗帘是带花的,书桌上有小镜子和录音机。可看看我们的宿舍吧,白色的墙壁空虚单调连只蚊子都不想待,窗帘是白色的,床上是军校发的制式白床单,以及四平八稳的豆腐块被子,桌子上空无一物。极度心理不平衡的朱颜早说过了,感觉这宿舍像尼姑庵。军校有上课时间不许回宿舍的严格规定,但每逢自习时间,总有女生喜欢溜回来吃点零食,或者躺下看会儿闲书,洗洗衣服什么的,别的系的女生大白天回宿舍是家常便饭,有几个系更是对女生网开一面,从不检查女生的内务。可我们不行,就是这么乏味的宿舍,你也别想回到里面稍微靠一靠或吃点零食调整一下情绪什么的,因为,那一大串钥匙发出的响动声随时有可能在走廊尽头响起,那可不是山间铃响马帮来,而是大追捕前犀利刺耳的警报声啊,是老安带着公务员来检查内务了。我们五个女生除了郝好,都被老安在宿舍里抓过现形,一人一个班内批评是逃不过的。所以我们有时真挺恨老安的,特别盼望听到他外出的好消息。

我们几个女生多次上书,请求终止这项颇具杀伤力的检查,但老安固执起来也是惊人。他用一口绵软却不失铿锵的江浙话说道:"当兵就要当得像个样子!否则将来后悔的是你!"这就是老安,儒儒雅雅但有点婆婆妈妈,很讲原则却不乏真性情的我们的老安。

15

再回头说说那次令男生们很是失落而令女生们窃笑不已的联谊活动吧。

这是一个暖融融的春日,双方把联谊活动定在了江城最著名的玄武湖公园。男生们一个个很是振奋,腰杆挺直,皮鞋擦得锃亮。尤其是少帅还专门蹬上了他那双标志性的白色三结头皮鞋。

两个班的人在湖畔的草地上围了一圈坐下,半边是军校生,半边是江大的,像两个半球的对话。两边的团支书想尽办法活跃

气氛,但奇怪的是气氛就是活跃不起来,军校的男生大都有点发蔫。最后我们的团支书郝好和对方的团支书嘴巴都磨破了,愣是没鼓动起一个同学当众表演个节目。来之前张雪飞答应好表演一段霹雳舞的,眼前却只是摆手就是不肯上。于是早早地,大家就进入到最后一项的自由交往时间。

军校的男生大多蔫头耷脑的,起身围拢在一起就聊开了,像是在军校的课间时间。他们当中只有一个人表现得比较主动,就是他,任天行。他和一个容貌素朴外表平常的女生,站在湖畔的一棵柳树下,神情认真地交谈了很久。我频频往他和那女生的方向望,猜想着他们的谈话。

小妖身边立刻围拢过来三四个江大的男生,搭讪着要联系方式。军校的男生见了不愿意了,立马过来几个人把小妖往人堆外请。我和朱颜就笑起来,直笑出声来,笑得江大的女生眼神发直,一准儿都在奇怪,军校里原来是男生腼腆女生奔放呀。

回来的路上,少帅张雪飞在军用大轿车后面的座位上大声感慨:"要说,这学哲学的女生,怎么没一个好看的呢?那些家伙,一个个也太差劲了!让人没点情绪。"眼见了我和朱颜两个回头使劲瞪他,他忙改口:"说实在的,那些家伙,可比咱区队的五个女生寒碜多了!准定的,比咱们的女生难看!"他这句听上去别别扭扭的一句补充,引得我们几个的眼睛瞪得更圆,一车男生都笑了。

"哎,任天行,你跟那丫头都聊些啥啊,好像挺热乎的?你倒是挑个养眼点的啊,怎么,不会是来者不拒吧?"张雪飞大声地,把球踢到了任天行面前。

任天行不接球,望了车窗外微笑。

那次英雄救美的壮举过后,张雪飞还真对小妖动过几天心思。可眼见小妖美丽的大眼睛里除了感激,实在没别的情感流露,他就直恨那个彭鹏,恨那小子那天怎么没在他脑门上再多砸个口子出来。不付出点爱的代价,怎么获得美人心啊?

后来,情感丰富的张雪飞只好和中学时代的女同学通过写信建立了友谊。他的课桌抽屉里永远躺着至少两名以上的女生来信和一大叠照片。女生甲一袭碎花连衣裙,娇媚地歪着头躺在草地上笑,做的是姿态;女生乙则靠在湖畔的一棵柳树上,忧郁的双睛望向一泓湖水,整的是气质;女生丙则一袭游泳衣在身,曲线毕露,往海滩上一立,要的是火辣。课余时间,张雪飞经常翻出来一张张欣赏。军校禁止学员谈恋爱,可对学员的对外交往相对要宽松一些。

"这都是谁呀?姹紫嫣红的。"郝好看不惯张雪飞手里像打扑克牌一般整天不离女孩子的照片,有次忍不住问张雪飞。

"我女朋友呗!还能有谁?"张雪飞显然很是骄傲。

"你脚踏两只船,不,数只船。不怕哪天水来了,一失脚淹着你?招蜂惹蝶可没好果子吃。"郝好挺认真。

"就几张照片,至于吗?看得见摸不着的,过过眼瘾还犯法了?"张雪飞理直气壮地说。

"你——流氓!"郝好有些生气。

"哎哟,我的郝支书啊,我可真冤啊!几张照片就把我整成流氓了。你没看我都把照片放在教室里吗?都没敢往宿舍带。我们是纯洁的朋友关系,多交几个女性朋友并不违反军校的纪律吧?当然,要是我和你郝大支书谈恋爱,那就是严重的违纪,当个流氓也乐意啊!"张雪飞挺来劲。

郝好当时就狠狠"呸"了他一口。

第二章

1

军校生活的第二年开始了，我们这一届的学员按照教学计划，要接受三个月的下部队锻炼。男生们大部队行动在前，一个个打起背包便向山东日照的部队开拔。而我们这一届的十二名女生则被分去了济南，下了火车又一次分组，我们哲学系的五个女生就被派到了济南城郊，群山环抱中的一个女兵通讯连。

我们五个女生被安排住在一间半山腰的平房里，周围是一片小树林，离山上的女兵宿舍还有一段的距离。我在军校睡的是下铺，这次非要逞强住到上铺去，结果刚爬到上铺才铺开被子，床板就晃悠悠从一边斜着倒了下来，我坐滑梯一般直滚到了下铺的朱颜的身上，砸得朱颜夸张地连声嗷嗷，大呼小叫着："地震了！地震了！下肉弹了！"

几天下来，每日里我们并不参加女兵们的日常工作，只是跟着她们一起出操训练，定期和女兵们谈谈心什么的。而我们的主要任务则是在营区里巡逻，每天更换黑板报，到炊事班帮厨，另外还要烧锅炉供水，跟着炊事班的女兵出公差采购米面粮油和肉蛋果蔬。从早上五点起来烧锅炉，到晚上和女兵们一起接受晚点名，一天的活动排得满满的。晚上躺在床上，女生们个个腰酸腿疼疲惫至极，起初几天真有些不适应。

朱颜唉声叹气地说："当年的知识青年插队，是不是就像咱们这个惨样子啊？水深火热啊。"上铺的我马上反对："有些同志太文盲了吧，插队还得种地呢，你够舒服了啊你。"朱颜不服："有些小同志的嘴巴很硬嘛，那是谁啊，烧不着锅炉哭得稀里哗啦的？痛不欲生呢。"我不说话，举了只枕头就压到了上铺朱颜的脸上去。

提起"烧锅炉"三字就让我头疼，这可是我的软肋。别的女生一把火烧得旺旺的，可一轮到我当班，准得耽误连队用热水。连队里烧锅炉用的还是柴火，第一步的点火很关键。先要把一团废报纸烧着了，再去引燃一片劈柴，而后丢到锅炉里去，往上一点点加柴火直至一炉火旺起来。可我就是过不了这一关，报纸点得着可劈柴引不燃。如此两回，为此朱颜在自己当班的时候愣是把我从被窝里揪起来，让我跟着她接受现场指导和技术培训。可不知为何，关键时刻我还是总掉链子。

这不，才凌晨四点半，我就摸黑起床了。俗语说笨鸟先飞，我想着早点到锅炉房展开工作，或许可以从容些，打个翻身仗。

还是初秋，山中的凌晨已有几分凉意。散漫的月光有一搭没一搭地游弋着，远处的山村偶尔有一两声犬吠传来。月光下，我像只小野兽一般独行在山路上，一心只想着完成烧锅炉的神圣任务，也顾不上害怕了。进了锅炉房，我先取下眼镜，再把带来的一条白毛巾包在了头上，立即就变作老电影里挖地雷的。

可一个小时过去了，烟囱里却还没有冒出袅袅的炊烟来。终于我一把拽下头上的白毛巾，白毛巾此刻早给烟熏成大花巾了，

脸蛋也一样花。我顶着一张大花脸,跌跌撞撞一路滚下山去。等把郝好拽到锅炉房再把水烧开,都已过了早饭时间了。后来女生组长郝好就不派我烧锅炉了,于是我一个猛子扎到食堂,成了一名专职炊事女兵。

这回算是专业对口了。在通讯连,我最喜欢的地方就是连队的食堂了,我酷爱帮厨。我喜欢看着炊事班女班长挥动着大铲子在大铁锅里炒菜,这姑娘身手矫健,锅里的菜肴香味四溢。我还尤其享受和女兵们一起做肉笼的过程,从揉面到调馅,再到把馅铺在面皮上一层层卷起来,而后再盘成一条大蟒蛇一般,放到笼屉里面去蒸。揭屉的一刹那,我每每欢喜得就要叫出声来了。热腾腾的面香肉香扑面而来,炊事班最高大的女兵伸出两手一握,把已经明显白胖起来的蟒蛇往外这么一提,抢起来一转,蛟龙就老老实实地躺到了案板上。"啪啪"几刀下去,一个个喷香喷香的肉笼就成形了。而后,就是我望着肉笼暗暗吞咽口水的时候了。

当一个个足有二两的肉笼端到了面前,我的大脑会有短暂的几秒钟的缺氧,很想扑上去抓起一个就狼吞虎咽大快朵颐。但冷静下来,一想到自己 20 岁生日的当晚,从军校里那场"海伦之战"所受到的极大刺激和鼓舞,眼前随即闪现出任天行那双灼人的眸子。于是,我取下一个肉笼,很秀气很斯文地,只是撕下了它的一角,慢慢地塞进了自己的樱桃小口,不,是樱桃大口,不,核桃大嘴里。但往往是不知不觉中,就这样吃完了第一个,随即是第二个,第三个。"海伦之战"带给我的顿悟,早已抛回了军校的操场上空。

夜间上厕所对我们绝对是个考验。我们住的宿舍在半山腰,所谓前不见营房,后不见人影,厕所远在山上。从宿舍往厕所去,起码要走五分钟的路。白天这点路不算什么,关键是夜间,黑黢黢的山路,晃动的树影,着实有几分惊险骇人。

就有那么一天的半夜,睡在门口的丁素梅睡梦中被一阵凉风击醒了,睁眼一望,月光大把照进房间来,门竟然是开着的。丁素梅一个鲤鱼打挺就起了身,上去就把门从里面插上了。可刚关上门,却听见外面有什么东西在一下下轻轻敲门,一声声挺有节奏的。刚躺下的丁素梅听到声音,立刻毛骨悚然,尖叫了一声"有鬼","噌"的一下就蹿到了我的床上。

　　睡梦中的我给她这么一扑,不由也有几分忐忑。郝好和小妖都给吵醒了。只有我上铺的朱颜睡得无声无息。自从那次"肉蛋砸人"事件之后,朱颜就和我换了铺,睡到了我的上铺去了。

　　黑暗中丁素梅大着胆子问了一声:"你是人还是鬼?"不想门口瓮声瓮气的就有了回应:"我——是——鬼。"一字一顿,声音粗粗的哑哑的,惊得我一下子差点又从铺上摔下来。我几乎是带着哭腔说:"我们与你无怨无仇,你放过我们吧。"这文艺腔极强的一句话,引得小妖顾不得害怕,"扑哧"一声就笑了出来。门口的"鬼"还真应声了:"放过别人可以,叶小米不行,我喜欢她那种类型的,肥头大耳,珠圆玉润。"屋子里一下笑声一片。我"腾"的一下就跳下地来,打开门就和门外的"鬼"打成一团。等"鬼"进得门来,一身单衣的朱颜直说冷得不行,爬到小妖的床上一把抱住小妖,说是要让美女给点温暖,小妖笑着和她滚成一团。

　　原来,半夜里朱颜独自起身去上厕所,虚掩的门被山风一吹就开了。回来后见门关上了,怕吵着大家就在外面轻轻地敲门,不想就引了这么一出"人鬼对话"。

　　那段时间我们都特别盼望能有信来。通讯连在深山里,每天除了看看新闻联播基本没有什么娱乐活动。我们都格外关注山外的消息,尤其渴望山外能有人惦记着我们。

2

下部队锻炼期间，难得的空闲，我拿起笔，把军营生活的一些新鲜体验记录下来。军校的第一年里，我过得一直有些混混沌沌的，虽然我并没有放弃对文学的热爱，但除了随意性地读读小说，给我们的黑板报投投小稿，并没有有意地往文学创作这条路上发展。虽然父亲一直在来信里反复督促我——"不要停笔！不要轻易放弃你的爱好和特长！"但在内心深处，我却一直有一种深深的怅惘，既然已经与未名湖失之交臂了，那也就是和我的作家梦说了再见。但眼前，我的创作热情忽然就被点燃了。

那时，我们亲爱的班主任老安蹲点在山东日照，和男生们战斗在一起。他每三天会准时打一个电话给我们，了解我们的训练和生活情况。他在电话里对我说的最多的一句话就是——"小米，赶紧写东西！大家都希望听到你们女生的声音啊！"

每周，我们都会收到老安寄给我们的简报，那是一份由男生们自己办的一份内部报纸，名曰《战地雄风》。当时，我对这份报纸的热爱已经超乎了我对任何一部文学作品的热爱和投入，甚至，超过了我对肉笼的深刻迷恋。因为，我在报纸的中缝，看见了这样一行不起眼的小字——主编：任天行。那时候还没有电脑，这份简报完全是用油印机像刻试卷那般刻印出来的。

是这样的一篇诗歌体的小散文，让我忽然有了写点什么的冲动。这篇文章是我在简报上看到的，立即就抄在了我的日记本上。帮厨的间隙，择菜洗菜后的小憩，我坐在阳光铺洒的食堂外的石凳上，掏出了日记本，一遍遍默念着它——

痴人行

我生在这个世界上，不问为什么，只管要干什么。

一天到晚忙忙碌碌，有板有眼，总有事干。

躺在床上能甜甜地入梦，又一天新的补充。

我乐呵呵地干每件事，乐呵呵地对待自己。

摔倒了傻乐傻乐，站起来拍拍土，依然乐呵呵。

一点也不游戏人生，是笑对人生。

仔细看看早出的太阳，红红的抛开凡心，不暖不凉。

忘却一切，奇妙的幻境。

舒舒畅畅悠悠。

打量打量圆的月亮，会进入荷塘月色的意境。

飘飘忽忽。

辨析辨析星星，感受感受宇宙之大。

天马行空。

在今天的你看来，这肯定算不上一篇绝好的美文，甚至或许普通到你对它并无太深的感触。可在我完全不同，特别是在20岁的我看来，这简直就是天底下最好的文章了。在这篇小文的后面，有着这样的署名，你猜到了吗？就是那三个字——任天行。

不久，就又看到这首略带伤感的小诗——

无题

当所有的绿叶飘落，

白杨毫不在意，

重新孕育新的希冀。

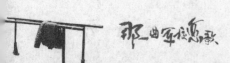

要是我是一株白杨就好了，

要是我是一株白杨，

就不会在船过神女峰时，

潸然泪下。

就不会在冬夜里无休止地复苏，

春天的记忆。

作者依旧是他。

我发现自己真是爱上他了。一个文学女生对一个诗人的爱情。令我没想到的是，在那样粗犷不羁的外表下，竟然能深藏着那样一颗易感的心，这样的人不能不令我着迷。但我陷入的，却是我一个人的爱情。

在锅炉房烧水时，我望见了他，在舞动的红色的火苗里冲我微笑，一双眸子熠熠闪光；在炊事班帮厨时，我看见了他，在热腾腾的肉笼的蒸气里冲我眨眼做鬼脸，一脸的顽皮天真；在军营里巡逻时，我遇见了他，在军营的宽阔的林荫道上，他朝我大踏步地走来，眼睛里满是刚毅果断。天！我的心里，已经被"任天行"这三个字塞得满满的了。

我写一首什么样的小诗投给简报呢？不，确切地说，是给他以回应。我左思右想，左看右看，觉得哪一首都体现不出我的水平。最后，我就把平日写下的一些小东西寄给了班主任老安。再一期的简报来时，我发现了自己写的小文章，大都发表了。

老安在电话里表扬了我，说我的那些小文章很受欢迎。男生们都在说，咱区队出了个才女。我好高兴啊！在那个时代，才女还没像今天这样，堕落成丑女的代名词。而今很多事都很好玩，据说"美女"两个字，已经沦落成了——"泛指女人"。天！

而我最想知道的是，任天行喜欢我写的东西吗？

朱颜对简报上廖凡写的一首小诗很觉诧异，那首诗也叫《无题》。在那个文学还很受推崇的年代，好像特别流行"无题"这一类的标题啊。哲学家兼诗人廖凡的诗作如下——

无题

墙内是灰色的房子，

墙外是灰色的小路，

上边眨动着灰色的冥想。

不知何时，

几片落叶，

悄然而至，

搅碎了这一份宁静。

于是，

北方的晴空，

鸽哨的鸣响，

闯进了游子的睡乡。

在我看来，立意和意境都明显差了很多。朱颜起初似乎也不看好它："什么小路，落叶的，灰不溜秋，酸文假醋的。"但不久她又自相矛盾，歪着头看着远处的群山说："没看出来啊，你这个老乡，肚子里除了高深哲学，还有文学才华呢。"天；除了无病呻吟，我可看不出什么文学才华来。

我只允许天马行空的那个人在我心中。

3

那段时间,女生们都说我口中念念有词神态迷离恍惚,像是整日发着高烧。其实我是天天在盼《战地雄风》的简报,期待与那个名字和他的作品再一次的相逢。我掩饰说,这是进入创作状态的正常表现。

其实,如我一般平日里六神无主的,而一听来了信就两眼放光,顿时跟打了鸡血一般来神的,还有一个人,那就是丁素梅。

那一段时间,渐渐适应了连队的生活后,郝好、朱颜和小妖的胃口都相当好,在大肉笼的催发下茁壮成长,精力和体重都开始一路攀升天天向上。我和丁素梅却没胖起来。我是因为有了心事,陷落在单相思中难以自拔。而丁素梅呢,一个月不到,一张清秀的瓜子脸似乎缩水了,整个小了一号。

她在等信。但是这近一个月里,却只见她晚上打着手电筒一封信一封信地写,而后跑到连部去送信。军营在大山里,寄的信要统一收齐了再送到外面去。但丁素梅却只收到过一封来信,是她的父母写来的。我怎么知道的呢?因为那天是我去连部取的信,看到有丁素梅的,我有意看了两眼,下头写的是她安徽家里的地址。我特别把这封信放在了最上面,想着让丁素梅高兴一下。丁素梅听到我在宿舍外喊她的名字的时候,"噌"的一下就跳出来,完全没有了往常的温吞劲。到了我的跟前,她两只眼睛里冒的都是小火苗啊。可是,当她一下把信攥到手心里去,一眼望见信封下面的那行字,眼睛里的小火苗立即就不见了,耷拉着脑袋一步一挪地回了宿舍。

这里面只有我和小妖知道,丁素梅是在等那个眼镜男的来信。那一个秋日的黄昏,我和小妖在望眼欲穿地等待美食使者朱颜返校时，意外地发现了那惊人的一幕。在军校的围墙里，站在小妖纤弱的肩膀上，我在目睹了那一幕激情吻别后，身心受到了极大的摧残。首先是那一后仰摔的，实打实地倒向了大地的怀抱，满眼直冒金星。我笨重的身子摊在地上半天起不来，后来是小妖把我连拽带拉给搀回宿舍去的。

当天晚上的晚饭我都牺牲了。好在朱颜不负众望和我们前后脚进了宿舍，我一连气吃了两只小笼包和三个烧卖后，基本上已经可以行走自如了。但当天夜里我就开始做梦了，梦中有一只硕大无比的老虎一直在追我，张着血盆大口拼命往我脸上贴啊贴的，吓得我跑啊喊啊的，把一床军被都踢到地上去了。

后来，我和小妖都格外地留心起丁素梅来。外出的比例毕竟有限。那一年的春天，没轮到出入证的时候，丁素梅往往是一大早就背上挎包去了图书馆。她一待就是一整天，像是长到了图书馆，连中午午休也不回宿舍。我和小妖曾经猜测，是不是图书馆里有什么玄机啊，是有一条暗道通往校园外，还是眼镜男乔装改扮混进了我军的图书馆要地？于是在一个星期天的下午，我一个人在宿舍里睡足了午觉之后，浑身旺盛的精力无处宣泄，就决定去图书馆侦察一番。朱颜回家，小妖外出，郝好帮着男生缝被子去了，丁素梅自然来到了图书馆。我夹上一本书，脚步沉稳一脸凝重地向图书馆走去。

我从一楼巡视到三楼，终于在图书馆三层的报刊阅览室望见丁素梅。她坐在一个临窗的窗口，正埋头于一本厚厚的合订本之中。看来人家在学习上还是很下苦功的，恋爱学习两不耽误。不像我，无头苍蝇二流子似的瞎晃荡。一时间我十分惭形秽，赶紧找了个位子，在丁素梅不太容易发现的一个斜对面坐了下来。

我刚刚让自己沉浸在浓郁的学习气氛中，丁素梅却一次次地

起身了,她走到那扇临街的大落地窗前,一动不动地站着。我抬头望向她,她斜着身子几乎背对着我,根本看不清她的表情。她就那么站了很久,站到我把一个中篇小说都读完了才回过身来。天,回过了身的她,眼睛里怎么都是泪水呢?一双眼睛红得怕人。我坐不住了,刚想起身上去关心一下,她却已经飞快地擦了下眼睛,抱上那本书,走到书架后面去了。

是什么样的一段恋情,竟然引得这个外表矜持很有几分老到的女孩如此多愁善感?一时间我心里很不是滋味。对爱情还是一片茫然的我,完全无从猜测这个恋爱中的女孩的种种心思,不由得也走到了那扇落地窗前,愣头愣脑地向外观看。站在窗前,正好把校园外的这条江城的主干道尽收眼底。主干道两旁种满梧桐树,正是春天,梧桐树枝叶繁茂,汁液饱满的大片的叶子在午后的阳光下熠熠生辉。马路上车水马龙,人行道上行走着自由而幸福的人们。可我们……唉,我不由深深地叹了口气。

所以在十多年后,当都市人几乎人人手执一只小巧的手机,尽情挥洒话语和传送信息的时候,我总是情不自禁地心生感慨。特别是短信,此处无声胜有声。这边拇指按下或者笔锋一点,几行短信便跃然于荧屏之上,转瞬就把你的所思所想传达到了另一个人手上。于是我不能不对手机的发明者心生景仰。一只小小的手机,几行小小的短信,顷刻就可以把天涯拉成咫尺。我总是想,在遥远的十多年前,在我们的军校时代,没有手机的过往,传达感情对我们军校生是一件多么周折费力的事情啊!而眼前,如果这个低头啜泣的女孩手上握住一个手机,即使她无法迈出军校的大门,她也会在短信中寻觅到外面世界的斑斓,从听筒里听一听心上人的声音,或者微笑,或者怅然,而不至于如此这般伤心地独自哭泣吧。

说远了,再说下部队锻炼这一段吧。到这时,正深深地沉迷在对任天行的暗恋中的我，已经十分理解丁素梅的心情和感受了。可郝好和朱颜不知道，她俩见丁素梅这个样子，有时还会开开玩笑逗逗她。特别是朱颜的那一逗，还就把丁素梅给逗急了。

那天午饭后，郝好蹲在宿舍前的水池子边洗衣服，我搬了个凳子坐在树下看简报，小妖则爬到房前的一棵柿子树上逍遥望风景。这段时间小妖的敏捷身手是大有用武之地，动不动就爬高上低的，像个野猴子一般不消停。只有丁素梅一个人闷在宿舍里。

"呜"的一声，树上的小妖打了个响亮的呼哨。"有情况！"她轻声报告。我抬了头，远远地就见山路上晃荡过一个人影，是朱颜，她手插在裤兜里，从连部那边的山坡上一路走了下来。看来今天没有简报寄来。

朱颜走近了，见我们几个都在，就很是兴奋地高声宣布："同志们，告诉大家一个天大的好消息——今天晚上放电影，台湾电影《妈妈再爱我一次》。万岁！电影万岁！"

天哪，有电影看啊！我跟着欢呼起来，乐得小妖在树上打了个欢快的呼哨，郝好则一下直起了腰，甩着手上的洗衣粉沫子嘀咕道："电影放映前肯定要拉歌，得准备一下才好啊。"我则兴奋地一下跳起来抱住了朱颜。朱颜趁势搂住我，我们两个人嘣嚓嚓嘣嚓嚓地在房前的空地上走起了交际舞舞步。

"朱颜，今天有我的信吗？"从宿舍里，传来丁素梅那充满期待的声音。

朱颜停止了步伐，冲我极快地眨了几下眼睛，赶紧说："有哎有哎，有你一封信的，你不问我都差点忘了。"她一把把我手里的简报夺过去，叠了两下，而后迅速揣到了军裤的裤兜里。

丁素梅马上奔出来了："在哪儿呢？"她的脸上满是惊喜，惊喜得令我有点不忍心看她。

朱颜说："在这里呢，你来拿吧。"她指了指放简报的裤兜。我刚要伸手去拽朱颜，丁素梅已经猫捉老鼠一般扑到了朱颜的身上去。朱颜这只老鼠却机敏地一跳脚，一下就跑开了。朱颜拍拍裤兜，双手叉了腰站到了山路上："哎，你来拿信啊！"

两个人疯丫头一般在半山腰上追啊笑啊的，足有十多分钟过去了，看得我和小妖都忍不住心焦。

果然，终于，丁素梅红着一双眼睛冲下山来，一头扎进宿舍里去了。朱颜跟在后头，手里捏着那份揉得不像个样子的简报，委屈地嘟囔着："不就开个玩笑吗？那么当真干吗啊？"

小妖"腾"的一下从树上跳了下来，正落到了朱颜的面前。我走过去，挽住小妖，四只白眼球一起横眉冷对朱颜。

"来来来，站成一行，我们把晚上的拉歌提前练一练！头次亮相，我们绝对不能打无准备之仗！全体集合！"郝书记已经站在门口一本正经地命令我们了。

4

从丁素梅失神的眼睛里，我想到了一个人，我的老乡马小蕾。

早在军校的第一个寒假里，她来我家里找过我一次，也是这样失魂落魄的模样。我们东拉西扯地说了一些军校的事，不知为何，虽然都是军校生，但我和马小蕾的谈话总不似和朱颜、郝好、小妖她们那般想说什么就说什么，那般畅快过瘾。或许是性格的缘故吧，马小蕾似乎内向许多。但也不对，小妖也是极其内向的，可当了小妖的面，我也是想到什么张口就来的。可是跟马小蕾就不同了。那一天，我们的谈话断断续续，当她面露羞涩地提出要打一个电话时，我赶紧起身出去给她洗水果了。

马小蕾的故事，出舞会开始，是从火车站发展开来的。

就她了！那一刻，在舞会上火力侦察了好几番的孙宏雷，已经把目标锁定在了马小蕾身上。

话是搭上了，舞也教了，可这女生却从此不出现了，再想见她就只能到图书馆去了。孙宏雷只能摆出刻苦攻读的架势，腋下夹几本书，还找了副平光眼镜戴上，有模有样地和马小蕾一次次邂逅在图书馆的同一层。而后他摆出大哥的姿态坐在马小蕾对面，向她嘘寒问暖，没忘记把自己的所谓家庭背景吹了个天花乱坠。而后，他又跑到街上去，挑了双正在降价中的，质地和样式还算不错的棉皮鞋，再到礼品店里给鞋盒子做了个花哨的包装，赶在圣诞节这天，亲自送到了马小蕾的手上。

大练兵出奇地顺利。

寒假到了，马小蕾去火车站赶火车那天，孙宏雷特意找江城的战友要了辆军用吉普亲自护送。到了火车站，看到马小蕾手里捏的是张硬座车票，他又跑前跑后好一通忙活，硬是自己掏钱给马小蕾换了张卧铺票，而后带领军车大模大样长驱直入就驶进了站台。

在火车即将离站的一刻，马小蕾眼里浮起的离愁越来越浓，孙宏雷满心喜悦、浑身舒畅，像打了个翻身仗一般充满豪迈之情。火车开动起来以后，因为情绪颇佳，他又锦上添花地使劲摇晃着一只手，跟着火车往前跑了几步。隔着车窗，马小蕾不断地招手，眼睛里一时间泪光闪烁。

本是想学着电影里的人来个煽情的慢镜头，不料观影人真就动了感情。作潇洒状的孙宏雷见此情景不由下意识地停下了脚步，那只挥动着的手呆呆地停在了半空，不上不下。一股说不上是什么的滋味蓦地涌上了孙宏雷的心头，他站在那儿愣了半天神儿。

这边火车慢慢开动起来了，眼见孙宏雷和他身后停靠的吉普车在站台上越来越小，最后缩成了一个叹号，以至完全脱离出了

86

视线，马小蕾的眼泪才收住。

马小蕾是动真感情了。其实她并不是个爱流泪的人，似乎从懂事的那天起她就没有尝过流泪的滋味。她不能哭，她怕她的眼泪会让姥姥伤心。所以，她从小就不爱哭。在她三岁那年，父亲和母亲分开了。父亲先搬了出去，后来母亲也成了家，从胡同里搬走了。这样父亲和母亲都有了各自的新家，不久又都有了各自的孩子。马小蕾被扔给了姥姥，慈爱的姥姥当爹又当妈。她和姥姥的日子过得紧巴巴的，父母亲都在工厂里干最简单的工种，手头上也并不宽绰，给她们的资助极其有限。姥姥就在胡同里拾破烂，有时还走到远一点的街上和公园门口去捡。那么多年了，她们也就过下来了。马小蕾很争气，功课永远在班上是第一，"三好学生"的奖状贴满了墙壁。她的家庭情况，学校里的老师都清楚，所以极力地推荐她报考军校。班主任说："上军校没有任何的经济负担，对你这样的情况最合适。"军校的招生教员说："军校实行供给制，学费全免，每月按照战士标准发放津贴。"于是，她选择了军校。本来是想选择一所家门口的军校来读的，正好可以照顾年近七十岁的姥姥。可那一年，招生简章上并没有出现任何一所北京的军校。

军校的招生老师在家访后，了解了马小蕾的家庭情况，都对她很重视，感觉她着实不容易，就对她实话实说了："我们军校的待遇是好，但军校的分配可是全国分配，你可要考虑好了。当然，你的家庭情况特殊，相信组织上是会考虑照顾的。"对此马小蕾很觉意外，不能回北京，姥姥怎么办？她在矛盾中彷徨了几日，最终，心事重重地登上了南下的列车。

这么多年的生活里，她除了相信姥姥，就是相信自己，并不轻易向旁人敞开心胸。可遇见孙大哥之后，一切都变了。

孙大哥对她的关心，是她从来没有感受过的一种情感。并且，孙大哥又是多么神通广大的一个人啊，他家里的人不是局长就是县长，他的朋友也都是一个个呼风唤雨，皆非等闲之辈。孙大哥说他在北京有个高干叔叔，以后马小蕾毕业回北京，就让他叔叔给军校的领导打一个电话，准保一路绿灯让马小蕾回家了。回北京，这对她是多么大的诱惑啊。当初要不是看中军校的优厚待遇，她怎么舍得离开姥姥半步呢？并且，一天天年迈起来的姥姥又怎么离得开她呢？生活中靠自己靠得艰难，经历的世面毕竟太少，马小蕾很容易就被看似路路皆通的孙宏雷迷惑住了。而在回北京的事情上，她是多么需要这样的上能通天下能入地的贵人的帮助啊。

列车跑出去有好远了，马小蕾的情绪才渐渐平静下来。她久久地把目光停留在了手里的一张小纸条上，那上面记的是一个东北某驻军的电话号码，是孙大哥留给她的，握着它就仿佛握着一张护身符。

那年寒假，突然来访的马小蕾满面恍惚，她似乎并没有从电话里找到她要找的人。马小蕾两眼失神地托着腮坐在电话机旁发了好一会儿呆，连我叫她出来吃水果都没听到。

后来的那整整一个学期，我都没在校园里看见过那个教马小蕾跳舞的干部学员。我以为，他是结束进修离开军校了。

当时我并不知道，马小蕾和他的故事却并没有戛然而止。

5

下部队锻炼那三个月可真把我们几个憋坏了，除了收看每天的新闻联播，偶尔看一场电影，基本就没有了任何文化娱乐。那时节没有电脑、MP3、MP4，更没手机，看书、练字、听广播都腻了，于是朱颜提出来到山里转转。我和小妖立刻投赞同票，一贯原则性极强的郝好也没站出来反对。丁素梅似乎是等信等得心死了，也

没说不愿意。可军营的大门口戒备森严，警卫排的排长是个满脸青春疙瘩痘的威猛青年，特别的爱岗敬业，没事就往门口一戳，据说只要他在哨位，就应了那句"一夫当关，万夫莫开"，有出入证也能把你给发回去。

怎么可能走得出去呢？

小妖报告了一个发现，说是食堂后面有棵大柿子树，枝繁叶茂，爬上去再攀上一枝就可以直接翻出军营。我们在小妖的引领下来到了那棵神奇的柿子树下，它长在军营的围墙边上，枝叶葳蕤，气度非凡，其中一枝像一只长长的手臂一样伸向自由之境。女生们你拉我拽开始行动，很快小妖第一个爬上了柿子树，而后"噌噌"几下，沿着那根粗枝几下就走到了围墙的那一侧。"腾"的一下，窈窕的身影就消失在了我们的眼前。

朱颜、丁素梅紧随其后也跳到那边了。这边的我像个大笨熊一样，一上树就抱着郝好不撒手，几乎是被郝好一步一挪着背过去的。

终于自由了！天空好蓝，太阳好暖，群山环抱着的，是我们五个小小的人儿。我们一个个贪婪地呼吸着山里清新的空气，感受着太阳暖烘烘的照射。我们都躺倒在了半山腰的草地上，伸胳膊伸腿满身惬意。

这时，郝好坐起身来，放开嗓子，对着对面的山梁，突然就唱开了——

> 对面山的那个圪梁梁。
>
> 那是一个的谁，
>
> 那就是那要命的二啦妹妹。
>
> 东山上的那个点灯呀，

西山上那个明,

一马马的那个平川呀,

望不见个人。

妹妹站在那个圪梁梁上,

哥哥站在那个沟,

想起我的那个亲亲呀,

泪满流……

　　一曲歌罢,大家都叫好。虽然每次集会或者看电影前,在队列前拉歌时,我们已经领教过郝好的好嗓子,可从来没有想到,郝好还能唱出如此动听的情歌来。与我所听过的任何歌曲不同,这歌声是有温度的,它炽热得像是陕北高原正午的太阳一般,把人的心一下照得亮堂堂暖烘烘的。郝好的声音干净极了,像高山上的云一样纯洁,山里的溪流一样清澈。

　　"郝好,你唱的这个余音绕梁的东西叫什么啊?"朱颜问。

　　"是西北的民歌,信天游。"郝好回答。

　　"郝好,你怎么会唱信天游呢?从小学过吗?"我很好奇。

　　"这还用学吗?我从小是在爷爷奶奶家长大的,在陕北农村,人人都会哼上那么两句。听多了自然就会唱了。"郝好笑笑,说,"再给你们唱个更热烈奔放的吧。"就拉开嗓子又唱——

　　　　大青山高来五拉山低,面对面坐着还想你。

　　　　再不要想来再不要挂念,人活在世界上常见面。

　　　　骑马再不要骑带驹马,马驹驹叫唤人想家。

　　　　乌申你巴拉柳个弯弯,你说我们出门人难不难。

　　　　弯弯镰刀割韭菜,慢慢也就品你的心好坏。

连头树来阴凉大，亲口口说下些疼人话。

郝好唱罢，大家半天没说话，像是都听傻了。半晌，丁素梅轻声问："这歌，怎么像是唱到人心里去了。叫什么名？"

郝好说："歌名可有意思了，叫《面对面坐着还想你》。"

一时大家无语。歌声里，那属于爱情的一切，拥有的甜蜜、相思的苦楚、离别的哀伤和难言的思念。虽然，我们还没有尽情地一一品尝，可是，我们都听出来了。

听郝好唱了好一会儿歌后，我们就在山里转开了，还就转到一座果园里来了。圆嘟嘟的紫葡萄挂满了枝，红彤彤的苹果结满了树，还有金黄色的梨，地上的绿蔓里还滚着西瓜呢。天哪，人间仙境也不过如此吧。四下望望，却不见人迹，只有果园中央的一个稻草人迎风晃动着身子像在说"欢迎欢迎"。我们徜徉在果园里，一个个喉头发紧口发干。

朱颜说："哎，我是真理解夏娃啊，伊甸园里的夏娃，禁果美妙啊。"

我在旁边打趣："哈！有人想吃禁果了。大姑娘朱颜想吃禁果了，亚当快来啊！"

郝好正色道："你们别瞎联系啊，禁果两字可不能乱说的。"

朱颜眼望了苹果们装傻充愣："管它金果银果的，吃到嘴巴里才是好果果啊。"紧接着，只听得朱颜"哎哟"了一声，一个熟透的大苹果突然就砸到了她的头上，而后一路"扑噜噜"地滚落在地。

朱颜一边夸张地使劲揉头嚷疼，一边俯身把苹果捡起来，而后举头望天作沉思状："哎，你们说说看，牛顿是不是就是这样被砸了一下而发现了万有引力？"哲学思考刚一完毕，朱颜就把手中的苹果在军装上猛擦了两把，上去就啃了一口，一边嚼一边连声说脆。旁边的我忍不住了，上去抢到手也来了一口，而后又递给了小妖。朱颜不愿意了,连声嚷着:"有人偷吃禁果了!"

女生里就郝好和丁素梅没吃一口苹果,这两个积极向党组织靠拢的人果然讲原则。我把苹果往郝好嘴里塞她也不吃。我和朱颜、小妖你抢我夺的,一个苹果顷刻间就进了我们的肚子了。朱颜似乎有些意犹未尽,望着水灵灵的葡萄,嘀咕着葡萄怎么不掉点下来呢。大家都笑,郝好也笑,却已经从身上掏出一元纸币,用手绢包住,系在了刚才掉下苹果的那棵树上。

大家都看愣了,朱颜问:"要不要再写上几个字啊?就说八路军不拿群众一针一线啊?"朱颜话音未落,一阵清凌凌的笑声突然劈头从空中传来,我们几个人不禁一怔,都抬头向上望。果园里最高的一棵枣树上,竟然站着一个人呢,是个七八岁的懵懂少年,唇红齿白,虎头虎脑,不像个农家少年,倒像个山中仙童,煞是可爱。我们不觉都乐了,招手让那少年下来攀谈。少年并不下树,只大声说落地上的果子不要钱,让我们随便吃。他一边说,一边用力晃树,青青红红的枣子竟落了一地。

6

10月1日这天,伟大祖国欢庆着她的生日,军营里国旗飘飘一派喜庆。到这一天我们下部队已经整整一个月了,除了跟车外出采购副食,我们还没有到济南城玩一玩呢!济南,充满沂蒙之风的英雄的城市。在中学课本里我们学过的《老残游记》,里面有"四面荷花三面柳,一城山色半城湖"的佳句,说的就是大明湖和济南城啊。而今咫尺之遥真是令人格外向往。

这天一早,通讯连的指导员就把五张出入证送到了我们的饭桌上,连队对我们还真不赖呢。我们真高兴坏了,连一向钟情的肉笼在早饭桌上都无人问津了。大家都憋着劲,要去济南城里大快

朵颐大吃一番呢。

军营离济南城还有一段距离,要出山进城,就得到军营外的马路上搭顺风车。如此来回,下午五点前归队的话时间还是很紧迫的。因为要赶时间,也因为太激动了,我们回到宿舍背了各自的挎包就出门了。因是下部队锻炼,我们都没带便装来,于是穿了军装戴了军帽便开路了。

天空湛蓝,群山含笑,我们一路哼歌,不想走到门口就遭遇了铁面门神。警卫排排长绷着一张青春疙瘩痘蓬勃的脸,仔细一张张看过我们的出入证,便命令我们站成一排,立正、稍息、向右看齐,然后是报数,而后就让我们自查军容风纪。为了奔赴自由之境,为了英雄的济南城,为了传说中的大明湖,我们一直态度积极努力按照要求走。而到了这一步,队列里的朱颜和我马上意识到了什么,不由格外紧张,唯恐因为我俩的小疏忽而耽误了大家的活动。早晨我俩一个忙着给连队烧锅炉,一个赶紧到炊事班帮厨做肉笼,夏长服的军装袖口卷起来都没顾得放下来。我俩赶紧纠正错误把袖口放了下来。在军校里,遇见这样的事情,校园的军容风纪纠察员会敬礼后提醒你,你马上改正并还礼就可 pass 了。此刻"门神"露出得意之色,命令我俩当众背诵军容风纪条令若干条。这要求有几分古怪,可朱颜和我也照办了。我们两个人的基本功不错,谈不上倒背如流也是一马平川。郝好、丁素梅和小妖不觉听得满面喜色,而后,我们五个人直视前方,目光炯炯地就等着那最后的一声放行了。不想,"门神"点上一根烟,在我们身前身后地转悠了好几趟,然后吐出一口烟圈慢悠悠地说:"先集体回去学半天内务条令再说。"

郝好走上前去,认真地做着检查和道歉,"门神"无动于衷。我终于沉不住气了,话就说得含沙射影绝对有一定的杀伤力。在一连抛出了好几颗炸弹后，这炸弹把警卫"门神"炸得大声咆哮，于是加快了我们回宿舍的脚步。

太阳升得老高了，我们在宿舍前坐成一排，意兴阑珊。与其牢底坐穿，不如铤而走险。朱颜站起身说："姐妹们，咱们再去试试那棵柿子树怎么样？"

我和小妖使劲点头，丁素梅望望郝好不说话。我们一起看郝好，她腾一下站起身，拍拍军装裤子的后屁股："看我干什么，我脸上又没地图。姐妹们，咱们走！"

我们浩浩荡荡地就向那棵救命树奔去了，到了那里，却不由面面相觑目瞪口呆了。在那棵柿子树下，竟然站着一个荷枪实弹的战士。天呢！我们并不知道，那天我们从果园游园归来，当天黄昏时分，"仙童"的父亲就挑了一扁担各色水果给连队送了来，还把郝好放的一元钱和我们颗粒未取的一大篮枣子送了来。通讯连的女指导员自然明白我们出行走的是非常规线路，于是带着几个女兵当即绕了营房巡逻，那棵引导我们突围的柿子树立时得到重视，顷刻便由警卫排加强了一个固定哨。

好在我们有小妖，在她的带领下我们来到了她新发现的另一处松动地带。小妖似乎天生就是个妖女，有发现一切隐秘事物的超常本领。这个出口在营区的背面，一处高坡上，铁丝网被人戳开了一个大洞。从这个洞钻过去往下望，是一片高粱地。高粱快熟了，一枝枝迎风摇曳婆婆起舞。高坡距地至少得有两米，但好在下面的泥土还够松软，所以当小妖第一个蛙跳成功，她就势在高粱地上打了个漂亮的滚以示庆贺。待我们纷纷自由落体坠地之后，还没有来得及击掌欢呼，立即被一声声仿佛从天而降的雷霆一般的呵斥震住了——

"缴枪不杀！缴枪不杀！"天哪，怎么从高粱地里突然钻出这么

94

多身着迷彩服手执钢枪的士兵啊？

我们五个愣在那里，像是做梦一般的。我竟还傻乎乎地，下意识地举起了两只手。

"哈，好身手啊！"从士兵们的身后，走出一个年轻的军官来。

我们不约而同直起眼，共同打量和审阅起眼前的这个年轻的中尉来。我的不争气的两只作投降状的手，早被朱颜一个巴掌劈了下去。

这是个周身散发着硝烟和武器味道的年轻军官，两道剑眉，一双傲然的美目，鼻直口方，英俊超凡，显然是个稀有动物。他不是张雪飞那样的翩翩美少年，也不是庞尔那样的阳光男孩，他的眼睛里有湛蓝的湖水，更有深邃的星空，并且，仿佛与生俱来的火药味卸裹着他，透过那一身迷彩服透射出来，有着十足的雄性动物的杀伤力。

"嘿，姑娘们，今天有什么特别行动吗？"中尉把肩上的冲锋枪递给了他身后的士兵，笑着招呼我们。阳光下，一口整洁的白牙闪耀着诱人的天真。

7

与我们所在的通讯连一山之隔，驻扎着一支执行特殊任务的特种兵部队。国庆节这天，侦察连连长陈骁带领他的士兵，照例在大山里做野营训练，不想巧遇了五个"女特务"——这是陈骁对我们的叫法。于是，我们中的一个人，由此遭遇她人生中最致命也是最灿烂的一次邂逅。

我一直觉得，你这辈子遇见什么人，或什么人遇见你，绝对是老天早有安排。所以人生大可以从从容容来，想爱想恨，顺风顺水，完全没必要心急火燎或者徒然惆怅。如果那天我们没有在军营大门口遇见我们的克星，或者警卫排长那天的心情特别好，我们也许早已搭乘上了一辆过路的运输车或者拖拉机什么的，一路欢笑着奔赴济南城扑向大明湖的怀抱了。而如果我们的柿子树没有被重视起来，我们几个依旧从那里突围出去，也就遇不见了在另一个方向进行演练的侦察连士兵和他们的连长陈骁。还有一种可能，在军营大门口受到拦截后，我们根本就没有了出游的心情，回到宿舍或者看书、聊天，大不了闷头睡上一觉。可是没有，都没有，仿佛鬼使神差，我们向往大明湖的心是那么迫切，于是，我们走向了那条注定要与侦察连连长陈骁相遇的路。

　　而对于我们之中的一个人来说，这条路日后带给她喜悲、幸运和灾祸，当时却是完全无法想象的。

　　而在当时，我们几个女生兴奋得几乎发狂。这个英气勃发的中尉军官，在得知了我们的窘境后，立刻收兵回营，而后开着他的军用吉普车，风风火火地接上我们，一路长驱直入进了济南城。在大明湖畔，一向矜持少语的小妖，竟然主动提出和陈骁连长合影一张。当两个人背倚大明湖，头顶一片秋日的湛蓝，出现在镜头前的时候，我们四个不由同时倒吸了一口凉气出来。

　　什么叫天造地设举世无双？上天在铺排这一对的时候，一定是特别上心，给这两个人施用了特殊的魔法。男人就应该这么刚硬如山，女人天生就是一泓柔波。

　　站在中尉连长身旁的小妖，她的笑容似乎从来没有今天这么妩媚娇羞，一双大眼睛，烟波含情，粉面带羞，恰似一朵盛开在春风里的桃花。她完了！在遇见真命天子的一刻，所有女人都是缴械后的俘虏，带着一抹空前绝后的美丽，走向她的国王、她的上帝。

　　我相信，在那一刻，小妖一定听见了天空爆炸的声音。那是属于她的爱情绝响。

陈骁,某特种兵部队侦察连连长,中尉军衔,26 岁,单身,毕业于陆军指挥学院作战系,研究生学历。这就是那个在短短 12 小时里俘获了小妖芳心的人。不,确切地说,当陈骁从高粱地里走出来的那一刻,我相信,18 岁的小妖眼前一定是电光石火一现,大脑立刻短路,被天空中发出的那一声声爆炸声一下击中了心房。

那天起,继丁素梅和我之后,第三个带着高烧症状的女生在我们中间诞生了。朱颜和郝好冷眼望了我们,不时交换一下无奈的眼色。

小妖既不像丁素梅那样没完没了地给心上人写信,也不似我用文学创作寄托相思,她变得相当沉默。原本她的话就不多,这一下,更成了闷葫芦一个。

只要有点空闲,小妖一准爬到宿舍前的那棵柿子树上去,坐在一根粗枝上,眼望起伏的群山,满面痴迷。

树下,郝好又一次亮开了她的好嗓子——

一出大门朝南照,两眼眼流泪谁知道。

哥哥想我满滩跑,妹想哥哥大门上照。

远远照见好像哥哥你,恨不得长上翅膀飞。

又要招手又要叫,又要说话又要笑。

拉住哥手亲一个嘴,一肚子冰疙瘩化成水。

树上的小妖一把摘下个柿子扔下来,柿子开花,兜了民间演唱家郝好一脸一头。

半个月过去了,侦察连连长和他的士兵没有现身。一个月过去了,小妖病倒了。

是十一月初的天气了,山里落下了这个冬天的头一场雪。小妖日日像块望夫石一般攀到树上眺望远山,柿子树上的柿子都被我们吃光了,叶子也都脱落了,可小妖,还跟长在树上一样任谁喊都不下来。

风里的寒意一天比一天重,小妖躺到了。高烧,呕吐。在通讯连的卫生队挂了两天吊瓶,却还是压不住高烧。

两天后的一个午后,一辆军用吉普车驶进了军营的大门。侦察连连长陈骁像得到某种感应一般,竟然就在通讯连出现了。当他打着慰问友邻部队的旗号,把吉普车开到了军营,送上两袋大米、两箱苹果和两只野兔之后,借口熟悉一下军营的地貌,甩开热心陪同他的指导员一干人,以他侦察兵的敏感嗅觉,一路奔半山腰的我们的临时宿舍而来。

正是午休时间,当中尉连长礼貌地敲响我们的门,一个胡子拉碴一脸沧桑起来的陈骁,乍一下出现在我们几个面前的时候,我们几个下意识地交换了一下眼色——这哥儿们也完了!

陈骁来到了小妖的床前,他躬下了身,望着枕上那一朵虚弱憔悴的花朵,眼圈一下红了,他只轻声说了一句:"我来晚了。"

嘴唇干裂脸蛋烧得红红的小妖,一望见她的国王她的上帝,两行清泪立时涌出了眼眶。陈骁什么都没再说,他伸手摸了摸小妖的额头,用军被把小妖裹好了,而后转身俯背,小妖就乖乖地起身,趴到了他的背上。陈骁背起了她。

"送军区总医院吧。我去送!"陈骁背了小妖一边往外走,一边对我们说。

我们几个都跟傻了似的,眼巴巴望着陈骁背了小妖往门外走,大踏步出了门,径直走到山路上去了。初冬的午后,残雪在阳光的亲吻下,正一点点融化,空气里散发着一丝清洌的芬芳。这个骄傲的男人就那么背着小妖,背着他前生的约定、今生的最爱,他

的女王，一步一步，走出了我们的视野。

8

在军区总医院陪伴小妖的日子里，作为小妖和陈骁的爱情行动的目击者，我的内心充满了爱的迷茫。

不愧是侦察连连长，做事当机立断才没有贻误战机。幸亏那天陈骁送小妖去医院去得及时，小妖得的是急性阑尾炎，一到医院就做了阑尾切除手术。医生说，如果再晚一点，一穿孔就有危险了。

小妖在医院里住了十天的医院，陈骁不是每天都来，训练任务紧张，他又是一连之长，确实难以抽出时间来陪伴小妖。有几次，他都是在病房已经熄灯后，才匆匆赶过来看一眼小妖。那段时间，小妖总要不停地看表，一天里直盼到熄灯了，才不得不在医生的催促下上床睡觉，她生怕错过和陈骁的见面。她总是对我说："他来了你要叫我啊，我睡不着的。"可是手术后小妖毕竟虚弱，陈骁又来得迟，所以还是和陈骁错过了好几次。

晚上，我搬个板凳坐在病房门口看书，所以遇见过陈骁几次。陈骁绝不婆婆妈妈，见面就那实实在在的两句话："小米你辛苦了！小妖还好吧？"从认识姚小遥的第一天起，陈骁就跟着我们一起叫"小妖"这个名字了。而后，他就把病房的门悄悄推开一条缝，轻手轻脚走进去，站在小妖床前，长久地凝望着病床上的，睡梦中心爱姑娘的美丽面容。

望着他冷峻挺拔的背影，我的心一次又一次地被爱的潮水冲刷着，虽然，我明白眼前这潮水要包围的目标并不是我。但从那刻起，我对爱情充满了更多的热望。爱情，是多么美妙而缠绵的一种情感啊！我多么想早点拥有它啊！有时，我甚至希望那躺在病床上的是我而不是小妖，那立在床前的是任天行而不是陈骁，这样想着的时候，我又忍不住有了一丝很深的惆怅。因为，我知道，在爱情这部大戏里，眼前我唱的还是一出自说自话的独角戏啊。我没有小妖那般的动人美貌，我也没有朱颜的冰雪聪明，更没有郝好的干练豁达。安静的丁素梅，散发出的水仙花一样的淡雅气质，我也没有。五个女生里，毫无疑问，我是彻头彻尾的丑小鸭和灰姑娘。这样的一个我，会获得他的爱慕吗？我完全没有自信。

住院的那段时间，小妖的心总有点不够踏实。有一天黄昏，我们一起在医院的小花园里散步，小妖说："小米，真想早点出院，好几天了，都听不到熄灯号了。"

熄灯号的魅力如此之大吗？小妖说："你不知道吧，如果没有这熄灯号，还没有我呢。"于是，小妖就给我讲了一个关于熄灯号的故事。

一对部队文工团的青年男女，两小无猜，从十多岁开始就一直在一起跳双人舞。十多年里，两个人中，一个由混沌无知的少年长成了英俊帅气的青年，一个则由细瘦稚嫩的小女孩长成了亭亭玉立的姑娘。两个人心里都有着对方，却都从来没有表白过。似乎，他们之间也不需要表白。男团员的发展前景受限，于是这一年就被报了转业。女团员已经转为舞蹈教练，给小学员编的几个舞蹈还在全军文艺汇演上获过大奖，在部队无疑有着很好的发展前途。

转业命令一下，男团员就收拾行囊准备回湖南老家。虽然团里有太多他割舍不下的东西，特别是那一份还没有展开的恋情。但军令如山，他只有服从。临行前夜，他正想找姑娘道别，姑娘自己却来了。文工团员住的是集体宿舍，两个人也没有个单独说话的地方，于是姑娘说："咱们到外面走一走吧，你再陪我听听最后一次的熄灯号。"

一下子记忆如月光般流泻出来。多少个日子，在练功房里，熄

灯号是他们结束一天舞蹈的下课铃。每回熄灯号一响,军营里每晚有人按时拉闸,练功房的灯光乍一下熄灭了。两个人总是保持着舞蹈动作,安静地听完熄灯号的整段旋律。而后,两个人再踩着或细碎或稠密的月光并肩向宿舍楼的方向走去。

军营不大,分别前的一晚,两个人走着走着就又转到了练功房。姑娘说,明天你就要走了,再陪我跳一曲吧。两个人就共舞了一曲。熄灯号响起的时刻,两个人还和往日一样,以一个舞蹈姿势安静地听完了它的旋律。

黑暗中,两个人都没有做声。与往常不同,他们没有就此停止舞蹈。那一夜,姑娘像是穿了红舞鞋一般,舞蹈的动作怎么也停不下来。小伙子于是配合着她,把他们曾经跳过的舞蹈,一曲又一曲地演练着。舞到尽头,已是夜半时分。两个人累得坐到了木地板上,不觉就依偎着沉沉地睡去了。

清晨,当团里打扫练功房的人发现他们的时候,两个人还在沉睡中。这样的事情发生在军营,发生在 20 世纪 60 年代末的军营,是难以逃过"条令"处罚的。两个人一人背了一个记大过处分。在团领导商议姑娘的去留问题之时,姑娘只有一个要求,请把她的转业安置地办到小伙子的家乡。

小妖说:"我的妈妈就这样随着爸爸回到了他的湖南老家。两年后,他们有了我。"

我激动了,泪花在眼睛里闪烁:"这故事真好,浪漫,热烈,像是童话一般!"

小妖笑了:"你真是个作家啊!唉,我妈妈付出的太多了。她后来在事业上一直不顺利,可是她却从没有抱怨过什么。她说,离开部队只有一个遗憾,就是听不到熄灯号了。"

"所以,你就来了,带着两只耳朵来为他们补课。"我说。

"是啊。等我从军校毕业了，以后在军营里上班，我就把我的爸爸妈妈接来，让他们天天听熄灯号。"小妖满面神往地说，"上了军校，我最迷的就是这熄灯号了，听多久都不厌，真想，听上一辈子。"

熄灯号，这神奇的号声，这爱情的夜曲，我从来没有如此强烈地想要赶快听到它。

小妖痊愈回到军营的时候，我们离开部队的日子也就到了。一整天，小妖明显显得六神无主。一早给侦察连连长打电话过去，那边值班员说，陈骁一早就带战士野营训练去了。我们都暗暗等着奇迹的发生，可没有，一直到了黄昏时分，我们都已经站到济南火车站的站台上了，也没见到陈骁的身影。小妖到处张望，一直到车开前的一刻，才不情愿地磨蹭着上到车上来。

列车启动了，带着一声沉重的鸣响。小妖倚靠在车窗边，眼睛里渐渐涌上泪水来。坐在对面的我和朱颜相互望望，谁也不知道该怎么安慰小妖。小妖身旁的丁素梅没有说话，用手轻轻抚弄小妖的头发。郝好在另一个窗口四下张望，半天不坐过来。

窗外，残阳如血，城市的痕迹在一点点消失，大片大片的田野渐行渐远。突然，一辆草绿色军用吉普车闯入了我们的视野，铁路旁的公路上，这辆吉普车一路鸣笛，风驰电掣，追赶着我们的列车。金色的落日映照着车身，它仿佛是一艘金色的航船，行在碧波荡漾的海洋上。

"是他，是他！"郝好第一个喊起来，窗边的小妖激动得一下站起了身。我们几个用力拉开车窗，挥动着我们手上的军帽，向勇敢无畏的激情澎湃的吉普车致意。

吉普车的鸣笛更响亮了，它一路追逐着我们，执著地、不离不弃地一次次靠近着它的理想，它的爱情，它的女王。

列车越行越快，当吉普车渐渐从我们的视野里不甘心地退出

的时候，我觉得眼睛里像是进了沙子，忍不住揉了两下。回头的一刻，我望见她们几个，竟都是一脸滂沱的泪。

<h1 style="text-align:center">9</h1>

带着一种难言的惆怅，我们回到了军校。返校后的这天中午，当任天行突然微笑着出现在我面前的时候，不知怎的，我的眼睛不争气地忽然发酸发涨，立刻蒙上了一层雾水。

这是在中午的食堂里，我们几个女生刚下火车，我站在打饭的队伍里，身后忽然有人喊我的名字，一回头，遇见的正是他那双闪亮的眸子。

"小米，你回来了！你瘦了许多。怎么，部队的伙食不好吗？"说笑间，他猛地像是愣了一下，只一下，就恢复了一贯的平静，似乎并没有注意到我眼睛里多出来的那些露水。或许，是眼镜的遮挡起了作用吧。

"没有啊，我，我……"我不知道该怎么回答。转了头，使劲地眨巴了几下眼睛，像是要把眼泪给憋回去。

"那你就是恋爱了，连青春痘都冒出来了。"他似乎想是谈话轻松一点，话语却是歪打正着。

"你才恋爱了呢！我好着呢，不是一般的好……"我嘴上也开始硬起来，背过身，怕他看出端倪。

"嘴巴厉害起来了。小米，你的诗和散文真写得挺好的，我很喜欢。"他像是认真起来。

"真的吗？"听到这一声肯定，我的心里一下装满了快乐。

"嘿，你们俩在这儿呢！又勾引我们老乡来了是吧？绝对的。"廖凡端着空饭盆晃荡了过来，一只手给了任天行一拳。从军校第二年起，我们由统一配给分餐改成了发饭票打饭。"小米，我可发现了,你一见任天行就两眼发亮,好像猫见了老鼠,咱们是老乡,你怎么胳膊肘总往外拐啊。"廖凡就是这么个没正形的人。

"廖凡,你那首诗可够煽情的,有人很欣赏你啊,嘴上说你酸文假醋,背地里把你的诗看了又看。"一见我老乡廖凡,我放松多了。

"谁啊谁啊,不会是你们通讯连里那个最美丽的女兵吧?绝对是她!"廖凡说话带着北京男孩惯有的冷幽默。

"想得美!不过这一位呢,近在咫尺,是咱们班上的女生,绝对的,天生丽质。"我一脸认真。

"真的吗?你们几个女生能看上我?那我太受宠若惊了。你们一个个心比天高命比纸……不,命也比天高的。"廖凡继续调侃。

这时,朱颜正四处张望着进了食堂的大门。我赶紧招了招手,她向我们这边走来了。

"咳,咱们班的才子才女都在这儿呢。哎,廖凡,没看出来啊,你还能写诗呢,酸文假醋的。"朱颜顺嘴说了这么一句。

就这一句,廖凡望望我,再望望朱颜,一向的伶牙俐齿却突然卡了壳了。

我和任天行同时笑了起来,笑得朱颜一头的雾水,廖凡竟面露羞涩,这可不常见。

"哎,怎么没看见张雪飞啊?"看廖凡如此发窘,我笑着赶紧把话叉开了。

"雪飞一回来就倒下了,发烧。"任天行回答。

"雪飞病了?我们去看看他吧。"我和朱颜同时说。

"哦,不行,午饭后我们组帮厨,要不小米你先去,我下午下课再去,顺便叫上她们几个。"朱颜很快又说。我点头。

"小米,那你帮个忙。一会儿我去服务社给雪飞买点水果,你帮我把雪飞的病号饭先送过去吧。"任天行对我交待。

我应下了。

军校的病号饭很制式也很规范,一碗面条上卧一个荷包蛋。铁打的营盘流水的兵,军队的军装在改,工资在调,这病号饭却是几十年如一日,像传家宝一样原汁原味流传至今。

我们五个女生都领略过病号饭的滋味了,而其实真正的病人往往只有一个,其他几个是蹭吃蹭喝。军训誓师大会的讲演后,郝好发了次烧,病号饭一来,她刚吃完半碗面,眼见我和朱颜眼巴巴的,馋嘴猫似的围着她看,就直骂我们是饿死鬼投胎。到了下一顿,她就死活不肯吃了,说是没胃口,眼见我们欢呼着用筷子挑来拽去分一碗面条,郝好躺在床上闭目养神,一声声地叹气,叹我们没出息。

南方的冬天着实难过,没有供暖设施,冬天屋子里阴冷阴冷的。不少北方来的同学不习惯,手和脚上都生了冻疮。用东北人张雪飞的话来说,这南方的冬天冷得没地儿躲,光想往澡堂子里钻。

而今我就端着这么一碗历史悠久的病号饭,几乎是一路小跑着赶到了男生宿舍楼。来到了区队所在的五层,我直奔张雪飞所在的宿舍,腾出一只手敲了两下门,里面却无人应声。我又敲了两下,还是未听人应。于是轻推了一下门,门开了。

推开了门,我一眼就望见了靠窗的下铺上,一个孤零零蜷缩在下铺上的人形。那人紧紧裹在一床军用棉被里,只露出半个脑袋在外面。我走进房间,一眼望见了张雪飞满是惊讶的脸。

张雪飞的头枕在白枕巾上,见我一路走到他的床前,他赶紧起身坐起来了。

"怎么是你,小米?"张雪飞问。

我招呼他:"好点了吗?赶紧把面吃了吧。"

张雪飞笑笑:"没啥,就是夜里温度总还高。基本好了。小米,你们女生啥时候回来的?"说着话他就已经从被窝里坐起身子来。

我把面条放到床头柜上,赶紧过来扶他。

这时门被人从外面一把推开了,很快又关上了,而后是很响的敲门声。我皱眉,刚才我都看见他了,任天行。

"可以进来吗?"任天行在门口装模作样大声喊着。"不可以!"我大声回应。在朋友面前,他不由得显露出很是孩子气的一面。

"哈!小米的嘴巴越来越厉害了。"任天行手里拎着满满一网兜的水果,大步流星走进屋来。我已经把面条递到张雪飞手里,又给他披上军大衣。张雪飞靠在床沿上,许是饿了,低下头就扒拉起面条来。

任天行把水果搁到宿舍正中的书桌上,而后过来摸张雪飞的额头,又摸自己的,叨咕了一句:"好像不怎么烧了。"我们围了张雪飞而坐。

张雪飞一边吃面一边和我聊天:"小米,有个问题我一直想不通,就是为什么你们女生宿舍我们男生进不得,可我们男生宿舍你们女生却随便进出如入无人之境呢?"

我靠窗站定,想了想这也确是个问题,忍不住就笑了。一旁的任天行接了话:"也是啊。要不哪天,你带我上你宿舍好好瞻仰瞻仰,上了四年军校,回头连个女生宿舍都不知道长啥儿样,说出去多没面子。"

我回答:"你这个《战地雄风》的主编大人措辞可很不准确,我们几个活得好好的,不敢劳累您来瞻仰。"

张雪飞接话:"这人啊,有时候说起来特别有意思。你说吧,如果这女生宿舍敞了大门让人随便进出吧,我们去不去,肯定去!找个女老乡聊聊,跟女同学谈谈人生,但不至于像眼前这么向往。越是这么戒备森严,越想犯错误。"

我和任天行都忍不住笑了。

我回击道："那你毕业留校得了，直接接女生宿舍女宿监的班。"

提起著名的女宿监，我这一句，把正吃面的张雪飞逗得一乐，差点把吸进嘴里的面条倒出来。

"别提那姑奶奶了，那次我寻思跟她套套近乎吧，还没说上两句，她拿个大扫把就把我赶出来了。"张雪飞笑言。

任天行递了杯水给张雪飞，他一脸认真："毕业了，我可不留校，总待在一个地方没什么大意思。"

"那你去哪儿？"我问得真唐突。

"我要去部队带兵，当兵就要当出个样来！"他一边说，一边已经起身从网兜里掏水果，找出个水果刀削起了苹果。江城这所军校的主要培养目标，就是为全军的军事院校培养教员。

我顺口说："下部队，我们女生可就不行了吧？"

一旁的张雪飞插话："怎么不行，女兵也得有人带，你不下部队才回来吗？"

"我的理想，好像也不是当教员。但做什么真没想好。"我说。

"那跟我走吧。小米，咱们一起去边关大漠，建功立业。"任天行一边把削好的苹果递给张雪飞，一边望向我说。

那一刻我们两个无意对视了一下，任天行微笑的脸上，一双眸子熠熠闪光。我听见自己的心"通通通"猛跳了好几下。

10

下部队归来，我忽然在校园里又见到了那个蒸发了一个学期之久的干部学员。并且，在图书馆里，我好几次见到他和马小蕾坐在一处窃窃私语。

马小蕾的故事在我的视线之外不动声色地继续着。

年初寒假归来，开学已经半个多月，马小蕾竟然一次都没有在校园里见过孙宏雷。马小蕾魂不守舍地寻找着孙宏雷，是男女间的情愫在牵动着自己的神经，还是抓住一棵救命稻草后不忍心就此放弃？马小蕾判断不了。只是凭着一腔热情等待着孙大哥的出现。就在马小蕾嘀咕着要不要去进修班问一问的时候，这时，她忽然就接到了孙大哥的来信。

　　孙宏雷的来信发自他所在的东北驻军，信不长，就一页纸。他在信里告诉马小蕾，因为部队要搞春季大练兵，他要在下个学期才能回江城。同时，他嘱咐马小蕾好好读书，有需要帮忙的事可以随时找他。读着孙大哥的来信，注视着那一纸潇洒的字迹，马小蕾把信尾的那行字反复看了好几遍——"有需要帮忙的事随时给我写信或打电话，放心，没有我办不成的事。"马小蕾把孙大哥的来信小心地收好，心里一下亮堂起来。

　　孙宏雷可不是个容易动真情的人。也不是他不动情，而是他动情的时候太多了，半真半假的，虚虚实实的，到后来他都分不清哪次是真哪次是假了。在另一层意思里，他总觉得自己年轻有为，风流倜傥，正是玩乐的好时光，还不想就此被哪个女人套牢。所以一旦他感觉到游戏过火即将引火烧身之时，他不忘给自己来点理智的小提醒——别动真格的啊！

　　孙宏雷对眼前的这次遭遇有些拿不定主意，于是就想干脆把马小蕾忘了算了。他动不动就拉一帮老乡朋友出去喝酒，直喝得脑门发晕、舌头发直。孙宏雷从来就不是个耐得住寂寞的人，生活里没了热闹他就觉得脚下晃荡，浑身没劲，比生病还难受。开学的日子一天天临近，孙宏雷觉得自己快要把马小蕾忘掉了。但大练兵的任务突然而至，这可是实打实的大练兵啊，直接关乎部队的荣誉和自己的前程，他遵从命令留了下来。

那一曲军校恋歌　108

那一曲军校恋歌　108

然而鬼使神差的，越是见不到面，那小人儿的影子却越发在脑海里挥不掉了，于是他就给马小蕾写了那封信过去。令他完全意想不到的是，他竟然在一周后就收到了马小蕾的回信。

刚从训练场上下来，孙宏雷用汗涔涔的手打开了马小蕾的来信。才拆开信封，一张照片从里面滑落下来，孙宏雷差点没接住。竟是一张马小蕾在校园里的半身军装照，照片上的马小蕾看上去比本人好看许多，眉眼间竟有了一种以前未曾见过的柔情，她立在女生宿舍小楼前的玉兰树下，吟吟地浅笑着，整个人显得那么娇羞和温柔。

孙宏雷听见自己的心"咯噔"一声，仿佛哪个按钮启动了。他坐下来抽了一支烟，又用凉水冲了个头。他当即决定，任务一结束，他马上回到军校去。

下部队归来，军校的秋天已经过去了，桂花香残留的余香似乎还在空气中萦绕不散。每周四是军校法定放电影的日子，一年里除了冬天，除非是坏天气，一般都是在军校的操场上放露天电影。学员们带着军校统一配发的小马扎列队前往，而后按队列顺序严格入位。电影开演前，各区队各系之间，往往会掀起热烈的拉歌浪潮。所谓拉歌，有部队生活经验的人都知道，就是两个以上的团体之间，一应一和地相互比赛唱歌。比的不是歌唱水平如何，而主要是气势和劲头。那天电影开演前，拉歌照旧进行得如火如荼。

在这样的场合，军校生们大多激情澎湃、斗志昂扬，直唱得热血沸腾、气冲霄汉。这边哲学系刚唱罢《三大纪律八项注意》，那边政工系便来了曲《我们走在大路上》；新闻系的《我是一个兵》的歌声刚消停，历史系的《游击队员之歌》已经荡漾开来了。别看已经是在20世纪的80年代末了，真拉起歌来，唱的还净是这些20世纪60年代的革命歌曲。

每到此时，我们的团支书郝好都要被班主任点名上阵，指挥大家高歌几曲。于是同学们或迎战，或挑战，在郝好那嘹亮清脆的嗓音的领唱下准能大获全胜。

已经是冬天了，可因为礼堂内部临时粉刷，周四的电影就在操场上放映了。拉歌进行中，一曲唱罢，我的耳朵里忽然传来了一个洪亮的东北口音。那声音高声说道——"哲学系唱得好不好啊？再来一个要不要啊？"那声音虽然高，却沉沉着着的，很有股子煽动力。此刻，人群中的马小蕾猛地抬起了头开始了张望，这声音曾经那般熟悉和亲切，已经消失了一个学期之久了。

是她的孙大哥！

已是一身少校军装的孙宏雷正站在银幕下，在进修班的队伍前冲着哲学系的队伍高声挑战着。马小蕾坐在历史系队伍的队尾，不眨眼地望着这个再度出现在她生活中的贵人。她觉得站在那里一身军装的孙宏雷分外高大，操场上的灯光把他的脸映衬得棱角分明格外有男子气。

这当口，哲学系已经唱罢了一曲《学习雷锋好榜样》，孙宏雷指挥着进修班的学员高声唱起《打靶归来》。但见他一路指挥着，两只胳膊用力挥动着，周身洋溢着一股逼人的活力。特别是最后那一句口号——"一二三四"，他指挥得格外带劲，身子往上蹿着，神采飞扬，简直像在作战前动员一般。马小蕾目光始终望着他，心潮澎湃，似乎都能听到自己的心跳了。还是第一次，她发觉孙大哥原来很英俊帅气的啊。

电影散场。解散之后，马小蕾故意落在了队伍后面。她要找到孙大哥，跟他见上一面说上几句话。她一路跟踪着进修班的队伍而来，终于，望见进修班的队伍在他们的宿舍楼前解散了。她躲闪到一棵小树后面，眼睛直直地盯着人群，努力辨认孙大哥的身影。

她望见孙大哥了，孙宏雷正和班上的几个人一路说笑着，就要往楼道里去了。马小蕾赶紧冲了出来，一路奔跑着，几乎是扑到了孙宏雷那群人的身后。

"孙大哥！"马小蕾用力喊了这么一声。

孙宏雷蓦然回头，他一下愣住了。

孙宏雷回头回得猛，他的脖子一下就闪着了。他僵着脖子，两双眼睛只管在马小蕾的脸上打转。

唉，真是不是冤家不聚头啊！自己果真就被这么个小丫头缠上了。部队的大练兵一结束，他把各项收尾工作一交代，赶在军校开学就回了军校。可是，那个一口一个"孙大哥"地叫着他的小佳人呢，却已经下部队锻炼去了，这让他不由有了几分沮丧。

近一段时间以来，马小蕾下部队不在江城，孙宏雷的日子也过得着实开心。真是天涯何处无芳草啊，世界真大也真奇妙。他才去江城的一所艺术院校跳了两次舞，就和一个四川籍的音乐系美女打得火热，那女生生得面色妖娆，身材婀娜，披着一头及腰的长发，那叫一个风情万种。到军人俱乐部里做健身时，孙宏雷和那里收门票的小姑娘也搭讪上了，小姑娘对他相当热情，下班后还和他一起在大排档吃了顿小吃呢。

但实在地说马小蕾又不那么容易就被忘掉。他孙宏雷接触的女人按说也不少了，比马小蕾漂亮的，比她懂风情的，比她会来事的，那是多了去了。但怎么孙宏雷一闭上眼睛，脑子里老是晃荡着马小蕾那单薄的身子呢？她两眼泪光莹莹的，趴在列车的窗口上，眼巴巴直愣愣望向自己的模样，怎么好像嵌在了他脑子里一般，怎么赶都赶不走。

等到这人再往他跟前一站，突然叫上他一声"孙大哥"，孙宏雷有点受不了。

管他大练兵不大练兵的,跟着感觉走吧。孙宏雷如此算下了决心。他寻思着,是不是大家伙儿都这么跟着感觉一路糊涂过来的?要不那阵流行的歌曲里翻来覆去怎么就这么一句呢?

跟着感觉走吧。

11

冬天来临,先是数日阴雨连绵,而后是雨夹雪淅淅沥沥个没完,再就是纷纷扬扬的大雪当空落下。天气一天比一天冷,女生们越来越馋。军校的伙食其实还算不赖,逢到大小节日必有会餐,饭桌中央一准摆着一大盆整鸡,冒着香喷喷的热气。但女生们就是馋,晚上熄灯后躺到床上卧谈的,很多时候都要扯到吃上去。

朱颜说,饿的时候来一碗"龙虎斗"最解决问题,馄饨面条下在一只碗里,吃起来要多过瘾有多过瘾。

郝好说,还是我们陕西的羊肉泡馍带劲,泼上一把辣子,一碗下去,保你吃得满身冒汗。

我则说,要说好吃,还是我妈包的三鲜馅饺子来劲,韭菜猪肉和虾米馅儿的,一口咬下去就能吃出个小肉丸,那个香啊!

小妖听得笑出声来了,依旧不说话,打着手电筒写信。分别之后,小妖和她的爱情中尉——侦察连连长陈骁,保持着两天一封信的热度和密度。写信,是美女小妖冬天里一门最重要的功课。

黑暗中我说了:"咱们早上跑步路过的早点摊真诱人,那油条炸得黄灿灿的,个好大,一个顶咱军校的仨。"军校的早操有两个早上是拉练式长跑,要跑到军校外的街上去。

朱颜马上问了:"你说的是察哈尔路拐角的那家吗,排队排得老长的?"

我赶紧说:"是啊是啊。每次路过那儿,一闻到那油香,我的口

水都要掉下来了。"

郝好说了:"哎,我也早注意上了。真想来一口啊!"

小妖忽然就低低地跟了一句:"哪天长跑,咱去买几根好了。"别看小妖轻易不说话,但一发言绝对有建设性的意见。

郝好马上问:"跑操又不是外出,怎么买?"

只有丁素梅不吭声,回到军校以后,她的状态一直不好。一般熄灯后我们的卧谈,她极少参与。

郝好提出的问题令我们都沉默了。

冬日里,大雪过后,江城一连下了好几天的大雾。浓重的雾气一路升腾扩展,一点儿没有消散开去的意思。清晨,天色依旧灰蒙蒙的,站得远一点儿就看不清彼此的面孔了。起床号响过之后,军校生们在操场上集合报数一阵忙活,而后就如一条长龙一般,在腾腾的雾气中挪出了军校的大门,跑到江城的大街上来了。

我照旧跑在区队的队尾,四路一行的纵队,女生大多排在队尾,只有朱颜这个高个儿被插到前排的男生中间去了。

又一次要经过那个早点摊了,香气扑进鼻孔,我的口水已经喷薄欲出了。我两眼贪婪地望向那魂牵梦绕的地方,雾气里除了一盏灯和几个影影绰绰的人形,就是那再熟悉不过的油香了。我全身心地神往着漫不经心地奔跑着,突然我听到"哎哟"一声,不是我,是小妖脚下一打滑,像是脚崴了。我正要过去扶她,她蹲在地上飞快地冲我摆摆手,我于是就跟着大部队跑过去了。

崴了脚的小妖颠着一条腿,慢慢挪到街边上,眼望着一队又一队人马高喊了"一二三四"的口号声一列列跑过。街道终于安静下来了,她才揉了两下脚背,慢慢起身,一回眸,她的眼睛就被马路对面早点摊上的那盏灯光晃了一下。

小妖瘸着腿晃过了马路,她终于排到了头早点的队伍中,队伍虽然不短但好在流动快,很快就排到她了。油条锅上架着个铁网,上头立着五六根油条,个个胖大饱满,热气滚滚,锅里则翻腾着令人喜悦的金黄色,不断有油条胚下去游泳。她点了五大根,用塑料袋装好了提在手上了,从军裤的裤兜里摸出了钱付了账。从心里有了那个念头的那天起,出操的时候小妖在口袋里都会揣上几块钱。

小妖提了油条飞跑在大街上,崴的脚似乎完全好了。她必须赶在早饭集合前赶回宿舍。快到了军校的大门口了,她的步子不由迟疑下来了。

小妖检查了一下军装的风纪扣,手提装油条的塑料袋,就开始昂首挺胸大步流星往军校大门走。一贯的经验告诉她,越是光明磊落越容易混进去。

军校的大门旁,雾气里但见哨位上戳着个人形,小妖深吸一口气走上前去。"同学,请出示证件。"哨兵开口了,小妖不觉一怔,脚下步子就停了,人呆立在了大门口的正中。

"哈哈,姚小遥同学!老实交待,刚才跑哪去了?"小妖定睛一看,天,哨位上立着的,竟是全副武装的庞尔。军校的门岗由学员和警卫排的战士轮流担任,课余时间,大多是学员们站岗。这个月,又轮到了我们区队在大门口站岗了。

"我注意你半天了,脚步不太利索嘛,崴脚了?手上什么好东西啊?拿出来,见面分一半。"庞尔一脸得意地说。

小妖只好把油条袋提到了他跟前,扑鼻的香味弥散开来。

庞尔愣了:"天哪,你们这些馋嘴的丫头啊,都崴了脚了,带伤作业啊。真能干啊!"他摇头感叹起来。

小妖老老实实地解开塑料袋,准备取出一根上供给这个要雁过拔毛的门岗。

"哎,别别,跟你开玩笑的。真要吃了你们的东西,你们几个还

《等不到花开的时候》上、下

作者：十八子墨

出版社：花山文艺出版社

定价：26.80 元

2008 年年度最值得期待的情感大戏　同名影视剧
正在紧张拍摄中……

祭奠爱情　祭奠青春　都市疼痛情感小说之最
总有一种爱情　让你泪流满面　直击你心灵深处
的柔软

《有一种爱情叫兄弟》姊妹篇
兄弟走远　爱情回归　花开有时　人间四月

《无花蔷薇》上、下

作者：李李翔

出版社：百花洲文艺出版社

定价：45.00（全二册）

当红新锐作者李李翔　倾心演绎 2008 都市情感
伤痛文之最

扼腕命运不堪的浮世　叹咏饮鸩止渴的爱情

爱与痛的边缘　看见的熄灭了　消失的记住了

有生之年　狭路相逢　凤凰涅槃　终须浴火

我们的投稿邮箱：
motiebook@126.com

《那一曲军校恋歌》

作者：陈华　　出版社：百花洲文艺出版社　　定价：24.80 元

刘震云作序，海岩、苏童、王海鸰、张悦然强力推荐

浮躁、虚华、莫衷一是的时代里，一曲至真至纯的爱情挽歌，唤醒几代人对纯洁爱情的追忆。

解语军中绿花的血色浪漫，咏叹驿动青春的爱情绝响

　　陈华重视的不是手法，而是朴素的表达。朴素的结构，朴素的情节，朴素的细节，朴素的人的内心：在众多浮躁、虚华、莫衷一是的文字中，又显示出它格外的力量。

——刘震云

　　我是军人，一向对描写军人的作品格外关注。看到不好的会生气，反之，心中则充满喜悦。陈华《那一曲军校恋歌》让我恍然想起了自己的青春岁月及与青春相伴的爱情，纯粹、透明、生气勃勃——这是一部脚踏实地的作品。只有脚踏实地的作品才可以做到令人人相通。

——王海鸰

　　网上最新流传的一则俗语，道出了当下社会的普遍"时尚"：纯，属虚构；乱，是佳人……在一个非常不纯的年代讲述一个纯情的故事，已经变得艰难异常。因为感动早就饱受讥讽，无耻早就正大光明。在这个非常不纯的年代，我们其实多么渴望能有一个纯情的故事，让爱情重受景仰。《那一曲军校恋歌》终于给了我这种"痛苦"，因为我不幸地相信了她的纯情。她让我看到了我曾经拥有的青春，那一段几乎忘却的时光。我希望有更多的人能和我一样倾听这个故事，一起验证一下我的感动是否正常。

——海岩

　　《那一曲军校恋歌》贵在真实。情真意切。80 年代前期，我也在大学校园里经历着自己的青春。虽然不是军校，但《那一曲军校恋歌》中的爱情，我也并不陌生。我相信这部小说，能够唤醒很多人对于朴素真挚爱情的记忆。

——苏童

《离婚后，只爱小男人》

作者：害虫　　出版社：中国友谊出版公司　　定价：24.80 元

婚姻破裂、家资富有的熟女和涉世未深的单身少男
一夜的露水情缘，引出一首伤感却荡气回肠的爱之歌

你欠我一次旅行，欠我一场电影，欠我一个祝福，欠我一个拥抱。这些都可以补偿，但是你没有。而我欠你的，是十年的年龄。这个，只有等下辈子，我比你早出生十年来补偿。

不把我吃了啊！"庞尔赶紧帮小妖把塑料袋又系上了。

正好接班的战士走来了，庞尔和他换过交接礼，就和小妖一起往宿舍楼走去。两人并肩前行，油条的香味依然飘散。庞尔一路感慨："我真很佩服你们对生活的热爱。这么跋山涉水、艰苦卓绝的，真难为你了。嘿，闻着真香啊！"

小妖只是笑，而后轻声说："油条呢，只有五根，可我们有五个人呢。下次，我一定记着给你带一根。"

庞尔不由大笑着摇头："还有下次呢！我懂，准备打持久战。"

当小妖提着香喷喷的油条，肿着一只脚回到宿舍的时候，我们四个一起把她举起来扔上了宿舍的半空。

油条终于吃到了我们的嘴巴里。早起还没顾上打开水呢，所以一个个只能干嚼。因为要赶在早饭集合哨吹响前完成，所以吃得是快马加鞭、摇头晃脑。集合的时候连嘴都顾不上抹一把了。男生们见了都奇怪，张雪飞晃荡上来了，油嘴滑舌好像吃油条的是他。他用目光长久研究着我们的嘴唇："你们女生属耗子的，个个嘴巴油光光。一早就偷吃香油了，大补呢！"朱颜没客气，瞪了白眼回击："老土！我们这是抹的唇膏懂不懂呢！"

庞尔立在不远处暗笑。

12

在军校生活的这个冬天里，历史系的女生中特别盛行织毛线。我们这一届的女生中，历史系的女生以温柔美貌会生活著称，五个女生里，除了马小蕾是个学习积极分子，其他四个不约而同都有些乖乖女的风范，颇得众男生欣赏。而新闻系的女生只有两个，或许是受了班上三十五名硬汉阳刚之气的感染，作风上都相当泼辣干练，别有一番巾帼风采，与我们班郝好的作风很近似。

记得我们班上有个叫牛宏伟、人称老牛的男生，曾经很是注意了新闻系的那个高个儿女生一阵，都是山西老乡，感情上首先要亲近许多。但很快他就收起了自己的爱慕之心和原本准备展开的攻势。事后老牛慢吞吞交代："都是老乡，不生分的嘛。星期天，我就想约她一起打打羽毛球什么的，她倒是答应得挺痛快的。于是我就在操场等着，她来了，身后，竟然跟了一串人，足有半个班的男生。这也就罢了，体育运动就是群众性的嘛！可怕的是，她穿了一件运动套头衫，粉红色的，还挺好看，我细细一打量，天哪，她胸前竟然写着三个字——斗牛士。可把我给吓着了。"那段时间，明显受了刺激的老牛见了人，忍不住一遍遍述说他与女"斗牛士"那有惊无险的故事。

　　这一届的女生里，数我们哲学系的女生最难定位。军训一开始我就成了"006"，于是漫长岁月难逃搞笑人物的阴影。郝好的那句经典的"弱不禁风"，很长一段时间让我们都生活在它的光芒下，走到哪里都有"弱不禁风来了"的窃窃私语包围着我们。

　　下部队锻炼回来，正赶上元旦排节目，我们五个女生说好来首女生小合唱《光阴的故事》，但站位置的时候怎么站都不好看。小妖自然看着很养眼，可关键是朱颜鹤立鸡群，就把身高中等的我和郝好两个个头衬得很矮，丁素梅这一段又瘦得厉害。后来，就安排我们或坐或立，坐着的朱颜手里抱着一把吉他，我和郝好分站在两侧，小妖和丁素梅则立在最两边，才算把这个节目对付过去了。好在后来郝好唱了首信天游，把一班人全震住了，总算给我们女生挣了些面子。可后来班上的男生就管我们叫"高矮胖瘦参差不齐"了。

　　还有一段时间，都是那个张雪飞挑事，男生们在背后喊我们"花儿一样"。红五月歌咏比赛，我们班集体大合唱演唱《我的祖国》，其中有一句"姑娘好像花儿一样，小伙儿心胸多宽广"。每到

这句，按照规定动作站在第一排的我们几个女生要相互望上一眼。不知怎的，唱到这里，后头的男生总是一片骚动。

老安喝住笑得最厉害的张雪飞问："怎么回事，这么不严肃？笑什么笑？你说说看。"

张雪飞一字一顿回答："别人为什么笑我不知道，我就是寻思啊，咱班小伙儿的心胸是宽广，可咱们的姑娘呢，哎，勉强吧，就算吧，花儿一样。"

这时全班男生同时放开了他们的笑声，那个欢畅那个淋漓啊！于是每回训练结束，张雪飞一准用他的公鸭嗓高歌出那句"姑娘好像花儿一样，小伙儿心胸多宽广"。

那个冬天里，历史系的女生余丽娜开始没完没了地织毛线，带着蒙娜丽莎一般的神秘微笑，用那种当时流行的一种叫做马海毛的毛线编织着一条又一条白围巾。余丽娜人生得俏丽多情，在生活上是响当当的一把好手。她们女生宿舍的窗帘是她买了花布连裁带剪做的，底上还包了一圈花边呢。她还会蹬缝纫机，还就不知从哪儿弄了台缝纫机搁进了宿舍里。一宿舍女生的军装都被她改过，改得贴身合体让她们系的女生吸引了不少眼球。后来整个宿舍楼的女生闻风而动，直累到她手软心慌才算作罢。

当马海毛围巾被多情俏丽的余丽娜像抛绣球一样抛出去以后，不，她其实是面带圣母一般的微笑送出去的，此刻应该配一首《让世界充满爱》的歌曲做背景音乐才合拍，于是乎一个又一个军校男生的脖子上便被缠上了一道白，当然是在周日穿便装的时刻，白色的哈达顿时开满雪花飘飘的校园。

终于，天道酬勤，"蒙娜丽莎"没白忙活，一个一米八六的高大生猛的白马王子愣就被这白色的吉祥物擒了来。此人是高我们三届的新闻系的篮球健将，和余丽娜还正好是同乡。老乡见老乡，两眼泪汪汪，俏丽佳人和健将同乡一下就接上了火。男生很快就被包装上了马海毛的系列产品，马海毛手套、马海毛帽子、马海毛的毛衣。可惜转年的夏天很快来了，而这篮球健将七月里很快毕业了。

于是这女生日日盼信，马海毛类的手工是早不做了，每天里最重要的事就是读信和回信两件事。她的信不保密，来信中遇见生僻的不易理解的段落，往往会寻了已经有"才女"名号的我帮她做讲解。于是"两情若是久长时，又岂在朝朝暮暮"、"曾经沧海难为水，除却巫山不是云"这等缠绵悱恻的诗句，就成了女生们共享的爱情甜点。光请个情书辅导员似乎还远远不够，于是"蒙娜丽莎"索性请我代她回信，以她的理解，在《战地雄风》上发表过诗作的我，随便泼洒点才华在纸上，准定就套牢了那远方的白马王子。

情书辅导员兼枪手的我被这两地书激发得斗志昂扬、格外亢奋，立马给家里写信说要学习乐器并要求援助，家里的汇款一到我便买了把吉他。只要有空闲，我一准站到宿舍二楼顶头的阳台上自弹自唱。弹是乱弹，因为根本还没学会呢；唱倒是真唱，就是时常跑调。我哇啦啦地往阳台上一戳，随即不能听见走廊上依次传来的"砰砰砰"的声音，那是无数女生宿舍的门在紧急进入关闭状态。

13

晚间的宿舍里，郝好经常会以讥讽的口气，嘲笑恋爱中的小妖并且打击我对音乐的热爱。一看到小妖长时间地读信或者写信，她就会站出来指手画脚："我说有些同志啊，感情上的事啊，要拿得起放得下，生活之路这么漫长，伟大的事业刚刚起步，不能这么急。年纪轻轻的，就被个男人捆住了，又是云又是雨的，纸醉金迷不是？"

郝好一认真，她的用词一定惊人。小妖笑，我也笑。小妖是抿嘴笑，我是哈哈大笑。

　　"还有你叶小米，还笑呢。整天抱着个大吉他，曲子没听你正经弹过，歌唱得倒是大呼小叫的。你那是艺术？我看就是猫叫春嘛！"郝好把矛头指向了我。

　　这回是小妖哈哈笑了，我举着把吉他，沉了脸走过去，狠砸郝好的屁股。

　　上帝说，千万别笑别人。不久郝好就受了一次不大不小的打击。军训结束，郝好渐渐养成了个习惯，就是头发稍微长一些，她就似乎特别不习惯，她爱利落。眼下她短发齐耳，长度刚刚好。但她还是往理发椅上一坐，语气坚定对理发的师傅一挥手说："剪吧！越短越好。"把我们经常给她提的把头发留长一点的建议完全抛到了脑后。半小时后，她从理发椅上站了起来，对着墙上的大镜子左看右看，表情相当得满意。实在地说，她的新发型还真是特别，头发削得短短的薄薄的，基本上就是个小男孩的发式，配上她那张英气十足的脸，倒别有一番麻利和干练。

　　郝好顶着她的新发型昂头挺胸地走在军校的校园里，全然不顾周围扫来的或惊异或好奇的目光。但没想到的是，她头一天才理了发，第二天中午就在食堂里闹了个笑话。

　　午饭的时候，班主任老安挨桌通知大家，说下午的"中国革命史"课外出参观，两点钟在教学楼前统一集合上车。老安走到郝好这桌时，很自然地伸出胳膊，一把揽住了眼前两个男生的后背，而后趴下身子，脑袋架在两男生的肩膀之间，一字一句地传达着通知。通知两句话就说完了，老安却发现这一桌的人都有点怪怪的，没人应声不说，还一个个眨巴着眼睛面露惊异。这是怎么了？老安又把手在其中一个男生的肩上轻拍了一掌，而后提高了嗓门说：

"今天这是怎么了，也不应声，没吃饱啊？"

不想他话音刚落，被他击了一掌的男生就"腾"的一声站起了身，撅着嘴，眼睛直愣愣地瞪向他，满面的绯红，委屈无限。天哪，这男生什么时候变成了个女生呢？竟是郝好呀！老安傻在那里，一时间也是满面通红，手足无措的不知该如何收场。

其实还真不能怪老安贸然行事。从后面看，郝好的头发真是短得不能再短了，跟男生们真没有任何区别可言。大家又都穿着军装，单从后背上看，分明就是一个男生坐在那儿嘛。事后老安在晚点名时，当着全班同学的面，很诚恳地跟郝好做了道歉，从此后再不敢把胳膊随便往人后背上搭了。

当晚郝好在宿舍里宣布："我就那么像男的吗？我偏做一回女人给你们看看！"

郝好表面上依然沉着，而暗中却开始了改变形象的工程。不就是要像个女生吗？首先她抓住一切能穿便装的机会展示自我。她酷爱那种几乎拖到地上的长裙子，扑拉拉地一出场，让人以为军校的舞会又开张了呢。她开始拼命往身上洒香水，是江城产的那种两元一瓶的桂花香型的香水。可实际效果却相当令人失望。像只水蜜桃一般香气喷喷的郝好，改变形象的工程才一开始，就多了一个小人书里暗藏的女特务才有的外号，叫做"十里香"。

14

正是初夏，江城的天气好得诱人，暖暖的阳光洒在满街的梧桐树的树叶上，照在行人的身上。梧桐树被衬得生机一片，人心头则是一派透亮。

这是个星期天，我出了军校大门，很快上了一辆开往新华书店的公共汽车。刚发了津贴，我准备去买几本书。车上的人并不

多，我在靠窗的一个位置坐定后，就把目光投向了车窗外。窗外，阳光透过梧桐树的枝叶，洒下点点斑驳的光影。空气中，似有南方佳木的芬芳。我把鼻子凑到车窗边上，微闭上眼，近乎贪婪地闻着这属于夏天的味道。

"小米！叶小米！"竟然会有人在这时叫我的名字。我往车厢里前后望望，并没有哪一张面孔是我所认识的呀。"叶小米！"又是一声响亮的呼唤。这声音引得车上的人都往车下看，带着惊异的微笑。我赶紧就往车窗下望，这一望不要紧，一望把我惊了一下。道路边上的自行车道上，两个男孩子正骑在车上，一路迤逦地追赶着我乘坐的公共汽车。其中一个两手撒把，玩杂技一般使劲向我挥动着双手故作潇洒，是张雪飞。另一个则跟在后头，轻松地蹬着辆自行车，一张脸上满是笑意，竟是他，任天行！两个人都是雪白的衬衣扎在牛仔裤里，清爽而帅气，青春气息扑面而来。阳光点点落在他们的身上，两个男生的笑容里溢满了阳光的味道。

只一瞬间，我有了几分恍惚，觉得这情景似乎可以入画。

公共汽车不停地靠站，两辆自行车忽远忽近地跟进着。我以为他们只是好玩跟一阵子就算了，所以也就没准备立即下车。这样行了三站地后，我想着任天行和张雪飞早应该没踪影了，不想一扭头，他俩竟然还一板一眼地骑着车跟着呢，面红耳赤的，显然已经累得不轻。他们一边骑，一边不忘冲我招手。

我赶紧在下一站下了车。

那天，我和任天行、张雪飞一起逛了江城最大的新华书店，张雪飞买了一本字帖，我买了两本散文集，任天行则买了几本高考复习书。中午到了，我们在一家小吃店里坐下，当面对任天行点的馄饨、鸭血粉丝汤、赤豆糊、小笼包、生煎包这一桌子的美食时，我却有些下不去嘴，像个初次赴约的姑娘一般，忸怩作态不肯多吃一口。任天行不多说话，只是把那些好吃的东西不停地往我盘子里放。

午后，我们三个人又一起来到了长江边上。太阳正高，把长江水映照得明净而清澈。江风不大，微微地拂过人的脸。江面上不断有大只的水鸟掠过，扇动着翅膀划出优美的弧线。长江上不时有大小船只开过，有载客的江轮、渔民的小渔船，还有那种连成一长串的货船。江轮发出的汽笛声传得特别真切，一声声格外悦耳。张雪飞捡拾着江边的石子，不停地往江水里投射过去，打出一长串漂亮的水漂。而我和任天行两个人并肩站在江边，一同望向江面，并没有说话。我喜欢这样的像是有着某种默契的静默。

下午两点，离回校还有一段时间，张雪飞提出来不如去看场电影，说是好不容易才轮到这么一次外出的机会，可得好好享受享受。"更何况，与大才女的美丽邂逅，总要留下一些美丽记忆才成啊。"张雪飞如是说。

那段时间港台的流行歌曲开始在校园里盛行，柔情蜜意与海枯石烂瞬时俘虏了青春的驿动的心，许多人喜欢把自己喜欢的那些灵动曼妙的歌词抄下来，所以张雪飞的酸文假醋一点也不奇怪。

我们去了新街口的一家江城最大的电影院，可里面的一场电影已经开始半个小时了。要等下一轮呢，显然我们的时间不够。于是我们还是坐进了电影院里。

那天放的是什么电影，我怎么都想不起来了。按说这不应该，和自己心仪的男孩子第一次看电影，虽然中间还隔着一个张雪飞，但它应该是有一定的纪念性的。或许，我是太在乎了看电影的人，而忘记了在看的电影吧。

那天，我和任天行分坐在张雪飞两边，黑暗中，我们三个人全

神贯注把目光投向了大银幕。电影院真的是个很奇特的地方,它会给你留下很多意想不到的记忆和感触。有时候,这种东西承载的,并不比电影本身给你的少。电影院里的特别的气味、光线,你身边的这个人、他说的话,你当天的心情,突然勾起的感伤回忆,还有一些意想不到的小插曲,所有这些,都不可回避地成为了你和电影有关的记忆。一年多以后,也是在这家电影院里,似乎也就是在这个位置的前后,我的一边坐着郝好,一边坐着庞尔,我们三个人一起专心致志地看着电影。那一天,我幸福而辛酸地充当着她和他之间闪闪发光的爱情大灯泡。

回来的路上,路过一家邮局,任天行停下来,说要去寄书。张雪飞随后问:"给谁寄啊,该不会是哪个家乡的妹妹吧?"

任天行一笑,像是很随意地回答了一句:"你以为都像你小子那么花呢!给我女朋友,行了吧。"

"哗啦"一下,我手上刚买的一包带给的小妖的茴香豆撒了一地。我掉转了眼神,不看他们两个,眼睛里一下雾气腾腾。

张雪飞并没看出我的失态,马上蹬上自行车,说是去再买一包。而他,像是站在邮局门口好久,张雪飞都托着一包茴香豆回来了,才逃也似的进了邮局。

我和张雪飞等在邮局门口,路上的行人从我们眼前晃过,我却失明了一般什么都看不见了。后来,我怎么若无其事地一颗颗吃着茴香豆,怎么高声笑语地坐在了张雪飞的自行车后座上,我都有些记不得了。当我们三个人一路匆匆向军校赶去的时候,我听见自己的笑声特别清脆和爽朗。

我决定忘了他。

15

军校生活的第二年就要结束的时候，这个夏天，我一度特别打不起精神来，人很是颓丧。对军校生活，忽然产生了一种很厌烦的情绪。这时候，班上开始流行一本叫《新兵连》的小说。小说的作者叫刘震云，我一直觉得他是真正的文学大家，是中国作家里为数不多的写作生命力极其旺盛的一个。2008年春节，就在我天天码字写这篇小说的时候，刘震云正做客各大电视台智慧开讲，因担任电影《我叫刘跃进》的编剧再度成为风云人物。而同名小说的销量，已经突破了令人惊异的数字。从我们百读不厌口口相传《一地鸡毛》、《新兵连》，到而今，已经是20年过去了啊，这个陪伴着我们一路成长的作家，在很多那个时代的作家都销声匿迹或者淡出文坛之后，还能活得如此恣意，笔下还有这么好看的故事和人物，应该说着实是个奇迹。

这篇叫《新兵连》的小说，讲述的是发生在新兵连里的灰色故事，是形式主义对真诚灵魂的无情嘲弄。而在当时的军校里，有相当一部分的同学，都像我一样开始了对军校生活的厌倦和抵触。军校所实行的严格的军事化管理，在我们看来与牢狱生活别无二致；军校一日生活的简单朴素，在我们眼里简直与庙宇里僧侣的生活一般；军校每周必有的政治学习，被我们认定绝对是形式主义的东西。我们把《新兵连》那篇小说奉为我们的圣经，口口相传，你看了我看，个个爱不释手，读了一遍又一遍，直把登载那篇小说的杂志揉得破破烂烂的。借阅到期后那个倒霉蛋赶去图书馆还杂志，不但挨了训还被罚了钱。在私底下，我们把小说里的细节和人物一个个提出来与军校生活进行比照，发现不光每个人物能在眼前的生活中找到原型，事件也惊人地相似。这作家真绝！我们

在军校的小酒馆里一边哧溜哧溜吃着兰州拉面，一边由衷感叹。

我不能不承认我的消极和得知了任天行有女朋友一事有关。那一阵我和丁素梅一样，特别喜欢往图书馆三层跑。这时候我也就愈加理解了图书馆对丁素梅的意义。图书馆虽然别号鸳鸯楼，可鸳鸯们一般都活动在二层的自习间，比如眼前的马小蕾和她的孙大哥。三层报刊阅览室则人迹罕至，晃动的都是些形只影单的旷男怨女的身影。这里不是我们的爱的圣地，而是我们独自疗伤和抚平伤口的所在。因为，在军校里，我们完全没有一个可供我们宣泄或者排解一下不良情绪的私密空间。

我们的班主任老安，是那么的铁面无私而又坚持原则，他随时会带公务员来抽查我们女生的内务。那"哗啦啦"、"咣啷啷"钥匙和钥匙打架的声音，在女生们听来，简直就是唐僧念给孙悟空的催命咒。军校有正课时间不许回宿舍的严格规定，但逢到自习时间，总有女生喜欢溜回来，吃点零食或者只是简单地在宿舍里坐一坐靠一靠，对我们这却只能是种奢望。

我在情绪低落的时候，胃口就变得特别好。本着质量守恒的原理，精神的饥饿自然要靠物质来弥补。意外地得知任天行有女朋友之后，我那本来就三天打鱼两天晒网晚间的跑步自然是中断了。而随着零食的加大，我的形象一度不堪目睹。

一天下午是自习，我实在焦躁得厉害，决定铤而走险。一路上我东躲西藏地跑回了宿舍，走进女生宿舍楼，走廊上，竟升腾着一股浓烈的焦煳味。我跑进这煳味的源头，女生盥洗室里，一堆刚刚熄灭的信纸样的灰烬堆在角落上。有不少女生定期烧掉自己的信件，小妖就喜欢随时烧情书，我管这叫"焚情"。女生宿舍的盥洗室里过一阵就会传出这样的焦煳味，被燃烧起的火苗吞噬的，是属于青春的秘语和无奈。推开我们宿舍的门，但见红肿着一双眼睛的丁素梅正一个人坐在那里发呆。我傻在那里，半天，才小心翼翼地问了一句："你没事吧？"

丁素梅的眼泪，忽然"刷"的一下就流了满面。

那天下午，在丁素梅时时被抽泣打断的叙述中，我听到了这个始于青梅竹马却毁于军校生活的爱情故事。

丁素梅的那个他，我私下叫他"眼镜男"，而她一直唤作"亮哥哥"的人，比她大一岁，是和她一起长大的伙伴。两家的父母是多年的好朋友，小时候两个人就要好，从中学起，两个人又在同一所重点中学读书。亮哥哥考上江城大学的时候，丁素梅刚刚升到高三。去大学报到前，亮哥哥向丁素梅作了表白，并说好一年后他在江大等她。高三这一年里亮哥哥不在身边，他的信却不断，而且表露出的情感越来越炽热。丁素梅有些分心。高考前的几次模拟考试，她的分数都很不理想。后来，为了求稳，她在填报志愿的时候，按照父母的意见，在一类大学里填了江城大学，提前招生这一栏，她填了我们的军校。高考成绩出来，丁素梅的成绩竟是出奇得好，上江大是一点问题都没有。可因为丁素梅的优异，她的档案已经被提前招生的军校老师牢牢地抓在了手上。

暑假里，丁素梅见到亮哥哥，面对这样的结果，他不由得很有几分失落，忍不住数落了丁素梅好久，说她自作主张。但好在是在一个城市，见面也不难，如此说着，他们对未来又重新充满了期待。可谁知一到军校，用亮哥哥的话说就是，叫"军校门一入深似海"，丁素梅想和亮哥哥见一面，竟成了一件相当不容易的事。

亮哥哥是家里的独子，有点黏人。两个人读中学的时候，上自习都是跑到图书馆，一张桌子头对头看书。大学第一年他就已经很不适应了，好不容易盼来了丁素梅，竟然是咫尺天涯，来去匆匆。亮哥哥无法接受。三个月的下部队锻炼，亮哥哥感情转移了，

转移到了同班的一个女同学身上。他提出了分手。丁素梅回到江城后，曾经去江大找过亮哥哥，但却没有见到他。同宿舍的男生说，他和女朋友一起出去了。

"才三个月的时间啊，他就有女朋友了。我做了大半年的努力，也没把他给找回来。谁让我是个军校女生呢，上了这该死的军校，我哪有时间天天陪着他啊？"丁素梅喃喃着。

说到这里，丁素梅更是泪如泉涌。我也不知道该怎么劝她，两个人一时无语，心情都很是沉重。

就在这当口，"哗啦啦"、"咣啷啷"的声音突然出现在走廊的尽头。丁素梅先是下意识地抖了一下身子，很快地望向我，我们两个人屏气凝神，支起耳朵倾听。我们如泥塑一般停顿了两秒钟后，我"腾"的一声就从椅子上立了起来，丁素梅这边早已是面无血色。

往哪里藏呢？我俩完全乱了方寸。

钥匙打架的声音终于落到了门口。"把房门打开！"是老安的声音。

"呵！丁素梅，叶小米。你们两个，大白天在宿舍里挺尸啊！"老安还挺幽默。要不是还沉浸在丁素梅的悲伤恋情中，我可能就忍不住笑出声来了。

"十分钟后，到我办公室来一趟！"老安扔下这句话，把宿舍的门从外面一关，带着公务员走了。

宿舍里，躺在各自的床上，从头到脚严严实实蒙在白床单里的我和丁素梅，半天没有敢动。等我慢慢掀开身上的白床单，一身的汗已经把我的军装打湿了。再看丁素梅，她蒙了头，大暑天里，竟在白床单下瑟瑟发抖起来了。

16

夜晚的操场,凉风习习。黄昏时骤然降落的一场暴雨,把几天来的闷热涤荡得无影无踪。我和老安走在环行的跑道上,继丁素梅之后,我正在接受班主任老安的批评教育。

老安说:"小米,好久没跟你谈心了。最近心情不好是吗?"

我回答:"没什么,就是心里有点烦。"

老安说:"你觉得很压抑是吗?"

我回答:"有点吧。反正不痛快。"

老安说:"那你能告诉我,你什么时候感觉痛快呢?"

我想了一下回答:"吃东西的时候,还有,写东西的时候。当然,是写我爱写的东西,可不是写检查什么的。"

老安笑了:"小米,你们五个女生各有所长,很多东西都让我很欣赏。但我最欣赏你的一点,你知道是什么吗?"老安把目光投向我。

"我,会写点东西吧?"我挺不谦虚。

"不,是你的率真,你的透明。"老安说。

我没有说话,低下了头,心里说,率真和透明又有什么用呢?我不照样还是丑小鸭一只灰姑娘一个吗?

"小米,你有些自卑对吗?"老安像是一下就看出了我的心思。

我没有做声,轻轻点了一下头。

"那能告诉我你为什么自卑呢?"老安轻声问道。

"可能,可能是外貌吧。从小我妈就说我长得难看,我一直也觉得自己长得丑。咱们班的五个女生,我就是最丑的一个啊。还有,我还是个后门兵……"我想到什么就说什么了。

"哦,后门兵?不要这样想。同学们有人议论你吗?没有嘛。别

人并没有在意的事情,你却在自我折磨。浪费精力。长得丑,你妈妈这么说你,她是有一些粗暴,但或许,她是对你有更高的期望呢。实在地说呢,小米,你长得并不漂亮,但离丑还远着呢!一个人的内心可以通过修炼达到完美的境地,一个人的外貌也可以通过努力进行改造啊。"老安停下了脚步,望着我说。

"你的意思,是让我去做整容吗?"我很有几分诧异,那时节,整容还很罕见,可不像眼下跟补个牙一般如家常便饭。

"哎,你真是个傻姑娘!我的意思是说,为什么不努力一些,改掉一些不良的生活习惯,你还这么年轻,塑造自己有的是时间啊!丑小鸭如果没有变成白天鹅的理想,那它永远是只丑小鸭。"老安先是笑了,而后很认真地说。

随后,老安给我讲了这样一个动物界的小故事。

在澳大利亚的中部,有一片大沙漠。沙漠的四周是光秃秃的岩石,沙漠里最著名的植物便是仙人掌。砺趾鹰便是生活在仙人掌上的一种鸟,因为只有生活在仙人掌上,砺趾鹰的安全才能够得到保障。仙人掌不但长得高大结实,而且浑身长满了利刺,这样其他食肉动物便无法近前。

为了适应仙人掌上比钢针还要锋利的刺,砺趾鹰不得不先在岩石上将自己的脚趾锻炼得比盾牌更加坚韧。砺趾鹰成年后,会被父母赶出家门,独自去建立自己的新家。这时的小鹰还没有足够的能力筑巢,因为它们的脚趾还没有得到磨砺。如果贸然飞到仙人掌上去筑巢,那么它们的脚掌肯定会被扎得鲜血淋漓。它们唯一的办法就是像自己的父辈一样,勇敢地扑向沙漠周围的岩石,哪怕是摔得遍体鳞伤,也毫无畏惧。

"小米,我希望,你能够在一次次的痛苦磨砺中,丢掉自卑,成长为一个把命运操纵在自己手上的人。"老安说。

我若有所思。

"知道我为什么坚持检查你们的内务吗？内务检查不仅仅是一种形式，更是一种规范和要求。我希望，四年军校生活下来，你具有一个军人应该具有的起码的素质。这样的素质，肯定会令你受益一生。无论到什么时候，一言一行，都要对得起'军校生'这三个字！等到将来过了许多年，你会为这样的军校生活感到自豪而不是感觉遗憾。"老安的声音不那么平缓了，"小米，送你一句话，相由心生，境从心造。我等着，看着你变成一只白天鹅！"而后，他转身走开了。

我绕着操场一个人走着。夏日的夜晚，有夜来香的暗香在空气里浮动。

不由自主地，我绕着操场走了一圈又一圈。我越走越快，越走越疾，当我走到第八圈的时候，我脚下突然来了一阵力量，像是有一股力量推着我一般，我不由跑起来了。先是小碎步，而后是一般的步子，最后变成了大踏步。

我跑啊跑啊，我看见了砺趾鹰在岩石上磨得鲜血淋漓的脚趾。

我跑啊跑啊，我看见了任天行那双闪亮的眸子。

我感觉周身在淌着汗，头发已经湿漉漉的。

我一直跑着，胸中陡然升腾起一种淋漓尽致的畅快。

月光洒在操场上，熄灯号在我停下步伐的一刻骤然响起。

那悠长平实的号声，穿过寂静的军校的夜空，穿过一盏盏陆续消失的灯火，清清楚楚地来到我的耳边。这在长夜回荡的号声，仿佛教堂的钟声一般，深沉而缓慢，骤然平复住了，我那颗躁动不安的心。

我不由站在原地，久久没有移步。忽然就莫名地，两眼蓄满了泪水。

第三章

1

当小妖和她的侦察连连长的两地爱情进行得如火如荼的时候，郝好、朱颜和我都不免有几分失落。甚至，看到丁素梅整日里郁郁寡欢独自品味失恋的痛苦，我们竟还有些暗暗的羡慕。朝思暮想着远方心爱的人，和为一个曾经爱过的人流泪，这感觉是什么样的呢？正是二十上下的如花年龄，哪个女孩儿内心里不渴望一份浪漫而炽热的爱情呢？就是那酸涩的失恋的滋味，竟也能招引得我们无限向往。我们身上似乎有太多的青春能量需要燃烧，这漫长的青春啊，不折腾似乎都不知道怎么过完它。

军校生活的第三年的开始，郝好、朱颜和我，我们三个人自发成立了我们的组织——"光棍会"，表明我们的一种麦田守望者的姿态。当小妖收到了爱情中尉的来信，脸色绯红，满面幸福的时候，我们三个总是不自觉地偷偷用眼角去瞟她。心里是多么盼望也能收到这样的一封情书啊，哪怕，是这样的一个暗示也好。可是没有，什么都没有。我们于是没缘由地生小妖的气。

这天晚上熄灯后,小妖在我的上铺,轻轻翻动信纸。不用看,我们几个就知道小妖在重温白天中尉写来的信,这是她的爱情圣经啊。江城的夏夜,我们几个都睡不着,天气闷热难当,心头也有些七上八下。

"小妖,别光自己独享了,也给我们读读吧。陈骁信上都说什么了啊?也让我们大家都感受一下爱情的滋味。有福同享,有难同当嘛。"郝好第一个忍不住了。

小妖没吭声。我想她一定在笑,她永远只是笑,肯定还带着一丝的羞涩。而后,继续再低头看信。她知道郝好是在逗她。

"小妖,你这样下去很危险知道不知道?你才刚刚踏上青春之路,偌大的世界里,你就认识一个陈骁,这样你的视野肯定会越来越窄,最终会把自己的发展之路堵死。亲爱的女孩,亲爱的姑娘,你要警醒呢!"朱颜一副电台晚间节目主持人的腔调。

宿舍里就数朱颜的夜生活过得丰富多彩、花样翻新。军校里熄灯早,特别是大夏天的,十点钟灯一黑,不安排点自己的夜生活还真觉得无聊。熄灯后朱颜先要在床上做30个仰卧起坐,而后是向空中踢腿30下,每回如此运动起来,把睡在她下铺的郝好摇晃得像是睡在轮船上。运动结束后她打着手电筒记日记,日记写好,手电筒一黑,她就戴上耳机,进入了她的晚间广播收听时间。

那段时间,社会上刚刚开始兴起那种谈心和音乐结合的节目,有点类似于"零点乐话"一类,不同的是,那时节听众的个人故事或者情感困惑是通过写信或者打电话来向主持人倾诉的,而今,却是一条短信就搞定了,真省了不少吐沫星子,这显而易见又是手机的伟大。朱颜对这类节目听得很是津津有味,应该说她主要还是奔"乐话"里的那个"乐"去的,吸引她的是那些好听的流行歌曲。但在副产品"话"有意无意的熏陶之下,朱颜说话总有点拿

腔拿调的知心姐姐的派头。

"哎,小妖,我有个问题一直想问问你,你必须开门见山地回答。"郝好一副很认真的口气。

"什么事嘛?"小妖的话语里带着淡淡的湖南口音,温柔绵软,很好听。

"你给我们大家说说看,这个亲嘴究竟是个什么滋味?"郝好勇敢地发问。这问题令郝好上铺正在做床上锻炼的朱颜精神为之一振,因为她已经一骨碌坐起身来了。

"啥亲嘴不亲嘴的,老土!都是你那信天游唱多了。那叫接吻。接吻!"朱颜显然很兴奋。

"扑哧。"小妖笑出声来了,却没有给出答案。

"哎,今天既然郝好问到了,咱们大家正好都跟着学习学习。提前预习一下,不打无准备之仗,免得到了真枪实弹的时候,显得特别被动是不是?小妖,你给大家说说嘛。"朱颜表面上很客观很理性。

"咦,朱颜,你这么急迫,是不是有了真枪实弹的对象了?"我忍不住了,开口问朱颜。我喜欢开朱颜的玩笑。

"叶小米,你,总是喜欢这样打击别人抬高自己。其实咱们几个女生里我最发愁的人就是你了。你想,你戴着个大眼镜,真到了那种时候,难道还要先摘了眼镜再接吻?激情一上来,天翻地覆的,怎么顾得上啊?"朱颜的嘴巴向来不饶人。

我决定与她理论下去。"你不用替我发愁,到时候我肯定解决得很成功。大不了我戴着隐形眼镜约会,要不,我就摘了眼镜,反正绝不耽误正事。听你这口气,你好像已经跟谁实战过了,天翻地覆的感觉都体验过了。不会,是跟我们廖凡老乡吧?"我故意气她说。

果然,朱颜不扔枕头了,从上铺直接跳下来袭击我,我们在铺位上笑闹成一团。

"安静安静！"郝好坐了起来，伸出两只手在黑暗中拉开我俩，"你看你俩，本来是让人家小妖谈感受的，人家还没开口，你俩倒先掐上了。争风吃醋也要看看对象，两条光棍，打什么打，莫名其妙嘛！我说小妖，你好歹说一点体会，看我们这两个女光棍都急成啥样子了。你是饱汉不知饿汉饥啊！"

我和朱颜是"光棍会"的成员不错，但被郝好这么一口一个"女光棍"地喊，还真有几分不习惯。

"小妖，你就简单说说嘛，要不这一晚上我们可睡不踏实啊！睡不踏实就起不来，起不来就耽误了早操，耽误了早操就得挨班批评，挨了班批评心情不好，心情不好就要犯错误，犯了错误就要退学，你忍心看着我们当中的一个退学啊？求求你小妖，你就说说嘛。"朱颜真没白听晚间广播，啥事都能让她联系到一起去。

小妖显然不想看着我们因为这点事纷纷犯错误纷纷退学，她终于开了金口了——

"其实我也不知道接吻的滋味，因为，我还从来没有被他吻过呢。"小妖的话里怎么似乎带着一份幽怨呢。

我们三个一下愣住了。沉默中，一直没有动静的丁素梅那边，翻了个身。

"你们，都爱成这样了，还没接过吻吗？那在他之前呢，有没有人吻过你？"坐在我铺位上的朱颜显得很老到，话越问越离谱。

"是啊，都爱得要死要活的了，连个吻都没有，难以置信啊！小妖，至于你的前史，我虽然很感兴趣，但你不说，我不怪你。善解人意嘛。"郝好的话也怪怪的。

"我没有前史，只有他。我们总共就见了四次面。他在信里写了，下次见面一定吻我的。"小妖的话满是诚恳和羞涩。

明白了，十八岁的小妖的初吻，是要留给她的爱情中尉的。可

是,这神圣的激动人心的时刻,下次见面,要等到什么时候啊?

"是啊,总共没见几次面啊。第一次,咱们跳墙,高粱地,和陈骁连长遭遇。第二次,陈骁来军营探病,背小妖上医院。第三第四次……"朱颜替小妖盘点。

"第三第四次,都是他到医院来看我,两次。对了,还有一次,就是他开着吉普车,追咱们的火车那次。"小妖幽幽地说了。

小妖的话令我们禁不住一惊,可不是,这轰轰烈烈的爱情,其实总共没有几次的碰面啊。

"不止这么几次啊。小妖,你住院的时候,他来看过你好几次呢,我不是告诉你了吗?都是你睡着了,他才来的,在你的病床前站了好久才走。"我赶紧插话。

"我知道。但是,我并没有等到他见到他啊。不算的。"小妖的语气,听上去竟是那般无奈和酸楚。

大家不由都沉默了。南方的夜,白日的闷热并没有消散。不远处的长江上,一两声汽笛声划破夜空,闷闷地传来。

"哎,做女人难啊,做军人的女人更难啊。"朱颜开了口。而后,悻悻地起身,爬上了她的上铺。

"什么叫军人的女人?你直接说军人的妻子或者军人家属不得了,整天听那些酸文假醋的广播,连人话都不会说了。"气氛太沉,我故意开朱颜的玩笑。

"不对不对,应该这么说,做女人难啊,做军人家属更难,做军校的女生同样难,做一个军校女生兼军人家属是难上加难。怎么样?"朱颜还很得意呢。

"不怎么样,听起来这世界上的事一跟女字联系起来就没一个好,闹心!"郝好毫不客气。

当夜终于静下来的时候,我没有睡着,一个人的面孔却突然浮上了脑海。

是我的老乡马小蕾。

就在刚刚过去的这个暑假，临近开学，她又一次来到了我家。与以往不同，马小蕾满面春风，眼睛里满含笑意，整个人都明亮了几分。她在和远方的他通了近一个小时的电话后，满心欢喜地和我告别。

我去送她。出了我们的院门，马小蕾忽然提议，到马路对面的一个小公园走走。当我俩沿着公园湖畔漫步的时候，马小蕾忽然神秘地对我说了一句："小米，你知道吗？我已经不是女孩了。"

我扭头望了她一眼，不以为然："怎么会？开玩笑。怎么着你也不能变成男的啊？"

"不是，小米，你没懂我的意思。我是说啊，我已经是一个女人了，一个完整意义上的女人。"马小蕾的语调里有着抑制不住的激动。

这下我听明白了。其实也不是真明白，是大概明白。书里面对这件事都如此措辞。

我把眼镜推了推，用两只圆眼睛定定地望了马小蕾，一字一句地像是在舞台上说台词一样抑扬顿挫地说了："你，跟电话里的他，那样了？"

马小蕾却扑哧乐了："我刚从他的部队上回来，住了半个月呢。他已经毕业了，又提了一职。"

"你这么早就……不怕他变心吗？"我完全是从理论角度发问。

"怎么会呢。说好了，他这就往北京调。等我毕业，再把我也分回来。然后我们就结婚。"马小蕾满脸幸福。

"可是，那什么，总不太好吧？"面对了马小蕾展望的完美生活的前景，我还是有几分忐忑。

"这你就不懂了。要想留住男人，必须把身子给他。"马小蕾压

低了声音说。虽然午后的公园很安静,湖畔就我们两个。

我满面诧异,不知该说些什么。

那天晚上在宿舍里,其实我很想和郝好她们探讨一下,一个女孩子究竟是怎么变成一个完整意义的女人的。但,我没好意思开口。在深陷热恋中的却连个吻都没有的纯洁的小妖面前,在苦苦求索接吻滋味的光棍郝好和朱颜面前,在一段恋情戛然而止默默忧伤的丁素梅面前,我没法张开自己这张嘴。甚至,真觉得连想想那件事都不应该。

于是,我很是郁闷地让自己睡去了。

2

看到这里你可能会问,你们军校里不是不允许学员谈恋爱吗?怎么一个个的都开始飞蛾扑火了呢?别急我告诉你啊,我们军校生的恋爱一般有两种形态。一种是,爆发于军校内部的恋爱,即当事人双方是军校的男生和女生,这样的恋情注定是法网恢恢疏而不漏,是众矢之的,必定要被扼杀在萌芽状态。另一种是,恋爱的一方是军校生,另一方是局外人。比如,小妖和她的侦察连连长。这样的恋情,军校方面采取的政策是绝对不鼓励,但也不会强行制止。但不知道为什么,这后一种爱情虽然看似与军校无关,但它却总是同伤感和无奈如影随形,有时结局比第一种情况还来得惨烈,皆大欢喜花好月圆很少看到,倒是意外地留下了许多欷歔和感叹。

说到后一种恋爱,我就不由想起一段很有些悲情的爱情故事,忍不住想在这里把它讲出来。因为我一直并且继续要讲述的,是我们几个女生的情感遭遇,但这段关于男生的爱情经历我实在是太想讲给你听了。不知道为什么,这么多年过去了,许多人和许多事,似乎已经渐行渐远,开始慢慢退出记忆的仓库了,但这个故事,却总是一次次徘徊在我的心头。甚至偶尔,眼前还会跃然出现那其中的一幕幕。那我就讲讲吧。

　　这段爱情故事的男主人公我前面提过的,是我的班长,天津男生邓海云。在军校里,班长管着10个人,班上的人都喜欢叫他邓班长。邓班长是个瘦高条儿,五官里他的眼睛最有特点,很大很美,波光流转,以至他在看人的时候,对方经常会误以为他在眉目传情。邓班长喜欢读小说,杂志上的反映当代生活的小说,他尤其偏爱,而且喜欢和我展开热烈讨论:

　　看刘心武的《钟鼓楼》,里头有个爱给老婆擦皮鞋的男人,为历来景仰伟丈夫大男人的我所不齿。邓班长就说了:"擦个皮鞋怎么了?嘛。不就是想好好过日子吗?等我结了婚,我也给我老婆擦皮鞋。"读刘震云的《一地鸡毛》,他感慨:"太悲观了太悲观了!这日子就是一块馊豆腐?一地鸡毛?嘛。我不信!要过也要把这一地鸡毛归置好了,乐呵呵地过才行啊。"后来又读叶兆言的《艳歌》,他很是伤感,直说:"太惨了太惨了,把生活写得也太无望了吧,看得心里当真堵得慌。嘛。这些个作家,也太能反思生活了。人活着都这么没意思还活个啥劲吗?"

　　邓班长还喜欢听流行歌曲,什么《让我一次爱个够》、《我很丑可是我很温柔》、《让我欢喜让我忧》之类的,全是当下称为老歌的,而在我们那会儿还算是排行榜的上榜歌曲呢,新鲜着呢。校园广播里放歌的时候,他的大眼睛就眯缝上了,望定远处,眼神忽然变得很迷离,一派神往之色。我那段总是抱着个小收录机戴着个耳机听歌,邓班长见我听得带劲,就会凑上来说:"听嘛呢?好听不。嘛。给我也听听。"他的天津口音很重,一高兴或者生气了,总喜欢带个"嘛"字。不由分说,他就摘下一只耳机塞进了他的耳朵,听上一会儿,他的眼神很快朦胧起来。

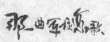

邓班长特别细心。军校第一年的时候，我们吃的是包伙，每顿两个菜，由值日生分给大家。我特别喜欢吃鱼，他就记下了。每次吃鱼，他都把分给他的那条，早早地夹到我的盘子里去。见我跟他推，他就故意说是在天津塘沽吃海鲜吃伤了，见了鱼就没胃口。记得有一次，我吃鱼卡了喉咙，在饭桌上没好意思吭声，憋到上晚自习了，刺还是没有下去。晚上我去了图书馆，一边不停地咽吐沫，一边心不在焉地看书。突然，我面前的桌子上出现了一个手绢包，是那种灰格子的男用手绢。手绢包鼓囊囊的，像个圆球。抬头望上去，是邓班长那双美丽多情的大眼睛。我在他的示意下打开了手绢包，里面竟然是一个大馒头。于是我大口大口吃着馒头，当吞掉了三分之一馒头的时候，鱼刺终于在喉咙一带消失了。那天晚饭我们的食堂里并没有馒头，也不知道邓班长从哪里搞来的。

　　军校第二年的时候，我们的邓班长爱上了一个开花店的女孩。那花店在一条小街的边上，离我们军校有一站地远，爬上军校的假山就能望见它。邓班长怎么爱上那女孩子的不得而知，反正等大家悄悄议论起这件事的时候，邓班长的爱情温度已经接近沸点了。据说，那段时间我们半个区队的男生都跑到那家花店铺里去看那女孩。张雪飞回来以后啧啧称赞，说那女孩子一头披肩长发，面若桃花，一笑两个酒窝，天人一般。有男生说那女孩子长得像林青霞，还有的男生则说像王祖贤，都是当年红得发紫颠倒众生的人物。

　　对传说中的这位花房姑娘，我们女生里只有朱颜去看过，回来后倒是表现得很平淡，说："没吹得那么神啊，也就一般人，艳丽一些而已，比小妖差远了。"为了保持我们对花房姑娘的那一份美好想象，我和郝好毅然决定不去现场观摩了。另一层，我还有点嫉妒，嫉妒有人轻易得到我们这么好的邓班长的爱。自打他恋爱以来,我就没少讥讽他,说他纯粹是以貌取人品位太低。

　　面对着这样一位花房姑娘,我的邓班长不晕才怪呢。那段时间,他寻找一切可以外出的机会,去花店里看望他的心上人,每每在周日的黄昏时分,披着一身淡淡的花香带着满面幸福踏进军校的大门。军校的外出规定是极严格的,每周的外出人员比例极其有限,分摊到每个班一般也就是一到两个名额。那时节还没有实行双休日而只有星期天一个假日,每到周六晚饭时分,一桌 10 个人用餐时总显得有几分心不在焉,有人沉不住气地狼吞虎咽,有人老谋深算地细嚼慢咽,其实都在眼巴巴心照不宣地期待着那道大菜的最后现身。班主任老安终于送子观音一般地出现了,手上像举红宝书一般地举着那几份通往自由之境的签证,面带春风地挨个把出入证发到四个班长的手上。接到出入证的一桌子人立马精神抖擞起来,但出入证最终花落谁家,却是需要过硬的理由和坚强的神经的,于是一番智斗或者说是厮杀在所难免。最终,幸运儿都是在众人的虎视眈眈之下,知趣地低调地离开饭桌,临走还不忘小心翼翼地把公用的汤盆和菜盆带走顺手去洗了,于是本周的食堂值日生提前完成了一周的琐碎劳动。

　　军校外出的名额如此紧缺,邓班长怎么好总做那个幸运儿呢?但是他实在是太想太想外出了,于是他就很狡猾地把自己扮演成了雷锋。说他是扮演雷锋而不是真正的雷锋,是因为人家雷锋做好事不图名不图利,甘愿把有限的生命投入到无限的为人民服务之中去,而邓班长呢,目的明显是冲着那张出入证去的。他利用午休的时间,把他们宿舍男生泡在盆子里的衣服洗了,摆在窗台上的臭胶鞋刷了。整理内务打扫宿舍卫生的时候,他爬高上低地抢着擦窗户玻璃,抹柜子上头的灰。上课的时候,他认真做笔记,而后整理好了给我们班每个人一份。那段时间,我们班的各项

指标都十分优秀,班上的男生一个个都特别轻松愉快。大家都说,邓班长,好人!

于是周六晚饭时,饭桌上,大家都故意不去拿出入证。有两个的时候,大家也只是哄抢其中的一个。眼见着邓班长满面羞涩地,手都有点哆哆嗦嗦地,把那个出入证抓到手里的时候,我们都不好意思再去看他。为了爱情,为了见上花房姑娘一面,我们的邓班长活得多么不容易啊!

到军校第三年的春天,小妖的那件事之后,军校加大了对军校生的管理力度,我们的外出一度被取消了。困在校园里整两个月,我们的邓班长像头困兽一般,整日里在校园的假山上逡巡,黄昏中他远眺花店一动不动的身影,几乎成了假山上的标志性建筑,我们组里的男生管他叫"望花石"。

我们的邓班长终于不甘心只做一块"望花石"了,他要化身成一叶爱情的小帆,向心爱的姑娘一路驶去,乘风破浪披荆斩棘在所不惜。当挨过了整一个月的相思之苦后,在一个蒙蒙细雨的晚上,他终于按捺不住心头的冲动,翻越了校园的围墙,去与他的花房姑娘相会了。当熄灯前的一刻,邓班长翻墙而归的时候,被军校巡逻的哨兵当场擒获,一路押送到了我们的队部。

一个警告处分下来,从外表看,我们的邓班长似乎并没有什么变化,每天还是勤奋地学习,卖力地做好事,在这种时候,做好事似乎已经成了他的一种生活习惯,一种惯性使然,而完全没有了私欲。外出已经变得相当困难,尤其对他这样的,官方说法叫犯过错误的同志。但临到学期结束,同学们一致把邓班长选为了区队的优秀学员。可是我还是注意到了,邓班长还是有了一些不小的变化,比如他的笑容少了,不跟我聊小说了,也不跟我夺耳机了。他的身影——"望花石"的身影,还是时不时出现在假山上,只是远远望过去,他的背似乎驮了几分,身形更细长了。

有一天的晚自习,我印象挺深的。正是秋天,桂花香飘散,我站在阳台上沉迷其中。阳台的柱子上有一行粉笔字——问世间情为何物,直教人生死相许。不知是谁人写上去的。白天已经瞻仰过了,暮色中字迹已经看不太分明,但我还是在这行字下站了好一会儿。

当我回到教室的时候,我看见邓班长正低头在写着什么。我俩的课桌一前一后挨着,邓班长的座位在前我的在后。我歪过身看他在做什么,但见他一直低头在一个大的笔记本上抄写着什么,手边放着一些花里胡哨的小纸片,像是那种磁带里带的歌片。

邓班长起身拿着杯子去蓄水的当口,我一把把那个大笔记本抓到了手里。匆匆一翻,全是些歌词。当前页,一首没抄完的歌词赫然在目——

野百合也有春天

仿佛如同一场梦,
我们如此短暂地相逢,
你像一阵春风轻轻柔柔吹入我心中。
而今何处是你,
往日的笑容,
记忆中曾经熟悉的笑容。
……

我忍不住扑哧一下就要笑出声来了。野百合也有春天,有他这么大个的操着一口天津口音的野百合吗?

这时邓班长已经端了杯子进门来了,我赶紧把笔记本放回了

原处。他坐下后继续抄,许是抄完了有些累了,他把笔记本合上,头沉沉地趴在课桌上了。他就那么安静地趴着,好久好久没动,像是睡过去了一般。不知道过了多长时间,我发现他的肩膀在一耸一耸地,像是在哭。我惊诧在那里,半天没敢出声。他真是在哭。因为,偶尔他会偷偷地,极快地用手抹去眼角的泪水。我完全傻在那里了。长这么大,我还是第一次看见一个男人,这么压抑而委屈地,无声地哭泣。他,竟然是我的活雷锋一般的好班长啊。

后来我们就毕业了,本来邓班长是有机会回到天津的,但他放弃了。他想尽一切办法留在了江城,去了一所地理位置很偏的郊区的军校。花房姑娘也开始了和他的正式交往,有时还到郊区去看他,在他的集体宿舍里吃一顿邓班长精心烹饪的美味。我想那段时间邓班长一定很快乐,即使是星期天的大半天都要奔波在郊区和市区之间,他也一定不知疲惫满心欢喜,直等待有一天,花房姑娘顺理成章做了他的新娘。但鬼使神差,花房姑娘竟然很快移情别恋了,而这对象不是别人,竟是我们邓班长的室友,在郊区的那所军校里同居一间集体宿舍的另一名男教员。谁也不知道花房姑娘是怎么看上那个人的,那个人比邓班长早来一年,是我们的校友。邓班长还一口一个"师哥"地叫着他呢。

后来,我们的邓班长就精神恍惚起来,误课,误操,整天躺在宿舍里睡大觉,成了很令领导头疼的人。不愿轻易放弃这段感情的他,开始一次次往城里的花店跑, 次过马路去搭车的时候,被一辆拉煤的大卡车撞上了,万幸卡车刹车刹得急,否则他真是命也没有了。他的一条腿却骨折了,在军区总医院躺了整整三个月。这三个月里,花房姑娘也来看过他,还给他带来了鲜花,是她店里的。但是,邓班长却突然淡了起来,像是一下想明白了什么。一出院,他就向学校递交了复员报告,而后收拾一下行李,没有与花房姑娘道别,就坐上了北上的回天津老家的火车。

　　就在去年的夏天,邓班长的声音突然从我的手机里冒了出来。虽然这么多年来我们并未联络,但通过别的同学,我一直在关注着他的消息。知道他一无所有地回到天津之后,吃了很多的苦,干过很多五花八门的工作。这几年,他终于找到了自己的位置,在一家保险公司做了上层管理。说是买了车也买了房,日子过得很不赖。他的个人生活也是峰回路转,他结婚很晚,但却最惹区队的男生艳羡。说是他的妻子美貌出众,还是个80后,这小美女去年才给他生了个宝贝儿子,小家伙一双大眼睛像足了他。

　　而今一搁15年,再次的联络令我很有几分激动。我上来就攻击他,"传说你老婆嫩花一朵,看来这么多年你都没怎么进步,还是喜欢以貌取人啊,江山易改禀性难移。"

　　"嘛,啥漂亮不漂亮的,林青霞王祖贤的,那都是大伙儿寻我开心。我老婆很难看,黄脸婆一个,真的。嘛!这下你不能批我了吧?在军校你就跟我较劲,总说我光看脸蛋品位低。哈哈哈哈!嘛!等有机会,一定来我们这吃海鲜啊!管够!我知道你好这口。"邓班长说话的语调一点没变,口音依旧带着浓烈的天津腔。

　　所有温暖的伤感的怅然的无奈的青春往事,在他熟悉的话语里,一瞬间,像涨潮的大海一般,将我牢牢包围。

　　往事如昨。记忆最深处最柔软的那个角落,不可碰触的,是属于一个人的最初的爱。

3

　　一个暑假未见,任天行黑了许多,也瘦了,一张原本汉子气十足的面孔,黝黑的皮肤一衬,更显得粗犷不羁。听同学说他这个暑假没有回家,而是独自一人去了新疆,背着一挎包馒头、一只军用

水壶,一路搭乘的都是过路车,却把新疆的好地方都走遍了。

我认真竖着耳朵,把关于任天行的每一句话都格外仔细地收进来。不争气啊!经过一个暑期的调整,我已经决定将他慢慢忘记了,不再关注他的一切,不再倾听他的声音,不再被他的笑容所蛊惑。可是,怎么一回到军校,一听见"任天行"三个字,一颗心不由张牙舞爪地跳将出来,把关于他的一切的一切,牢牢拥抱在怀里。

为了驱赶这一份苦涩的无望的情感,我更加狂热地爱上了跑步。上学期期末,在老安和我的那次谈话之后,我就开始了跑步,并且坚持下来了。每天熄灯前,我一定会来到操场上,而后开始了我一圈又一圈的狂奔。

我发现跑步真是一项很奇特的运动,并且一天比一天更加热爱甚至迷恋它。刚开始跑的时候,还很有几分不情愿,气也喘得粗,脚步也趔趄,基本是咬着牙在跑。500 米一圈的跑道,等你坚持跑上五圈以上,再跑起来就像脚下有了一种托举你的力量一般,周身陡然轻松了许多,呼吸也匀称了,这时你不想停步了。等到跑上十圈以上,这时你会感觉到周身的血液仿佛 100 度的水一般沸腾开来了,而且这滚烫的水流把你的每一处经脉都打通了,脚底像着了火一般,让你想要狂奔,想飞,根本停不下了脚步。

并且,我也迷上熄灯号了。伤感的乐音在暗夜里悠然铺洒,平缓的曲调在夜空里格外动听,令我特别着迷。熄灯号已经陪伴了我很多个日子,在我沿着军校操场的环形跑道,一圈圈狂奔的时候,听到它的一瞬,我猛然停住脚步,经常莫名地,眼睛里也出了汗。

秋天里,学校下了通报,计划在 12 月 9 日这天组织一台纪念"一二·九"运动的文艺晚会。通报下发到各系,从系里的领导到班主任到学员都分外响应,摩拳擦掌纷纷操练起来,意欲在这次晚会上大展身手。一时间,牛郎楼和织女楼里到处莺歌燕舞,小号、大号、萨克斯、手风琴、电子琴的乐声此起彼伏,男高音、女中音,美声唱法、通俗唱法歌声袅袅余音绕梁,不知情的人,简直就以为走进了音乐学院。

我们区队决定来次大动作,要把一出四幕话剧《青春之歌》搬上军校的舞台。剧本有现成的,但在导演是外请专家还是内部选拔的问题上,同学们讨论好一阵却没有达成共识,最后由老安拍板定夺,导演由我们内部诞生!并且,他立马就任命了导演的人选,竟然是,我!

老安点到我是我完全没有想到的,我向他投去惊讶的张望的时候,他满面笑容地正望向我,眼睛里写满了信任和鼓励。

其实我心里是充满暗喜的,因为这工作对我并不难。读中学的时候,高二和高三那两年,《青春之歌》简直就成了我们文科班的保留剧目。一到"五·四"青年节,"一二·九"运动纪念日,甚至元旦大联欢,就等我们的压轴大剧《青春之歌》登台了。那时的我,虽然不是导演,可我也是积极参与其中,每回上台,都是站在学生游行的队伍里,高喊口号的那一个最卖力的龙套。那时候,我们对这个剧是多么的热爱和投入啊,简直到了耳熟能详的地步了。

接下来我经历了上军校以来从未有过的一段风光时期,我被同学们"导演导演"地一声声叫着,像模像样地开始了我的"导演生涯"。先是张雪飞私下找了我好几次,诚恳地表达了他对艺术的挚爱,软硬兼施,一次次提出着同一个要求——"导演,导演,小米导演,哦不,叶大导演。无论如何,你要在这里面给我安排一个角色。我请你吃冷饮?看电影?要不,我把出入证让给你一次?我说话算数,谁不兑现谁是那啥王八犊子。真的,真的,我太爱表演了,你得答应我!你不答应我,我就跑你们织女楼底下天天喊你的名字!小米啊,我等这一天真很久了!"

很快,经过和郝好等几个同学协商,定下了演员表。

女生方面:朱颜扮演林道静,郝好扮演林红,小妖扮演白莉萍,丁素梅扮演王晓燕。

男生阵容:庞尔扮演卢嘉川,张雪飞扮演于永泽,廖凡扮演戴瑜。

演员名单刚一张榜公布,小妖就抛给了我一句话三个字:"我不演!"人家都是演员追着求导演,到小妖这儿就成了导演死缠演员。谁让人家天生丽质难自弃呢?谁让人家集数千目光集一身呢?

我说:"是嫌演交际花损坏你的玉女形象,是吧?那咱演女一号林道静,绝对正面,成不成?"

小妖斩钉截铁:"我不演!"

"那就演林红?戏不多但挺出彩。"我退了一步。

小妖咬定青山不放松:"不演。"

"那,演王晓燕?就跟在林道静身边,喊几句口号。行不行?"我锲而不舍。

"导演,你也歇歇吧,嗓子都哑了。来,喝点水。"朱颜递上她的水杯。自从我当上导演之后,朱颜都不怎么跟我抬杠了,对我特别得体贴。

小妖没吭气,已经像只猫一样爬到上铺去了。别看小妖是个道地的百里挑一甚至千里挑一的大美女,但她真是没有一点的表现欲。甚至,有几分的守旧,不开化!我只有怒其不争了。想想啊,这么个校花级的大美女一登台,哪怕是不说话,也一准儿吸引万众的注目。这可是收视率,不,票房,不,我们获奖的关键因素之一啊。别看是初执导筒,我已经相当进入状态了啊。

看得出,区队长任天行那一段似乎比我还兴奋,除了负责服装道具,还把督促演员上场的活儿主动担了下来。每次排练结束,他还留下来打扫卫生,总是最后一个离开礼堂。并且,他望着我的眼光也不同了，满是信任和欣赏。似乎，还多了一层别的什么。

我的才华很快在排练中得以彰显，我的意见很被老安和同学们认可。那段时间我很是膨胀，军装也不好好穿了，经常披一件军校发给女生的那种墨绿色的绒线衣，脖子上垂一条白色羊毛围巾。天气还没冷起来呢，要的就是那个范儿。我还找到父母的一个战友阿姨，去军区文工团借来了整套的演出服装，眼见同学们眼睛里对我的钦佩一天天加深，我的心里充满一种从未有过的幸福。似乎，我还是第一次如此隆重地体会到，那种被人尊敬和需要的感觉。我没有理由不光彩照人。

一天晚上，从军校礼堂排练回来，都快要熄灯了，我竟怎么也找不到自己的日记本了。我并不是每天都有记日记的习惯，一般都是随意地记下几笔，而且，我喜欢用几行诗表达我的感受。所以，那与其说是一本日记，不如说是一本胡乱涂鸦的随感。我想了好半天，才想起来是放在我随身背着的军用挎包里。军用挎包呢，也不见了。那肯定是落在礼堂里了。晚饭后我没回宿舍，直接背了挎包去礼堂指挥排练。我脚步匆匆下了楼，准备奔礼堂去。

刚出了女生宿舍楼，"小米！"忽然暗影处有人唤我的名字。

一个身材高挑的少年正笑吟吟地站在月影里，他侧肩背着个挎包，一身军装显出一种素朴和干练的美感。他的一双眸子在暗影里如星星一般闪亮，微笑时露出的牙齿像月光一样皎洁。他的身材那么的挺拔，背包的姿态优雅得让人觉得，他背着的不是军用挎包，而是一架手风琴或者一把吉他。

是他。

"小米，你的挎包。"任天行开口了。

"你怎么知道是我的？你，不会是，偷看我的日记了吧？"我一把接过挎包，满面怀疑。好在，那里面他的名字只在前面出现过一

次，后来就用罗切斯特代替了。是《简爱》里的那个简爱所爱的男人。那时节，热爱文学的灰姑娘们，一般都把简爱当做偶像，把罗切斯特当成心目中的至爱。

"我，啊，怎么会？挎包带上不是写着你的名字的吗？"他的口气似乎并不自信，但显然认了真。不用低头看，我知道挎包带上有我的名字，所有的军校生的挎包带上都有名字。

他已经转了头，跑向了操场，朝男生宿舍的方向狂奔。对面的牛郎楼，闪烁着一楼的星光。

他的背影越来越远，我不忍移开目光和步子。

熄灯号悠悠地响起来了。

那恬淡舒缓的旋律，那深情淡然的乐声，令我心潮涌动，令我满心怅然。

4

我们的四幕话剧《青春之歌》在"一二·九"晚会上大获成功。获得了学院的集体表演一等奖、优秀节目大奖，主创人员还受到了学院领导的亲切接见。

当晚，熄灯后。宿舍里，我们几个兴奋得久久不能入睡，不由谈性大发，畅谈了很久。自然照例，还是朱颜、郝好和我说得多，小妖和丁素梅通常只做听众。

"后悔了吧小妖同志？没想到我们的演出这么空前轰动吧？"我先逗小妖。

小妖到底没有出现在《青春之歌》的舞台上，最后我们只好起用了临时预案，由丁素梅出演白莉萍。丁素梅版的交际花显然美貌和风情都不够，于是我们就在造型上很下工夫，让她戴上卷着大波浪的假发套，化妆上狠一些，待丁素梅穿上旗袍叼上一支烟往那里一站,就足够惊艳四座了。我则顶任了王晓燕一角,兼顾全剧的同时,不时跑到台上去喊喊口号什么的。

小妖只是笑,依旧不做声。

"像我们小妖这么低调的美女,全世界真是没有第二个。你的侦察连连长真是艳福不浅啊。"朱颜跟着夸上了小妖,而后满怀期待,"明天我就跟庞尔学手风琴去,真不知道,他手风琴拉那么好。"噢,忘了说了,庞尔在出演男一号卢嘉川的同时,还担任我们的音乐总监。其中除夕之夜热血青年们高歌《松花江上》的时候,是他用手风琴为我们做了现场伴奏。那一场,我们获得的掌声最响。

丁素梅说:"我怎么听说,庞尔挺花的啊。"近来,因白莉萍一角而成功转型的丁素梅,情绪明显好转。

我马上跳将出来,不许有人如此攻击我们的男一号和音乐总监。我说:"怎么可能嘛?庞尔绝对不是那样的人。你看他的那双眼睛,怎么说呢,干净得,像是初生的婴儿一样,不对,好像没那么无知嘛。反正,太纯洁太干净了,纯洁得干净得,令我不忍和他对视。"

郝好也说:"是是,我也有同感。那样的眼睛不多,这么说吧,如果这个世界上还剩下最后一个童男子,我相信,那就是庞尔。"

一宿舍的女生都笑了。

朱颜补充:"庞尔很绅士的,每次打饭,见了我都往前让。"

郝好说了:"素梅,不是我说你,你别老听有些男生胡说八道,这样背后议论人不好。"

丁素梅不吭声了。大家一下都沉默了。

没过一会儿,朱颜舒了口气说:"小米,你那个老乡廖凡今天可逗了。演出结束,我拉着庞尔合影,他使劲冲我挤眉弄眼的,好像牙疼一样。"

"是吗?那是我老乡爱上你了?他是嫉妒你对庞尔的无比欣

赏。"我嘴皮子也够厉害,脑子不动,净胡说。

"别再给我提这事了啊。那三双破鞋,就你老乡床底下的那三双破鞋,已经让我彻底倒了胃口了。你老乡就是北京市市长,我也不会爱上他! 好了,今天的卧谈到此为止,睡觉!"

朱颜作了告别发言后,宿舍里陷入一片沉默。或许是白天投入演出太兴奋了,没有人再打着手电筒看书或者写信。不久,我对面的铺位上,就传来了均匀的鼻息声,和我头对头睡的郝好已经进入梦乡了。

黑暗中,我却无法入睡。演出中的各种情形都重新在我脑子里又上演了一遍,我忍不住寻找着其中的遗憾和不足。我的所有神经都被这次演出牵动了,所以,几乎,我都要把老安在散场后对我说的那句话忘掉了。

操场上,依旧是熄灯前,老安叫住了队伍解散后正要回宿舍的我:"小米,你这次在文艺晚会上立大功了!表现很好!班上就要讨论你的入党问题了,你要再接再厉,保持良好状态! 好好的!"

当时,我使劲点了点头,而后,就去追赶前面的郝好她们几个了。午夜时光,当我就要沉入梦乡前的一刻,我忽然想起了老安的那句话,睡意一下淡了许多。女生里,现在只有郝好一个人是党员,丁素梅已经是预备党员了,经常主动找党小组长谈话。我并不是个在政治上有追求的人,只是,想到那一对革命军人,两位老党员,我的父母,在听到这个好消息的一刻,该是多么喜悦和欣慰啊。我在心里,不由就对自己说了,保持良好状态! 一定好好的!

5

江城的冬天真正来临了,一连几天的大雪,把这个长江边上的城市完全包裹在一片晶莹世界之中。

一连几个晚上,任天行在图书馆的走廊上来回踱步,不停地吸烟。透过宽大的落地窗,这一幕都被阅览室里的我看在了眼里。他遇到什么难事了吗?

我装作倒水,一次次往楼下的值班室跑,有意经过任天行的身边。但每次,他都是礼貌地点点头,并没有要和我展开谈话的意思。

食堂开饭的时候,我见他端着满满两盆饭菜从我面前走过,而后下楼,走进一片茫茫雪地中去了。我偷偷跟出来,站在食堂的窗口望了他,雪地上,他的身影越来越小,像是往学院招待所的方向去了。

家里来人了?莫非,是女朋友突然驾到?我胡思乱想着,连张雪飞在我面前不停地晃动着他的两只手都没在意。

"叶大导演,想什么呢?"张雪飞干脆冲我喊了一嗓子。

我抬眼见是张雪飞,马上没好气。自从《青春之歌》一炮打响之后,这个于永泽的扮演者也立时成了军校里的明星,尤其是那些新入学的小女生,见了张雪飞都乐,一边捂着嘴悄悄通报:"看呢,于永泽来了。"张雪飞自然很是陶醉,为了树立自己的经典形象,他甚至把发式都改成了于永泽那样的发糕头。而今,见了眼前的发糕头我就生气,一个男人自恋到如此令人发指的地步,你还有什么能跟他说得清?于是,我白了他一眼,傲然从他身边走过去了。

"导演,导演,你别生气啊,我怎么招你了吗?"张雪飞不依不饶追了上来。

"任天行怎么回事?"我开门见山。

"你问任天行呀,哦,他家乡的老师来了,来看病,想找家大医院动手术。是任天行写信叫他来的,还有他老师的女儿,在招待所住着呢。"张雪飞一板一眼告诉我。

"什么病？这么急？"我停下了步子。

"说是胃癌。"张雪飞绷住了脸。

"那手术什么时候做？"我问。

"哎，这不任天行正为这事儿发愁呢。星期天他去军区总院问过了，得先找专家看了才能住院手术。可挂个号特别难，一大早就得跑那儿候着，可咱们军校这作息你知道，叫人咋整啊你说？"张雪飞皱上了眉。

我没有说话。

不如我帮帮他。这个想法很自然就冒了出来。

当天晚上晚自习后，我到队部拨了个电话，想找父母的战友潘叔叔帮忙。队部里只有公务员一个人，老安这两天不在，他去北京开会了，要周日才回来。来江城上学我总去潘叔叔家玩，他的大女儿就在军区总院工作。可是十分不巧的是，潘家姐姐去上海第二军医大学进修去了。

本来是想给任天行一个意外的惊喜的，可眼前，一线光明的线索忽然就断了。我不觉满面失望。从队部出来，正好和任天行撞了个正着。"傻丫头，干什么呢？鬼鬼祟祟的。"他还有心和我开玩笑。

"你，你，你老师还好吧？"我忍不住就问出来了。在任天行面前，我完全没有了在别的男生面前的那份自如和洒脱，总是脑子里想什么嘴上就说什么。

"我老师？你怎么知道的？不好，情况非常不好。我正准备打个电话再托托人，看能不能先把号挂上。"他匆匆说了几句，就进了队部。

那时节医院还没有电话预约挂号，也没有网上挂号，更没有开通绿色直通车之类的。所以，当十分钟后，我躲在走廊的暗影里，见任天行低头耷脑地从队部出来，我一点也不感觉惊讶。

帮帮他，帮帮他！这个念头一但在我脑海里升腾起来，就像一簇扔到枯草堆里的柴火一般，腾一下就烧起来了，火光越来越亮，照得我的脸发红发烫。辗转难眠中，我把一切都盘算好了。明天，就明天！老安不在，明天前两堂课是自习，一切仿佛天助。

6

天色黑沉沉的，蒙昧得还像是在夜半。我披衣起床，悄悄出了宿舍。女生宿舍楼下，值班员是两个我们这一届的历史系男生，正穿着军大衣双手揉搓着耳朵，在雪地里不停地蹀步。天实在太冷了，想打个瞌睡都迷瞪不起来。他们望着我从楼上下来，友好地冲我点了个头。我每天晚上坚持跑步的光荣事迹，早已在我们这一届的学员中广为流传，要不是眼前我的身材还不是那么立竿见影地立刻苗条起来，估计在民间的轰动还应该更加剧烈一些。所以，即使是在清晨见着我，值班员们的表情倒也没有显露出惊讶。

我在操场跑了两圈，这是做给值班员看的。否则，一旦他们起疑心，我的全盘计划就有可能功亏一篑。估计他们的脑海里已经留存住了我奔跑的身影，我便突然转换了方向，在离他们最远的一个对角线点上，开始转身朝军校图书馆的方向疾奔。好在道路上的雪已经被我们白天清扫干净了，否则我不能跑那么快。我必须抓紧时间，一定要在起床号响之前，找好我的安全着陆点。

我像一条警犬一样，沿着图书馆边上的围墙，一步一步察看着地形。脚下的雪，被我踩得咯吱作响。但我突然意识到，从这里翻跃围墙，不是正好被图书馆里的人望了个正着吗？原本我首先考虑这里，是因为这里的围墙内外，有很多的灌木，可以攀缘而上或者顺势而下。我的邓班长当初就是由这里，奔向他的花房姑娘，

而在归途中身陷囹圄的。他当初看好这里,恐怕也是出于和我同样的考虑。可不同的是他是夜间操作而我是要在大白天完成这套艰巨的动作。于是我又沿着围墙走出去很远一段,终于,我看到了一处相当理想的圣地。这里的围墙正对着军校的锅炉房,从外头看好找目标,而且这里少有人来,很安全。唯一有些遗憾的是,这里没有什么树,要是从外面翻进来的话,恐怕只能硬往下跳了。

世界上没有十全十美的事,只能靠自己克服了。下定了决心,我看了一眼腕子上的手表,六点三十五分,离起床号响还有五分钟。今天,我必须格外精确地计划我的时间,在每一个步骤上。我马上开始往操场赶,起床号在我刚刚站定脚步的一刻,昂扬地响起来了。

终于盼到小妖睡眼惺忪地出现在队伍里,我凑到她耳边轻声说:"今天早饭帮我请个假,就说我肚子疼。早饭后集合再帮我说一声,就说我直接去图书馆了。"小妖望了我,眼睛里的睡意一下没了,满是惊异和怀疑,她轻握了一下我的一只手说:"你又要外出?莫胡来哦。当心一点。"

请假这种事我向来喜欢找小妖。比如眼前,如果换了朱颜,她肯定会大惊小怪地望上你一眼,而后扬着嗓子问你:"怎么,你大姨妈又来了,不是上周才来过吗?"换了郝好呢,她一定要盘问你半天,并且绝对的热情似火,她肯定会自己先不吃,就一准儿把热腾腾的早饭给你打回宿舍来。对同志如春天般的温暖那句话,我觉得就是为郝好准备的。并且,但凡小妖去请假,总是一路顺畅。人家对美女热情不奇怪,是个男人都喜欢美女。这世界历来就是美女的天下,要不世界小姐大赛一年比一年办得火呢。海伦事件之后,我明显成熟不少,并且正努力向美女看齐。

整队过后,我们的队伍跑出了军校的大门,跨上了城市的主干道旁的林荫道。我的心忍不住"怦怦怦"急跳了几下。终于，我们的队伍就要拐进一条小街了，我猛地弯下腰，揉搓起自己的左脚脚面来。队尾的郝好和小妖回头直望我，我赶紧冲她们摆了下手。灰蒙蒙的天色中，她们的身影，很快随着远去的队伍模糊起来。

我看了眼手腕上的手表，六点四十五分。我辨认了一下方向，朝着军区总院的方向，开始在大街上跌跌撞撞地一路狂奔起来，不是我的腿或脚有问题，而是一些积雪的路段，还没有清扫彻底，残雪束缚了我急切的脚步。

不是我故意玩酷要表演雪中飞，而是从我们这里通往军区总院并没有直达车。街上早班的公共汽车少得可怜，出租车在那年头基本和飞机一样少见，于是，我索性以步带车，先跑到那个中转站再说。

当我一身热腾气地跑到换乘车站的时候，我再次看了一眼手表。七点一刻，我整整跑了半个小时，五站地。还好，我跟着上早班的人流，挤上了一辆刚刚进站的公共汽车。

车窗外的天色依旧昏沉，看来今天依然是个阴天。车上的人挤得厉害，但还是没有挡住一股油香在车箱里飘散。像是烧饼夹油条的味道啊。烘烤出炉的烧饼，发散出的是实实在在的面香。而炸油条的香气要浓烈许多，香喷喷、油汪汪勾出你的口水没商量。我深深地吸了一口气，艰难地吞咽下一喉咙的口水。而后，闭目养神，运筹帷幄。保持镇定！必须保持镇定！现在还不是尽享人间美味的时候。来日方长，后会有期。等胜利完成了任务，再好好犒劳自己不迟。

当我从这辆越来越挤的公共汽车上，几乎像是被人流猛然推下来一般，终于站到了军区总院对面的车站上，我迅速看了一眼手表，八点九分。挂号的话，是不是已经有些迟了？我再一次飞奔

起来,不顾来往的车辆大跨步跑过了马路,进了总院的大门。

四十分钟之后,我终于拿到了一张专家号,是专家号耶。实情是,当我面前黑压压的人群一点点消失,长长的队伍终于磨蹭到挂号窗口的时候,哪里还有专家号的芳踪吗?我满面失望而又实在不甘心。一个面容朴素长相老实的中年妇女挤到了我面前,轻声问道:"小妹妹,要专家号吗?"

明白了吧。我的专家号从何而来呢?是我买的,花了我两个月的津贴,从这个中年妇女手里买的。她一路叨咕着说她两点就来排队了,开口要我三个月的津贴。经过一番砍价,我给自己省下了一个月的津贴。其实我身上也就带了两个半月的津贴,有一个月的,还是昨晚管小妖借的。我小心地把那张专家号夹在了我的学员证的塑料封皮里,压在我的照片上。

我得意非常,但没有忘记必须在十点前,也就是上午的后两堂课上课前赶回学校去。再次坐上公共汽车时,我望了一眼腕子上的手表,九点过五分。时间还是很紧张的啊。当我在中转站换车的时候,我还是忍不住在车站边的小吃摊上,掏出身上剩余的钱,买了五套烧饼夹油条,以及五只烧卖、五块糍粑。我是个多么好的人呢,自己享受美味的同时,没忘记给我的室友们带点好吃的回去。我被自己感动着,在晃动的车厢里,大口享受着美好生活所赐予的美食。

车子停停开开,上班的高峰了,路上虽没有现在这么堵,但也不那么顺畅。我有点着急,已经是九点四十一分了啊。离上课时间,只有不到二十分钟了。情急之下,我又吃下了两只烧卖和两块糍粑。革命就是长征,力量的积蓄是必要的。

当我终于找到锅炉房外的那一处围墙,已经是十点差五分了。天,看来要迟到了。值班员报告的时候,肯定会注意到我的缺席了。已经这样了，豁出去吧。抓紧一下，或许还来得及。我上蹿下跳的，却就是攀不上军校的围墙。围墙一人多高，上面还横竖立着些尖利的铁棱，足有两米三四的样子。我的身手显然对付不了啊。此刻，我不由很是佩服我们的先驱者——我亲爱的邓班长起来。真是计划中的失误，我满面沮丧茫然四顾。几米外，一个戴着大口罩的清洁工姑娘，立在一辆垃圾车旁，口罩上方两只好看的大眼睛好奇地望向我。

在垃圾车和姑娘的托举下，我爬上了围墙，临了，我把手上剩下的所有早点，赠送给了这位可爱的清洁工姑娘。军民鱼水一家亲，不是亲人胜似亲人呢。

当我顺利攀上墙头之后，面临的下一个严峻问题是，我怎么平安着陆。

我像个笨拙的狗熊一般，终于把自己调整成了面向围墙里侧，屁股上顶着尖棱子，可以随时跳下的姿势。可，我的头怎么这么晕啊。我胆怯了。我伸手摸摸军装上衣口袋里的学员证，那硬硬的还在，这就好，专家号就压在我的照片上。我的周身顿时充满了力量。

想到老班长邓海云，想想狼牙山五壮士，想想投江的八女，我一闭眼，纵身跳下了，这万丈悬崖一般的围墙。

7

我就地在雪地上打了滚，漂亮的一滚。而后，拍拍军裤上的雪，跌跌撞撞起身朝我们的教学楼跑去。我跑进大楼，跑上二楼我们的教室，气喘吁吁却尽量从容淡定地喊了声："报告！"而后，在任课教授温和的目光下，值班员冷峻的注视下，低眉顺眼毕恭毕敬地，坐回到了我的座位上去。

不等下课，我就把那张专家号，一路传到了他的手里。任天行吃惊地握着那张小纸条，嘴巴张得老大。而后，在人群里终于寻到了我的目光，欣喜地冲我一笑，充满深情地，久久凝望着我。我很是矜持，只是淡然地，冲他点了下头，而后傲然地转头，望向了前面的黑板。

天，眼前的黑板怎么满是金星呢？天哪，我的腿！

一阵从未感受过的强烈的剧痛，突然而猛烈地袭击了我的左膝盖，一阵要命的生疼过后，沉闷而鲁钝的疼痛，牢牢地吞噬了我的左腿。隔着毛裤，我感觉我的膝盖处有什么热辣辣的东西，突突突地往外冒，像一眼不断吐着水流的泉眼，还是温泉。

我仰面躺倒在军校锅炉房边的雪地上，两只手抱着刚刚受过重创的左腿，龇牙咧嘴痛苦不堪。罪魁祸首，是埋藏在雪地里的一块锋利坚硬的石块。几秒钟前，我的左膝盖刚刚与它进行了零距离的隆重而热烈的会晤。当两个年轻的锅炉工发现我的时候，我的左腿上的军裤，几乎被血完全染红了。雪地上，落下一片令人骇然的红色。

当我被担架抬到门诊部的急诊室的时候，医生用剪刀剪开我的军裤左裤腿以及毛裤，查看伤情的时候，这一刻，疼痛感似乎不那么剧烈难当了。我起身央求医生："求求您，千万别跟我们区队上说啊。"医生望了我，一脸的无奈和痛惜："姑娘，你可真是个女八路啊！都摔成这样了，得马上送军区总院手术，不通知你们区队不行呢。"

在同一天里，我第二次出现在了军区总院的走廊上。不同的是，上一次我是站着进来的，这一次，我是被护士们用担架抬进来的。

当我仰面躺在了水银灯下，我很清醒，知道这不是拍电影，我是在手术台上。刚才拍片的结果我已知道了——左腿髌骨粉碎性骨折，有点出乎意料。没想到，那样的一摔就能摔成如此后果，我的髌骨怎么那么不经摔呢！

手术上麻药之前，医生按照惯例问我："早上吃东西了吗？""吃了。"我平静作答。

现实都已经这样了，刚才在门诊部，匆匆赶来的系主任在查看了我的伤情后，面色铁青，但还是对医生说了："赶紧送总院，抓紧时间！绝不能留下什么后遗症！"

"早饭吃了什么？"医生接着问。吃了什么？这个也要回答吗？难道会直接影响到我的手术？

"吃了，吃了一套烧饼夹油条，还有，两只烧卖、两块糍粑。"我老老实实地回答道。

"轰"的一声，不知怎么，手术室里所有的医生和护士都笑了，气氛很欢快，不像是要开始一场修复髌骨的手术，倒像是一场话题轻松的私人聚会。我发现在一涉及到我的饭量问题，周围总是笑声相伴。

"来，让我看看。跳墙啊。女八路一个嘛！"今天这是第二次了，有人夸我是女八路。我的主刀大夫显然对我印象极好。

两个小时的手术过后，我被推出手术室的一刻，眼前，一下出现了那么多熟悉的面容啊。郝好、朱颜和小妖，还有丁素梅、邓班长、张雪飞、廖凡，当然，还有他，任天行，以及那么多的同学。绿压压的一片军装，把一条走廊都涂抹成了绿色。几个女生的眼睛都红红的，哎，她们真是太脆弱了。到现在，我还没掉一滴泪呢。

我把手伸向军装的上衣口袋，因为是局麻，我的脑子还够清醒。我掏出学员证，把里面的那个白色的纸条取下来，一把攥在手心里。而后，我朝郝好招了招手。我很清醒，这时绝对不能直接喊他。处理这些大事,还得找党员郝好,让郝好转给他。

从北京开会归来,才下飞机就一路赶来的老安出现在我的病床前的时候,我刚刚从昏睡中醒过来。麻药的劲已经过了,疼痛又一次包围了我。老安几乎是一下子扑到我的病床前的,顾不得避讳,他轻轻撩开了盖在我左腿上的被子。眼望着厚厚的一层白石膏上上斑驳的红色的血迹,老安的眼圈一下红了。他狠狠瞪了我一眼,而后迅速走向病房的一角,铁青了脸,在病房里来回踱步。

我不敢做声,赶紧闭上眼做昏迷状。

"叶小米,你不用装,我知道你醒着的。那你就闭着眼听我说好了。不管你是出于什么原因,翻墙外出都不对,这次的处理不会轻,你先有个心理准备。好了,既来之则安之,好好把伤养好是当前的重点。你有什么想法,可以先跟郝好谈谈。"老安走到我的病床边,说话的语速从来没有这么快,显然生着气呢。

我不敢睁眼与他对视,所以继续紧闭着眼睛。我感觉我的被角被人掖了掖,而后,我听到了离开的脚步声。很快,一直坐在我身边的郝好应该是从床边站起来了,凳子腿响了一下。过了一会儿,我听到老安有意压低的声音:"郝好,你先辛苦一夜。我马上找两个女兵来替你。多做做小米的思想工作,别让她背包袱。哎,她这回受大罪了。我先回学校去了。一会儿,我让你阿姨炖点汤先送来。"关门的声音,那脚步声远了。

我没有睁眼,眼睛里却痒得厉害。

夜半,我被疼痛揪扯着神经醒来,想摸摸左腿,摸着的却是打了一圈的轮胎一般的石膏。身旁,郝好大睁着眼坐在黑暗里,见我动了,赶紧俯身下来,问我是否要喝水是否要小便。我摇头。一时间我心里忽然涌满了难过。

这次行动的代价是否太大了?给郝好,给老安,给所有关心我牵挂我的人,是不是增添了过多的负担了呢?而且,我怎么跟他们说呢?我跳墙的动机是什么?我绝对不能,不能给任天行带来无端的烦恼。这样想来,眼前的事情真是一团的乱麻。此时,眼泪不听话地顺着我的眼角倏然落下,郝好擦啊擦啊的。最后,她抱住我的头,哭得比我还凶,眼泪把我的头发都打湿了。

8

当我再次开始我的直立行走生涯,已经是我在病床上躺了40天之后了。又经过了一个寒假的休整,我的腿伤基本好利落了。这期间,任天行的老师的手术也很成功,老师出院前,还和任天行一起来看我,这个面容清瘦而不失风度的老者,握了我的手直说感谢。

回到宿舍,朱颜第一个喊我"陈阿泰",宿舍里的女生很快都喊起来了。陈阿泰是老电影《海霞》里的那个瘸子老特务,腿里面装了台发报机的。朱颜说,你现在膝盖里固定了钢板和钢针,跟发报机不相上下,完全有理由与之媲美。

这次的翻越围墙,令我一下成了军校里的名人,这是我始料未及的。我们的军校历史上,峥嵘岁月稠风流人物多,翻墙头的勇士前赴后继英雄辈出,但把墙头翻出这般悲壮和惨烈的,我绝对是第一人。因为,我把自己摔成了个瘸子。当然,只是在那40天的医院生活和出院后的短暂时期。寒假归来我就又健步如飞了。

刚出院的那段时间,我拖着微跛的左腿,走在校园中的时候,无时无刻不是被包围在一片神色肃穆眼神凝重的注视中。学员们背后管我叫做"烈女",这是朱颜听到后告诉我的。我一下有些飘飘然起来,要不是腿伤没好利落,真想马上开始我的晚间长跑。我的腿早痒痒了。张雪飞最夸张,一见我,就大呼小叫起来:"叶大导

演，我服！我服你啊！我这些天一直在琢磨，你要真摔成了个瘸子，作家倒是当上了，整天坐着呗。可那啥，那个人问题呢？可瞎了。白马王子不能爱个瘸子公主吧，你说你这一辈子可咋整啊。"

这次跳墙事件最令人沮丧的后果，并不是我档案袋里新增加的那个警告处分，倒不是两年的军校生活已经把我修炼得宠辱不惊了，而是我觉得自己作为一名军校学员，做出这样的越轨行为，得到这样的一种处理，实在也是在情理之中法则之内，因而，我虽然有些沮丧，但绝对没有一点点的委屈。让我感觉别扭的是，还在我住院期间，来医院探望我的任天行，已经开始用一种与之前他看我的眼光完全不同的眼光来看我了。那目光显然是炽热的，温度升高了许多。但我总感觉，那里头有太多的同情和怜惜。我激动不起来。我不需要我的罗切斯特有这样的目光。这样的目光，绝对不是我所需要的。

听郝好说，当任天行拿到我托郝好代转的那张专家号之后，曾经想把一切责任担当下来，他找到老安，一直谈到深夜。谈话的内容不得而知，但最后的结果是他因为没有参与此次翻墙事件的证据，因而并不在被责罚之列。我被他感动了，甚至越发觉得，我对他的那一番近乎痛苦的思慕并没有枉然。这，绝对是一个真正的汉子。可是，当他开始用那样的一种目光注视我的时候，我又落入了新一种的痛苦中。如果我的爱情是这样来临的，仅仅因为我为心爱的人做了一件事，并且，摔伤了，他就义无反顾地决定来爱我，赐予我爱情，那我宁肯孤独，宁肯一个人在无尽的暗夜里，无望地想他，也不愿，如此轻而易举，就享用他那成分复杂的感情。我要的爱情，是山泉一样清冽的，绝无杂质的爱情！我，真很矛盾。

寒假归来，江城正在一派雨夹雪的迷茫中。走进寂寥的军校校园，我遇见的第一个人，竟然就是他。上天有时就是这样奇特，它随意那么一铺排的人生格局，恰恰就命中了你心中最深的那个念头。但我提前回学校倒不是为了任天行，我实在是厌烦了我妈的唠叨，起因，自然是我那个对她来讲不亚于原子弹轰炸的警告处分。好在父亲并没有狠狠地说我或者沉沉地叹气，他只是把我膝盖上的那个老虎嘴一样的伤口仔细察看，良久，才轻声说了一句："这伤口会跟着你一辈子的了。一个女娃娃，要学会爱护自己啊！"

　　任天行提前回来倒不奇怪，他总是利用假期出游而行踪不定，这次的理由是，大雪封山，所以早早就从家里动身了。他明显地瘦了，一张长脸更加凛然。当天晚饭时，他邀请我一起去夫子庙逛逛，我以腿伤没好利落为由拒绝了。但当他举着一束黄色的腊梅花站在女生宿舍楼的楼下，高喊着我的名字的时候，我实在说不出那个"不"字。还在新年里，女生宿舍楼里空荡荡的，只有零星的三两间宿舍有了动静。女宿监还没有上班，门口没有了把守，但任天行依旧按照男生们的老习惯，只是在宿舍楼下喊着我。

　　细密的鞭炮声包围着江城，又正赶上雨雪缠绵的冬天的尾声。因还在年节里，整个城市还沉浸在一派过年的喜气里。新年逛夫子庙看花灯，是江城著名的一项传统活动。因为还没有开学，我们的外出十分顺畅。

　　那天的游园，任天行的兴致很高。他带了我，还专门租了一条小船，在秦淮河上畅游了一番。当任天行从摇橹的艄公手上接过船桨，说笑着划将起来，细密的小雪花落在他肩头的时候，我的眼神一定又变得迷离起来了。这是一个无所不能的男生啊。他身上最感染人的地方，不是他的才情也不是他的骄傲，而是他身上这种真实而鲜活的能量，令你不由被他带动，有种想和他一起熊熊燃烧不惧烈焰焚身的冲动。

　　游园归来，我们走在寂静无人的校园里，一路没有说话，似乎

彼此都能听到对方的心跳。任天行把我送到了女生宿舍的楼下，望了只有三两灯光的近乎黑漆漆的一幢楼，在我的要求下，他没有停下脚步，护送我上了楼。

任天行在我的指引下上了二楼，一直把我送到了我的宿舍门前。我掏出钥匙开了门，相互道了"再见"，他便扭头往外走。不知怎地，我突然一阵冲动，一把从后面拽住了他的胳膊。

黑暗中，他背对着我，宽大的肩膀像是哆嗦了一下。他没有回头，轻声问："害怕了是吗？没事的。"我没有回答，拽着他胳膊的手却没有松。

"傻丫头！"一回身，他猛然一把拽住了我的手，他的手好大好暖和啊，"告诉我，你为什么要帮我？"他几乎是一字一顿地说。

仿佛一股电流涌遍全身。还从来没有一个人，一个男人这样近距离地靠近我。他的鼻息，拂动着我额前的头发。他的眼睛，仿佛暗夜中燃烧着的两团火。

我不敢看他了，赶紧低头。我费了多大的劲儿啊，才把自己稳住了。我胡乱地说着："我只是，只是……你别多想，要是别人的话，我也会那么做的。"

他的手一下松开了我，眼睛望向了别处。

"你，你有女朋友，对吗？"我声音很轻地问他。鬼使神差，这种时候，我问这个干吗啊？

一阵沉默，格外漫长。

"仅仅是因为这个吗？"他问得很含糊，他并不看我。

沉默，依旧很漫长。

任天行猛地转身，甩开两手，大踏步地走开了。我望了望他，望了他一步步走向走廊的楼梯口，却一句话也说不出口。

我进了宿舍，把灯拉开了。一枝腊梅花赫然出现在我的眼前。

他送的腊梅花,因为一时找不到瓶子,被我浸在了我的军用搪瓷水杯里。那半透明的金黄色的花瓣,似蝉翼一般微微抖动。树枝上没有一片叶子,映衬得花朵有一种突兀的美丽。

我望着这花,一个人呆立了很久。

9

当白玉兰的花朵,像一只只白色的蝴蝶在枝头舞动的时候,晚饭归来,在黄昏的操场上,我们像做梦一般望见了一个人。天!小妖的爱情中尉披一身斜阳,冲我们几个羞涩地微笑着。

侦察连连长陈骁终于来了。

我们笑着把小妖往前推,小妖一步一挪。我们于是更加起劲了,索性几个人把小妖拦腰抱起,喊着"一二三",嚷嚷着要把她扔到陈骁的怀抱里去。

业务过硬带兵有方的侦察连连长陈骁,不久将要远赴西南边境,执行一项特殊任务。此次他来江城,是特意利用转车的短暂空当,来看看心上的姑娘小妖的。因为此去一别,两人的联络必须中断,而再次的见面,不说是遥遥无期,也是难定时日。因为,等在他前面的,是枪林弹雨,是吉凶未卜。

当时,陈骁本人倒没有这么郑重地解释他的突然来访,而是我们在晚自习结束熄灯前回到宿舍后,从小妖的忧郁的神情和明显哭过的双眼,已经不约而同感觉到了,侦察连连长此行的非同寻常。一个晚上,请了假的小妖带着她的爱情中尉,已经在操场上走了不知多少圈了。晚间根本没有外出的名额,女生宿舍插翅难入,校园里又没有咖啡屋,图书馆也不是畅谈的地方,并且,他们可能想都没有想到要去学院的招待所订一个房间,那时候的人啊。于是,小妖只能带着陈骁在操场上做马拉松散步。陈骁的火车

166

是夜间十点三十五分的,也就是说,他在江城,能停留的时间实在太有限了。

"陈骁人已经走了?"朱颜劈头就问。她一下还没有注意到小妖的不对劲。

小妖不做声。只是爬上上铺,从她床上取下了她的白床单来。

"你们这次动真格的了吗?接吻没?"朱颜真没眼力见。

"大晚上洗床单,你铺什么呢?"对小妖的沉默,朱颜倒没有在意,她还接着问了一句。因为小妖的话永远不多。我已经看见了小妖脸上的泪痕,可和朱颜一样看不明白她究竟要干什么。而我一直想不明白的是,军校为什么只给我们每人发一床白床单,不知道是军费紧张还是考验我们的耐脏能力,好在,我们一直是早上洗床单,到了晚上干了就收,倒也不耽误使用。

小妖依然不做声,而是半跪在她的上铺上,一点点把白床单仔细叠好,而后,轻盈一跳,把白床单塞进了门后挂着的她的军用挎包里。而后,她径直走到了我的面前,轻声问:"小米,你那里是有一支蜡烛吗?"蜡烛是有一根,红色的,上演话剧《青春之歌》的时候,用来做道具的。那一场里,林道静王晓燕等众多爱国学生,点燃了这根红色的蜡烛,在半明半暗的舞台上,群情激昂,一起高唱着《国际歌》。演出结束,道具负责人任天行以权谋私把这支已经燃掉了大半的蜡烛送给了我,说是演出成功,让我留着作个纪念。

后来有一天熄灯后,我的手电筒突然没电了,我是点着这根蜡烛把日记写完的。当摇曳的烛光在宿舍里晃动起来的时候,我记得朱颜曾大声警告过我不要玩火自焚。而我上铺的小妖,则探出头来,望着那烛光出了好一会儿神儿。

眼前,我把小小一截儿蜡烛从抽屉取出来递给了小妖,她也一并放进了军用挎包里。而后,她打开自己的储物柜,取出两个苹果来，也往军用挎包里装。那是两个绿色的才下枝的青苹果，军校农场的果园里才收获的。这样的青苹果是我的最爱，军需处刚给我们军校学员每个人发了十个。才两天工夫，我那十个苹果就已经进了我的肚子了。一边吃我还一边安慰自己，吃水果不会增加体重的。小妖一定是听了我咽口水的声音，她又从柜子里，把那剩下的四个苹果，不顾我的推辞，全部塞到了我的手上。

当我去盥洗室里洗苹果的时候，里面一团漆黑，我刚要伸手开灯。有人低低喊了一声："莫开，我在洗澡。"

是小妖的声音。本来我是准备把这四个苹果留到明天享用的，今晚只是放在枕边观摩的，可苹果的淡淡的果香，实在令我无法安睡，于是，我拿了两只来到了盥洗室。

军校的澡堂只有每周三、六的下午开放，但整日里出操训练的，那些爱干净的女生，就这样在临睡前，用热水瓶里的热水，对着凉水洗一个温水澡。眼睛适应了黑暗之后，我望见了小妖，一个沐浴中的婀娜背影。她正把满满一盆水，从她的头顶直浇了下来，流淌的水流，立时把她娇好的身体都挂满了水珠，出水芙蓉一般。在这幢女生宿舍楼里，没有第二个人有她那样曼妙的身材了，暗夜里，她丝绸一般的皮肤泛着迷人的光泽。

"不冷吗？明天就周三了啊。"我随口说。

"还好。"小妖依旧背对着我，轻声答道。在我看来，她有时羞涩得近乎顽固。在澡堂里洗澡的时候，我和郝好追着打闹，而后相帮着用力搓背。朱颜起初还羞答答的，说是南方人不习惯这么坦诚相见。后来，她进步很快，已经到了我不给她搓背就追着我泼水的恶劣地步。连同是南方姑娘的丁素梅，偶尔也让郝好给搓个背。只有小妖，从来都是一个人在那里独自沐浴，留给众人的，永远只是引人遐想不已的美丽背影。

对自己的美，小妖从不放在心上，似乎全然不知。有这样的一种女子，她是世间的罕物，仿佛栀子花，永远淡然地纯白，却并不知道自己已经芬芳四野。

"小米，要是明天出操前，你在宿舍看不见我，你帮我请个假。"小妖依旧背对着我说，她在往身上涂香皂，栀子花一般的香。

望了眼满身香皂泡泡的小妖，我忍不住问："你要干吗？约会去吗？他不已经走了吗？夜里你得回来啊，否则查出来可是要退学的。"我在后面叮了她一句。

"你莫问了。没事的。"小妖回眸冲我一笑。暗影中的这一笑啊，栀子花好香。

我应了下来。"你要多当心啊。"我叮了她一句。而后一边啃着苹果，一边出了盥洗室。

她明天早上没在宿舍，那她在哪里呢？难道她要早起跑步吗？为了她的爱情中尉？我没头没脑想了想，继续专心啃我的苹果。回到宿舍，我就躺下了，专心地享用着脆生生的青苹果。

我记日记的时候，朱颜在上铺继续她的训练科目。郝好和丁素梅没在宿舍，她们俩回宿舍后又出去了，说是要到队部，准备一下明天的新党员入党宣誓仪式。丁素梅即将成为我们女生里的第二个正式党员了，这些天她很兴奋，而今的她已经彻底走出了失恋的阴影，原本有些消瘦的脸都红润了许多。

因为只有我和朱颜两个人在宿舍，或许是丁素梅的入党触动了我的一些心事，那晚我和朱颜没有交谈。

熄灯号响起的一刻，我双手合十暗暗祷告，愿小妖一切顺利。不久我很快把自己搁进了梦乡。枕头边的那两个苹果，淡淡的果香把我带进了一个果园，像是军训里我们去过的那个果园。树上的仙童，怎么变成小妖了呢？她咯咯地笑着，笑声清朗，群山都听醉了。

半梦半醒间，我似乎依稀望见小妖轻手轻脚地爬上了上铺，像只温顺的小猫，依旧悄无声息。

小麻雀没有在宿舍的窗口唧唧喳喳，清晨的阳光也没有透亮起来。起床号都响起来了，我们的宿舍里才开始有了动静。我猛然从睡梦中醒过来，赶紧穿军装，系腰带，踏胶鞋。迷蒙的天气误导了我们。

随着众女生匆匆跑出宿舍楼，才发现今天是个阴雨天。灰色的云朵在天空横斜，一边飘洒下淅沥的雨滴，一边随时准备酝酿一场更大的暴风雨。

早起，我发现小妖的铺位是空着的，床单也没有再铺上，露着白棉布的垫子。我忽然，有了一种很不好的预感。小妖让我帮她请假的话浮上了我的脑海，她，小妖，难道果真彻夜未归？

郝好她们几个显然也都发现了，怕她们嚷嚷出去，我赶紧说："好像是一早就跑步去了。"她们几个满面狐疑地互相望了一眼，丁素梅说："早晨，没听到她起床啊，要不要，报告老安啊？"今天是这位新党员的入党宣誓日，她的精神状态十分良好，话里都有了沉甸甸的责任感。

"不用不用，她肯定是跑步去了，她睡我上铺，我知道。"赶紧打掩护。

郝好满面狐疑地横了我一眼，没说话。

"咳，她那个侦察连连长昨天来了就走，她肯定是舍不得，一早躲哪儿哭去了。"一边往宿舍外走，朱颜一边下着判断。

"可能可能，绝对可能。"我赶紧附和道。我觉得朱颜大部分时候是很可爱的。

早操前，我替小妖向区队长任天行请了假。肚子疼，是我们永

远的长胜不衰的理由。老安今天没带操,这并不常见。

早饭排队,没见着小妖。我向小妖班里的班长请了假。要善于转换请假的对象,这样就更隐蔽一些,这是我们的制胜法宝。

上午上第一堂课,还是没见着小妖。我心里有点打鼓。她那个爱情中尉昨天真走了吗,小妖不是跟着他外出了吧?我还是向当天的值班员请了假,没准小妖一会儿就跑进教室来了呢。

第一堂课过去了,第二堂课开始了。而后是第三、四堂课,一上午,小妖芳踪全无。

我心里开始晃荡起来了。小妖不会出什么事儿了吧?我在心里一次次把这个念头往下按,它却一次次浮上来袭击我。

小妖果然出事了。

10

直到现在,也没有人知道,在那个还有些微寒的春夜里,在小妖的身上,究竟发生了什么。不,上天应该看到的,这个散发着栀子花清香的姑娘,在那一晚,为爱曾有过怎样的激情和痴狂。

当她和衣而卧,侧身,安然地沉睡在那间闲置多年未用的教室的地板上的时候,身下的白床单仿佛一条静谧的河流,恭敬而虔诚地铺排着,小心翼翼地映衬着这波心里的美女。窗外,清晨的曙色朦胧地透露着,暗淡的晨光包围了她。她浑然不觉,依然安睡着。与侦察连连长短暂的热烈会面和伤心离别,令她已经耗费了太多的能量和情感。就像她脚边,那支已经燃到了尽头的红蜡烛,颓然地暗淡着。她长长的睫毛低垂,额头光洁,鼻息均匀,像是睡在七个小矮人中的白雪公主,睡梦里依然散发出耀目的美丽。

所以,当教室的门被两名凌晨时分才接班的巡逻的战士悄悄打开的一刻,他们站在原地,一动没敢动。他们也被眼前仿佛梦幻一般的场景，完全震慑住了。

许多年里，一提起小妖，在我的脑海中无数次反复涌现的，总是这样的一幕。

熄灯号还没有响起，小妖背着军用挎包，一路迤逦，朝教学楼的方向走去。这是个还不够温煦的，微风里荡漾着些许寒意的春天的夜晚。天上没有月亮，只有寥落的几颗小星星。熄灯号还没有响起，教学区各样的光束已经暗淡下来，一个恬静的军校的夜开始了。

小妖走在去往教学楼的路上，肩背着军用挎包。她脚步匆匆，一边走一边四下里张望着。军校里有夜间巡逻的战士，这个时间被撞见是要被盘问半天的。还好，一路上总算没遇见什么人。远远地，她终于望见黑暗中教学楼的轮廓了。

望了教学楼三层的那些黑暗中的窗口，她不由满怀幸福地想，陈骁应该是已经等在那间教室里了。

教学楼的三层，军训中曾经做过这一届学员的临时宿舍的。说来也奇怪，只有我们这一届是在军校里面军训的，之前和之后，都是拉到郊区的军营里展开。所以，我们这一届学员，似乎与这一层楼的感情，包括整座教学大楼的感情，都要比别人来得深厚而复杂些。

小妖约见陈骁的那一间，是我们后来去得最多的那一间，军训中正是我们的女生宿舍。那教室平日里并没人在里面上课，只有两三把桌椅，教室的门锁也好开，用一个硬一点的纸卡片往里一划就开了。这一层的楼上还有不少这样的教室，从军校的第三年开始，它们开始接受我们的光顾了。或许是因为我们的课程不那么密集了，自习的时间也充裕了一些，也或许是同学之间，特别需要这样的一个谈天说地的所在，不知是由谁开始，这层楼上开

始有了晃动的人影和细碎的人声。平日里有喜欢清净的学员,偶尔也会躲到那里去温习功课。当然,也有一些极少见的成双入对的身影,惊鸿一瞥地匆匆掠过,不过当事人的背影仿佛总是很惶恐。

小妖一层层走上教学楼来。因为是夜晚了,走廊上的灯没有开,小妖不需要它们的光亮。夜晚,巡逻的战士有时会到教学楼里转一转的。好在小妖的眼睛很快习惯了这种黑。就要上到第三层时,她就望见了一个高大挺拔的身影,伫立在黑暗中的楼梯口一动不动的。是她的侦察连连长,一定是听到了她的脚步声,出来迎接她的。小妖不由一阵激烈的心跳。这样的碰面,怎么看怎么有点像敌特接头。

11

当小妖把白床单在地上铺开的时候,我想陈骁一定满面诧异。今天的会面中,他习惯性的一个动作,就是不断地看着腕子上的手表。十点三十五的火车,作为军人,这是奔赴前线的时刻。这一时刻,比他的生命更重要。这一瞬间,他一定惊讶得忘了看手表。

时间,已是九点三十五分。也就是说,一个小时后,列车将要载着他,离开眼前这位他深爱着的姑娘和这座带给他甜蜜回忆以及无限痛楚的城市。而眼前,他们已经剩下了不到一个小时的时间,不,确切地说,也就是半个多小时的相处了。

这次和小妖的突然会面,应该说并不是他的刻意安排。西南边境那场特殊的战争,缉毒战线枪林弹雨的较量,曾是他一度向往的。作为一名和平时期的军人,他不能仅仅满足于在大山里带着他的战士朝夕训练,在军事演习中和假想敌斗智斗勇。他内心渴望的,是在真正的战场上消灭来犯之敌,建功立业,完成一个军人的神圣使命和崇高职责。所以,当上级抽调他到西南边境的调令一到,他就近乎迫不及待地踏上了奔赴战场的征途。似乎是命运的有意安排吧,江城是他这次旅途的一个中转站,他于是就来了,想着突然给心上的姑娘一个惊喜。

当他和小妖见面后,他忽然发现自己错了,他带给这位可爱的姑娘的,似乎是痛苦多于惊喜。当他简短地说明了自己的来意,小妖就把所有的注意力,放到了他即将开始的战斗生涯上。他并没有多说什么,这次任务是有保密性的。她也是一名军人,所以尽管他只简要地说了一些情况,她就一下什么都明白了。在一听到他的归期遥遥时,两行清泪迅速从小妖桃花一样的粉面上滚落下来,而后,就任他怎么劝,那两行泪都无法停息下来了。他忍不住觉得格外难过和伤感起来。所以,当她苦苦地要求他,一定在军校多待一会儿,多陪陪她的时候,他也忽然变得举棋不定甚至有些优柔寡断起来。这不是他的风格,虽然他不能不承认,从见第一面起,这个叫小妖的女孩已经牢牢俘虏了他那颗骄傲而刚硬的男人的心。

凭借小妖的描述,他很轻松地就到达了她所说的那间教室。侦察连连长的好身手,找到这样一个目标简直不费吹灰之力。他在黑洞洞的教室里盘桓踱步,很是不安地等待着小妖的到来。刚才在操场上散步的时候,他并没有提出去小妖的宿舍看看,他也曾经是一名军校学员,并且因为又读了三年的研究生,他在军校里待得时间比别人还要更长一些。他知道,在军校里,女生宿舍与雷区是近乎一个意义的表达。眼前的约会,他比谁都清楚其中的危险性和有可能给小妖带来的种种麻烦。但他不忍拒绝,在面对了那样一双忽而清冽得如山泉,忽而炽热得似正午阳光一般的眼睛,他实在不忍心说出那一个"不"字。

当小妖在他面前,弯腰躬身,把那一袭白床单铺到地板上去

的时候,他起先很是诧异,而后突然就明白了什么。但他看不清小妖的表情,而内心突然涌动起的冲动,顷刻把他 27 岁的处子之身瞬间灼烧得如火炭一般,通体透明,只有燃烧着的血液在奔涌。他不是没有想象过这样的时刻,当他在侦察连的那些个无眠的夜晚,焦灼地思念着他的小妖的时候,他一次次想象过这样的场景,想象过那鲜花一般的胴体怎样在他的眼前绽放,那注定是他 27 岁的生命历程里最刻骨铭心最勾魂夺魄的一幕。但眼前,或许它来得太突然了,令他有些不敢相信自己的眼睛和判断。

当小妖把那一截短短的红蜡烛点燃之后,她的微笑的脸在暗影里终于转向了他,仿佛向日葵转向太阳的光芒。虽然她的美丽是有目共睹的了,但这一刻,他还是不禁震慑于她的美丽了,甚至,有一些白天没有体察到的妖娆。陈骁努力克制着自己,但还是忍不住,上去一把牢牢地把她抱在了怀里。而后,长久地吻着她。

这是他们的初吻。小妖被他抱在怀里,晕旋一般地、没头没脑地感受着陈骁的吻。多少次想象过的,多少次期待中的,眼前,她却完全找不到了方向。他抱起她来,像是托起一朵美丽的睡莲。小妖在他的眼前,已经闭上了她那双闪烁着诱人光芒的眼睛。他把这朵睡莲放在白床单的中央,而后,开始一点点解除睡莲周边藤藤蔓蔓的枝叶。

但突然,他的手停住了。他的目光,像是突然触电一般,哆嗦了一下,引得他周身一阵痉挛。他望见了小妖的军装,那夏长服上的,两只红色的肩章。蜡烛的微光映照着它们,两片肩章鲜红得像是春天的山野上盛开的两朵映山红,冬雪里枝头怒放的两朵红色的腊梅花。只一下,他的头脑陡然间清醒过来,他迅速把军校女生姚小遥的夏长服扣子一个个仔细地扣好。

睡莲忽然流泪了。小妖睁开了眼,她什么都没有说,她久久望着他，什么都不用说，她已经从他的眼睛里，读懂了一切。那眼睛里的男人的克制和忍耐，她都读到了，因为，那双刚毅的眼睛里，如今还充盈着血色。

他们相拥而卧，白床单上，落下的是小妖一次比一次更滂沱的泪水。小妖说："我本来，是想让你带着我走的。你已经带走了我的心，如果再带上我的所有，我，就没有任何遗憾了。"

陈骁的眼睛湿润了。这个从上军校开始就一直活在男性世界的青年，并不善于在女性面前流露出缠绵爱意。但今天，他第一次面对一个女人流泪了。男儿有泪不轻弹，陈骁使劲把眼泪往回憋，可是，越是这样，眼眶里还是注满了亮晶晶的泪花。在离别的最后时刻，他再一次长吻了心上的姑娘。

熄灯号这时悠悠地响起来了。分别的时刻到了。

小妖依偎在陈骁的怀中，沉默中，两个人一起静静地听完了这一曲离别的歌谣。

"我送你回宿舍去！"陈骁拉起小妖说。

"你先走。"小妖只希望陈骁能安全离开，她补充了一句，"晚上校园里有流动哨。"

"那，我不放心你。"陈骁不肯出门。

"你一走我马上回去。我保证！"小妖满脸的急切，"走吧，再晚就赶不上火车了。"

"好姑娘，等我回来！"陈骁向小妖告别，"赶紧回宿舍去，听话！"临转身，他不忘叮嘱了小妖一句。

陈骁终于消失在了小妖的眼前。小妖追出去，望了他的身影倏地消失在了空寂的走廊上，她屏住呼吸，倾听着他的脚步声渐行渐远。而后，她回身进了教室，一口吹熄了蜡烛。她趴到了窗口上，望着陈骁离弦的箭一般奔跑而去的身影，眼泪又一次如倾盆

的雨一般,把她整个身心全部淹没。

小妖重新躺在白床单上,全身心地,近乎贪婪地,感受着他留下的呼吸和气味。

她舍不得离开这里。她只是想多待一会儿。突然,她听到了走廊上有细碎的脚步声,越来越近了。她屏住呼吸,一动不动。

终于脚步声远走了。小妖舒了口气出来。再待一会儿,就一会儿。陈骁的火车,应该已经过了大桥了吧。

亲爱的人,愿上天保佑你平安归来!我等你,永远永远地等你啊。亲爱的人呢,小妖的泪水不觉又一次夺眶而出。

恍惚中,小妖扑在白床单上,昏沉沉地睡去了。

12

睡梦中的小妖不知道,她的四周,已经处于戒备状态了。

个人命运的铺排,看似来自大手笔的舞动,而其实,往往缘起于一次再微小不过的拂动。

当时小妖并不知道,她其实本来是可以躲过那一劫的。仅仅是因为那个巡逻的战士——我清楚地记得他叫小马的——小马的好事。当然,理解为责任心强也是一种说法。我之所以这么清楚地记得小马的姓,是因为我曾经粗野地骂过他这么一句的:"你还叫什么小马,我看你简直是一头驴!"

隐藏在小妖命运暗线里的,是这样的似乎与她毫不相干的事情。当晚,有老乡来看战士小马,小马在军校的小酒馆里招待老乡,吃坏了肚子,于是巡逻时多去教学楼上了几次厕所,不经意间,他就望见了那间闲置不用的教室里摇曳的烛光。军校的小酒馆是我们军校生活的关键词之一,一处重要的生活场景,后面我会说到它。

因而,小妖的命运便在小马对教学楼的一回眸,甚至,是在小马的老乡踏进军校大门的一刻起,便注定了无法逃脱的宿命的安排,注定了她从今往后的要被重新书写的历史。

小马的岗是熄灯前的这班,当他望见有摇曳的烛光出现在教学楼三层的一个窗口时,很有几分奇怪。有灯光不奇怪,毕竟熄灯号还没有响起。但那显然是烛光,游移不定令人生疑。

但小马并没有马上贸然出击。他是个胆子有点小的男孩子,去年才参军入伍,还没有被军营生活磨炼成一条大汉。他回去找来和他一起值班巡逻的另一名战士,两个人来到教学楼底下。熄灯号刚刚响过,但小马却怎么也找不到了那间有烛光的窗户。在同伴的埋怨声里,小马也不由怀疑起自己来,是不是因为拉肚子,拉得眼睛看东西都花了。

交班的时候,接班的是小马的班长。班长照例问了句:"有情况吗?"

小马迟疑了一下,没吭气,旁边的战士接了句:"一切正常!就是小马疑神疑鬼,说是看见教学楼里有亮光。"

班长眉毛一扬,"噢"了一声,把脑袋转向了小马,认真地问道:"亮光?是手电筒的亮光吗?几层?什么方向?几点钟?"

小马只得老实回答:"像是蜡烛光,晃晃悠悠的。三层西头。时间呢?10点前,熄灯号还没响。"

"那怎么不上去看看?还拖到这时候才报告?"班长挺严肃,这是个服役三年的老班长了,工作上向来不含糊。

工作认真严谨的班长当即带着一名战士到教学楼三层的走廊转了一圈,但没有发现任何情况。交班的时候,他把这个情况往下一班作了传达。

接下来这班里有个正积极向党组织靠拢的战士,工作超乎寻

常的负责。清晨一接班,就带着同伴上到了教学楼的三层,把西头的教室,从第一间开始,一间间打开来看。于是,白床单上睡梦中的白雪公主一般的小妖就跳入了他们的眼帘。

当小妖被带到保卫处的处长办公室的时候,起床号还没有响。匆忙赶来的保卫处处长,正往哲学系系主任那里打电话。从这一天起,小妖就被隔离了起来,住进了军校的招待所,由一名女战士日夜看管。

当我再见到小妖的时候,已经是距离那天晚上见她在水房洗澡之后的第七天了。才一周的时间,站在我们面前的却分明是另一个小妖了。说是换了个人吧,也不绝对,因为眼前的这个人依然拥有着小妖的摄人心魂的美丽,甚至,更加得光彩照人气度卓然。一个人的美丽是不那么容易被夺走的。那又是什么,让我们觉得站在我们面前的,不再是往日那个灵动的顽皮的有时又非常腼腆的小妖了呢?是神情,而今,从她的那双流光溢彩的大眼睛里流露出来的,已不再是往昔的欢快和娇羞,而是一种凛然的淡定的光芒。如果说,原来的小妖是怒放的玫瑰,是春风里的桃花,夜晚的栀子花,而今,她却仿佛是寒冬雪天里的那一枝腊梅,怒放是怒放了,主题却只有一个——冷艳。

几天里我们虽然多次请求要去看小妖,但老安给予我们的答案却是无奈而苦涩的表情。他始终一语不发,人陡然间仿佛苍老了许多,出操后队伍解散,他走在前面的身影,看上去背都有了几分驼似的。为了小妖的事,老安已经作了他能做的一切努力,找院长,找政委,天天往系里跑,甚至,为了把小妖留在军校,他还勉强接受了军校最后给出的那个方案。

小妖是在女战士的陪同下来宿舍取东西的,退学手续都已经办好,当晚她就要坐上回家的列车了。小妖将这样从我们的生活中消失，是我们几个做梦也没有想到的。小妖不做声，只冲着我们几个笑了笑，是惨然的一笑还是忧伤的一笑？都不是，她的笑容还是温煦明媚的，这一笑，又把她变回了那个和我们已经朝夕相处了两年多的小妖，变回了睡在我上铺的那个悄无声息的温柔的小猫一样的小妖了。小妖打开她的柜子，把她的东西一样样往皮箱里装。我们都看着她，说不出任何话来。小妖的动作还是那么麻利干脆，几下就把东西理好了。最后，她爬上上铺，半跪在床上，把那条白床单抖开，认认真真小心翼翼地铺在了自己的铺位上。又习惯性地整整被角，与平时整理内务一模一样。

朱颜捂着嘴冲出了宿舍，我听见了她在阳台上压抑着的哭声。说好的，分手的时候我们谁都不许哭。

我们随着小妖一同走到了宿舍楼下，老安已经等在那里了。小妖回头对我们说："让小米送送我，你们几个先回去吧，一会儿熄灯号就响了。"郝好"哇"的一声就哭出来了，而后一下扑到小妖身上，紧紧抱住了她。而后是朱颜，傻傻地站在那里，委屈得像个孩子一样，张着嘴"呜呜"地哭得上气不接下气。丁素梅也在一边抹眼泪。我的眼泪在眼圈里打转，我不让它流出来。事先说好的，分别的时候谁都不许哭，我们的眼泪，只能让小妖感到加倍的难过。

我和小妖走在前面，穿操场而行。老安跟在后面，行李箱提在他的手上。我忽然想到，就是这一片操场，曾经因为小妖的美丽，而上演过军校里那场著名的海伦之战。而今，美丽的海伦就要离开这里了啊，操场却依旧无声。眼泪不觉落在了我的军装领口上。

我们三个人就要走出操场时，小妖的步子突然停了下来，她轻声问我："小米，离熄灯号响还有多久？"我站住了，看了下腕子上的手表说："还有三分钟。"小妖不说话，站在那里，望着女生宿

180

舍楼的方向,一动不动。我知道,知道小妖在等待着什么。

老安立在不远处的暗影里,一个人默默地吸着支烟。

三分钟似乎很快,也似乎很漫长。

熄灯号终于悠然地响起来了。"嘟——嘟——嘟——嘟……"

是黄昏的风中,母亲的那一声声柔声的呼唤吗?还是,梦中依稀听到过的,原野上飘过的,教堂传来的钟声。天籁一般安详。一曲停住,小妖的眼睛里已经满是泪水,像两泓明澈的湖水骤然起了风波。

"上了军校,我最迷的就是这熄灯号了,听多久都不厌,真想,听上一辈子。"

仿佛还是在昨天啊,小妖这样跟我说。

我怎么能忘了呢? 熄灯号,是小妖的最爱。

我上前一把抱住小妖。喷涌而出的泪水,打湿了我们的军装。

13

小妖从军校消失的这一周里,发生了一些奇怪的事。

首先,是警卫连一个叫小马的战士,一天晚上在图书馆门口截住了我,开口就向我打听小妖的通信地址。我自然不能给他。小妖临上火车给了我一个地址,是她湖南家里的,她嘱咐我,陈骁来军校找她的时候,就把这个地址给他。陈骁此去,因为任务机密责任重大,说好不写信给她的。只要行动一结束,他肯定会在第一时间来军校找小妖的。这样的一个地址,我不能随随便便地给旁人。何况,是这样的一个莫名其妙的从来也没有听小妖提过的人。难道,他是小妖众多崇拜者中的一员吗?遭到我的拒绝,小战士竟然在我面前哭开了,哭得很伤心很伤心,引得进出图书馆的学员们满面好奇。

他就那么哭着，追着我到了图书馆旁的花坛边上。我坐下，他站着。他还在哭。我顶烦一个男人哭起来的熊样的，看他委屈的架势，难道是小妖管他借钱了吗？小马终于平静了下来，坐下来把那个和小妖遭遇的晚上，不，确切地说，是和那簇烛光相遇的前前后后，详细地讲述了一遍给我听。

"你叫什么？"我腾一下就站了起来，惊得小马一激灵。

"你叫我小马吧。"小马诚惶诚恐。

"小马？你还叫什么小马，我看你简直是一头驴！"撂下这句话后，我头也不回扔下那个小马就走了。

"我，只是想写信给她道个歉。我没想到，军校会对她，对她，处理得那么重。"小马在后头追我。

我不回头，我恨这个小马。虽然我知道，他并没有错，但是我恨他！！！

我在校园里头瞎逛，无心看书。我晃荡到军人服务社，买了包"大前门"，一个打火机。

熄灯前的一刻，跑完步后，我坐在草地上，从军用挎包里取出一根"大前门"，用打火机点上了。我一边狠狠地吸烟，一次次被呛得大声咳嗽。熄灯号响，我一边听，一边被烟雾熏得哗哗地流着眼泪。

不知什么时候，郝好站到了我的面前。缭绕的烟雾，满面迷蒙的泪水中，令我看不清她脸上的表情。半天，她一屁股坐到了我身旁，问我道："抽烟什么感觉？"

"要想知道梨子的滋味，必须亲自尝过。"我没好气地说。

"那给我来只梨。"郝好向我伸手。

静寂的军校操场，没有星光，两个吞云吐雾的女生，相拥着泪水长流。一名巡逻的战士走过来望见我俩，像是遇见了两个鬼一

样"嗷"的一声叫了出来，立即知趣地跑开了。班批评也好，处分也罢，统统见鬼去吧。今夜，我们要纵情地流一次眼泪，纵情地发泄一下郁积多日的情感。

多年以后，一次，我和来北京出差的郝好，在去酒吧小坐的路上，见着一个坐在大街上抽烟的少女。那少女十七八岁的样子，满脸无畏，眼望前方若有所思。她的神情一下触动了我，我忍不住向她多望了几眼。郝好说："怎么，当年的浪女怀旧了？怎么，这不都是我们当年在军校玩剩的吗？"

我俩相视一笑。苦笑。

还有一件事，就是军校的小酒馆，在那个周末的客流量陡然大增。我们军校的这个小酒馆，其实也就是军人服务社旁边的一个小餐厅，面积小得不能再小，是个窄长条，里面也就摆了两排共八张桌子。我们学员都管那叫"八仙桌"。意思显然已经和最初的含义南辕北辙风马牛不相及了。"八仙桌"也成了小酒馆的别号。

开这个小餐厅的，是军校军需处一个干事的一家老小。干事的老婆，人称嫂子的，负责在外间开票张罗。一个小叔子在里头炒菜，小叔子的老婆也就是弟媳妇，在里头做拉面包馄饨下水饺。除此还有一个负责开票的姑娘，是嫂子自家弟弟的孩子，也就是她的侄女。这一家人聚在一起，那架势可能会让你想到前不久挺走红的电视剧《武林外传》，里面咋咋呼呼一干人。可是这小酒馆里还真不是那么回事。这一家人来自安徽六安，身上的气质明显温和内敛，都是话不多但悉心干活的那种。嫂子徐娘半老但模样不赖，不笑不开口。姑娘生得清秀温婉，端菜的时候也是满面含笑。

再回来说那个周末。晚上，小酒馆里突然塞满了人。吞云吐雾，喝酒聊天，一个名字在大家嘴里口口相传。姚小遥，这三个字被说出来的时候，学员们的表情是复杂的，沉痛中带着惋惜，不平中带着伤感,总之,都显得很压抑很挣扎。送菜的姑娘耳朵好使,她悄悄问她姑姑:"谁是姚小遥啊?台湾的还是香港的,演过什么啊?"小酒馆的电视总开着,她认识好多明星呢。姑姑耳朵更好使,回她说:"好像不是个演员,是个女的,挺漂亮的,出家了吧?"

那天,在小酒馆的历史上,比较有意义的还有一件事,就是两队曾经不共戴天的人马,在小酒馆里相遇了。狭路相逢,他们分外眼红后却并没有拔刀相向。由廖凡带队的哲学系方阵和由彭鹏领头的新闻系队伍,突然就坐到了一个桌子上来了。长条桌太小,他们把两张桌子索性合成了一张,而后,要酒要菜,大口喝酒,大碗吃拉面。谁也没想到的是,起身敬酒的彭鹏突然抱住了廖凡,男儿泪喷涌而出,他开始反复说一句话:"小遥那姑娘可真好啊,我没看错她!"

小妖,可爱的美丽的小妖啊,没有人知道,在那样的困境下,她曾经面对过那么多艰难的选择啊。首先是因为老安的努力,军校方面给出了一个意见,让当事人姚小遥接受妇科检查。如果是处女之身,就暂时留校以观后效。如果答案是否定的,则立即作退学处理。当一名面孔严肃的机关女干部把军校的意见对小妖作了传达后,小妖当即回绝了。她只说了一句话:"我不接受这种有损我自尊的检查。"

而后彭鹏出现了,他人不可能出现。他是偷偷托那个看管小妖的女兵,带给了小妖一封密信。信上,他恳请小妖答应做他的女朋友,当然只是暂时的名义上的,这样,他就可以去求他的父亲,想办法把她留在军校。如果她实在厌倦了这里,他还可以让父亲帮忙,把她转到别的军校去。怕小妖生疑,他还信誓旦旦地保证,事情过去后,他绝不会去打扰她的生活。彭鹏是在军校的一个领导伯伯家里打听到了小妖的情况的。当他听到小妖坚决拒绝做妇

科检查的事情时,眼圈一下就红了,为掩饰自己的失态他立马起身告辞。小妖的回信彭鹏很快就收到了,很简单,没有开头也没有落款,只有短短几行字——

"谢谢你!我的事,还是由我自己来承担吧。那次游泳失约,我应向你说声抱歉的。或许,我应该去的。我会永远记得你的,我军校的好兄弟!"

彭鹏当时一言不发,把信往口袋里一揣,跑到小酒馆儿下就把自己灌醉了。

不久后,我们全班同学被分成了几个组,去外地的军校实习讲课。在同去郑州的列车上,我的老乡廖凡特别跟我说起,那天在小酒馆里,任天行也喝醉了,醉得蹊跷。

自从学期之初我和任天行一同游园归来,在黑暗的女生宿舍的走廊上,有了那番对话之后,我们双方似乎都在刻意回避。

廖凡这样向我详细描述了那天的情景。他绘声绘色说:"那天任天行也来了。邪门!这哥儿们平时特正经,从来不来这种地方的啊。那天他还真喝醉了,还是大醉。别人一醉吧,都是唠唠叨叨像个话痨,而任天行不一样,噔的一声就趴在了桌子上,昏迷了一般,两眼紧闭,任人怎么喊都不答理。好一阵,突然一起身,两眼都是泪啊。他大手一挥,从两边一擦一抹,而后就晃荡着大踏步出了门,像是夜游神一般。绝对的,他那天不正常。"

我无语。是什么,让他这么失态了呢?

"真没看出来,任天行也挺喜欢小妖的啊。绝对的。我还一直以为他喜欢你的呢。藏得挺深的啊。"廖凡如此感叹。

"别把我扯上好不好?"我瞪了我老乡一眼。

自从我跳墙摔伤之后,班上的不少同学都把我和任天行看成了一对。首先是朱颜私下里审了我好几次了。后来是郝好,那次在操场吸烟的时候，她曾对我说过："小米，你别不承认了，从你看他的眼神里，我就知道你爱他。可是，不会有任何结果的。因为，他和我是一类人。我们这样的人天生就是老实坏，绝不会违反纪律，不管不顾去恋爱的。"

一类人？难道有种特别的人类不需要爱情吗？我想不明白。

"真的，我看出来了，他真挺留心你的。主要是啊，你那次帮他挂号感动他了。绝对的！虽然，你挂的那个号是个假号。"廖凡还在说。

"什么，号是假的？"我傻了。

"唉，瞅我这破嘴！说好打死也不跟你说的。既然说了，就告诉你吧。你那个号，是从票贩子那买的吧。时间都是前一天的。亏你还戴着个眼镜呢。冒充有学问吧你。"廖凡说得挺轻松。

"那后来他老师不是做了手术了吗？"我真是傻了。

"咳，是老安帮助找的人，联系好床位，手术也挺成功。但不管咋说，任天行是真感动了，绝对的。"廖凡说。

"你别瞎联系啊，任天行有女朋友的。"我正色道，心里说不上什么滋味。

"他有女朋友？这我没听说。要不就是他老师的女儿？挺漂亮的一女孩哎。怪不得他那么帮她。"怨不得朱颜总不喜欢廖凡，他有时怎么那么俗啊。

"可他那天又为人家小妖哭，我真弄不懂了。"廖凡老乡似乎无所不知但又雾水一头。他没法明白。

"什么乱七八糟的！"我抢白了我老乡一句。

纷乱，一如春日里漫天飞舞的柳絮的，其实是我的心。

第四章

1

在郝好的那场惊世骇俗的爱情大戏拉开大幕之前,我觉得有必要先给你介绍一下那一年我们的军校生活所发生的巨大变化。军校生活的第四年才一露头,当我们还沉浸在小妖从我们的生活中突然消失的无奈和失落中的时候,第二个打击却又接踵而至,老安突然也从我们的生活中迅速地消失了。官方对此的说法是工作需要的正常调动,而我们心里都清楚,老安被这么迅速地调往了学院的一所外地的分校担任教员工作,跟班上接二连三发生的事情显然有关。当然,我心里比谁更明白,我的不假外出跳墙摔伤,肯定拖累了我的班主任老安了。

还是第一次,我为自己的违纪行为感到深深的后悔和懊丧。去火车站送别老安的那天,全班同学都去了,是按照集体活动的规则出行的,就像那次我摔伤后大家赶来看我。我们四个女生都哭了,男生们则一个个拥抱着老安,邓班长他们几个人的眼圈都红红的。老安一直满面笑意,和同学一个个说着告别的话。唯独上车前,当他的眼光和我们的安师母交接的一刻,他的眼睛里很快闪过一丝游移,内疚、伤感还是无奈?车开起来的一刻,车窗下的庞尔忽然一把握住老安的手,跟着列车追出去老远。

临别,老安送给我的话是:"小米,好好干!有新作品一定寄给我!"

队部里很快换上了一张陌生的面孔。这是一张壮年男人的红光满面的脸,宽阔的额头,神气的向上扬的眉毛,大眼,乍一看总像在瞪人。鼻子也大,鼻头红红,带动得他的脸色更加的红光满面。这是一张老电影里标准的革命军人的脸,相貌堂堂,粗犷中带着一些憨厚。他一开口就更像了,大嗓门,浓烈的山东口音,是随时可以下达命令或者给就地训话的音量。

第一天给我们训话,洪主任的脸红彤彤的。对了,我们的新主任姓洪,我们决定叫他老洪。老洪表情激动,红鼻头更红了,他的一口山东腔特别高亢:"担任咱们区队的班主任,我感到,肩上的担子很重。军校派我来工作,是对我的信任更是考验。虽然我没有在军校工作过,但我以前在部队带过兵,我觉得这是一码事,都是做人的工作嘛。不同的就是你们肚子里多了点墨水,墨水多就点子多,有思想是好事嘛。可是花花肠子多了可不成,谈个恋爱弄个小骚情啥的,那不行,坚决不行!你想干什么?这是军校!有冲动?有冲动也给我憋着,都给我憋着!能憋死你?我不信。就一年工夫就毕业了,毕业以后你爱怎么爱就怎么爱。可眼前不行,眼前绝对不行!这不是儿童游戏,绝对不是儿戏!大家对我可能还不了解,好在咱们还有时间处,以后慢慢了解吧。我的带兵方法说起来简单,也就四个字——管好两巴!什么两巴?上面一巴,不要乱讲;下面一巴,不要乱动。笑什么笑?这两巴很关键啊!是重中之重!现在我宣布一下我定的几个新规定,必须无条件贯彻执行……"

这个老洪果然不是个一般人。他把我们早操的训练强度加大了,首先是正常的长跑变作了负重背包长跑,要身背背包、军用水壶、军用挎包全副武装地跑。好在没有给我们配枪,否则配了枪肯定还得背上它。这就意味着每天的起床号一响,我们首先要在三分钟内打好背包并且穿戴整齐配备到位地跑步下楼。别的区队的学员见了都说,你们怎么天天搞紧急集合啊。

其次是早操的训练科目,原本也就是齐步走跑步走踢踢正步,但老洪让我们三天两头上匍匐前进,下着雨也不间断,弄得我们一身泥一身汗的,头发梢里都经常有碎草屑。插空他就让男生做俯卧撑女生做仰卧起坐,男生们练单双杠更是成了家常便饭。中午午休时间,他带着我们帮厨,给环境卫生区拔草,不光拔我们区队的,把校园里的野草都给拔了好几轮。

还有呢,老洪还把白天的自习课改造成了讲座课,他把全军校的知名教授请来,轮番给我们办各种各样的讲座。实在没什么可讲的了,他把门诊部的医生找来,给我们讲"怎么预防传染性疾病"。晚饭后到晚自习开始这段时间,他组织我们打乒乓球,搞掰腕子比赛,收看新闻联播。晚自习本来是一周三次,周四是看电影,周日是晚点名,其他两天自由活动。可现在老洪把自由活动时间取消了,都改成了晚自习,以弥补白天自习时间的不充足。并且,每天晚上熄灯前,我们必须齐刷刷地站在操场上接受晚点名。

如此一来,男生怪话连篇。中午义务劳动,蹲在大太阳底下拔草时,起初的几天张雪飞还动不动就学老洪的山东腔说上两句:"这不是儿童游戏,绝对不是儿戏!有冲动?有冲动也给我憋着,都给我憋着!能憋死你?我不信!"

接下来几天,张雪飞从草丛里抬起他的那张苦瓜脸,忍不住顾影自怜:"憋啥啊憋,这阵子我感觉比军训时还累。晚上脑袋一沾枕头，就睡得跟死猪似的了，半夜上厕所都睁不开眼。唉，我如今给这老洪整得啊，别说啥冲动了，连看女孩照片的冲动都没有了。"

到了后来，张雪飞一边干活一边嘀咕的就剩那两句了："管好两巴？真他妈天才！"

男生们都笑。我们四个女生笑不起来。

与老安对我们女生宿舍的内务检查采取的定时检查和临时抽查相结合的办法不同，老洪的办法是一天三查，早饭后、中午午休后和晚饭后。并且，他还特别提醒我们，他随时会带着公务员抽查。整幢女生宿舍楼，我们四个一下成了最令人同情的人。一天里的前两次检查，女生们多半上课去了见不到，这后一次却是有目共睹。晚饭后本是女生们一天神经最为松弛的时间，洗洗涮涮，嬉笑打闹，或者吹拉弹唱，聊天逗趣，一派莺歌燕舞的和平光景。但你想吧，每到这时，但见我们的班主任老洪带着四个身材精壮的男生班长突然现身在走廊上，迈着统一的制式步伐，而且个个面色严峻目不斜视，怎么看怎么有些杀气腾腾。如果不是穿着军装而一人换上一袭黑衣，简直就是港台电影里的黑社会的招牌架势了。

哪里有压迫哪里就有反抗。就有那么一天下午是自习，难得的自习。因为明天有个阶段测验，老洪才没有给我们安排讲座。天阴沉沉的，刮着冷飕飕的小北风，已是初冬。教室里，我正趴在桌子上忍受馋虫的袭击。突然，我的肩头被人轻拍了两下，回头一望，是朱颜。朱颜把一张折叠着的小纸条放在了我的桌子上，而后径直走出教室。我打开纸条，上面寥寥数语——据可靠消息，老虎没在家。我不觉莞尔。一大早，班主任老洪就陪庞尔去军区总院做体检了。已经一个多礼拜了，庞尔脖子两侧总有痛感。午饭时，还没见两个人回来，大约是顺道上街买些书吧。老洪说，要把老安办的这个班级图书馆办下去，所以他在点名时说了，外出还要顺便购置

些新书。

我迅速收拾好东西,而后泰然自若地向邓班长请假,说是我到图书馆了。而后腋下夹两本书,挺胸抬头朝图书馆的方向前进。到了图书馆楼前,我和早等在那里的朱颜会合。而后两个人忽然就掉转方向,一边匆匆前行一边下意识地左顾右盼,盯梢的事不是没有发生过啊。一番观望之后,我俩径直踏上一条通往军人服务社的僻静小路。军校的正课时间,在校园里见到的应该只有军容风纪的流动哨和若干教务人员。学员大摇大摆地走在明处是很危险的,撞见教务主任或军务处长什么的肯定少不了要挨一通盘查和批评。为避耳目,我和朱颜几乎是出了小路马上一头扑进了军人服务社。

我俩盘算半天,终于拿下了一把挂面并搭了一个免费生鸡蛋,破的。我们原本都很看好那种刚刚出现的油炸方便面,可我们的经济实力只配暗恋方便面,而勉强凑合着和挂面联姻。为了弥补缺憾,我们央求售货员把一个破了壳的倒在柜台边的生鸡蛋以低价处理给了我们。售货员是军校机关一个干事随军多年的老婆,对我们这种永远在与饥饿作斗争的女生早就见怪不怪了,没啰唆半句就把这个运输中受伤的鸡蛋慷慨地送给了我俩。

我和朱颜一路逶迤地终于回了宿舍。一进宿舍两个人就忙乎开了,我找出从家里带的电热杯去盥洗室接了水来,朱颜已经爬高从日光灯的边缘把电接了下来。女生宿舍没有插座,这是老生们传授的偷电经验。而后我们翻箱倒柜找调料,竟然还找到了半袋吃剩的榨菜。水很快开了,朱颜就把挂面扔进了电热杯里。然后是加盐,自然是朱颜从家里带来的,再加榨菜。很快电热杯里的面条就熟了,咕嘟咕嘟的热气不断向外冒,把杯盖顶得"乒乒"作响。我赶紧过去把杯盖掀开,朱颜把早就打散在军用搪瓷水杯里的鸡蛋浇在了面条汤上,而后轻轻用筷子搅和。我又去取香油,也是朱颜带来的,一小瓶。那瓶子外观看上去像是之前装指甲油的,很有形也很可疑。朱颜先倒了几滴,沉思片刻又整个倒了上去。月底了,用完了可以回家再续。香油充分了,屋子里立刻弥漫起一阵诱人的香气。朱颜先拔了电,就向我要水杯,而后先给我挑出了满满一搪瓷水杯面条,再给她自己盛。我们两个人端了水杯一个靠在书桌上,一个坐在床头柜上去,带着胜利的微笑,就准备把喷香的榨菜鸡蛋面送到嘴里去了。

就在这当口,那哗啦啦咣啷啷的声音突然出现在走廊的尽头。我和朱颜都下意识地激灵了一下,很快地互相望了一眼,而后屏气凝神支起耳朵倾听。两个人也就是停顿了两秒钟,我就腾的一声就从椅子上立了起来,手上的面条险些洒到桌上去。朱颜还算冷静,立马冲到储物柜前,把一杯子面条推进了自己那一格,而后回身抢过我手上的,连同没收起的电热杯通通往里面一送,噼啪几下关上柜门就上了锁。

仿佛漫长的一个世纪,那哗啦啦咣啷啷的声音终于停在了我们的门口。"打开门。"是老洪的声音,老虎回来了。身旁,肯定还带着四只猎豹呢。

十分钟后,被当场捉了个现形的我和朱颜,被老洪带到了军校食堂。老洪对炊事班班长说:"我的这两名学员特别喜欢做饭,榨菜鸡蛋面尤其拿手。你们多给她俩派点活儿,别让她俩闲着。"而后回头对我们说,"好好表现啊,我没让你们屈才吧。正课时间做饭,你俩也算专业对口了。"那天下午,在一名炊事班战士的带领下,我和朱颜在食堂里择菜洗菜揉面打扫卫生,整整干了两个小时的活儿。

这还不算,晚自习排队集合时,区队长任天行通知我和朱颜,

从明天开始,每天凌晨四点半起床,去食堂帮着蒸馒头。连续七天,非正课时间都到食堂去帮厨。天!崩溃!我和朱颜傻了。任天行对我俩只能报以满面同情。

当天晚上,累得腰酸背痛,并且受了一番惊吓的朱颜和我,熄灯后马上睡得像两头死猪。我破例都没去操场跑步,更是连在日记本里骂骂老洪的力气都没有了。

从那以后,朱颜和我除了晚上睡觉,绝对不在宿舍里待了。新晋党员丁素梅同志整天手里捏着块抹布,东擦一下西抹一下,我们简直没有个能立住脚的地方。那段日子朱颜对面条异常敏感,听见面条两个字就想吐。原本喜欢吃的瓜子也不嗑了,戒了,怕掉下瓜子壳落埋怨。嘴巴里实在没味道了,朱颜就口中含一颗橄榄,咕噜咕噜得像是口里面含着个熟鸡蛋。而后就搬个马扎坐在走廊上,耳朵里插上耳机,手里捧本书,开始了她的走廊休闲生活。我则成了流浪一族,在女生宿舍里东游西荡。哪间宿舍用电炉煮方便面呢,看我恰巧路过就盛给我些;哪间宿舍有人外出了,我去人家宿舍那里聊天聊累了,好心的女生们就让我躺那张空铺上睡一小觉。我成了整个女生宿舍楼的流浪女。好在我为人本分,实在又厚道,大家都挺欢迎我,几天不见我去,还会有人到宿舍来唤我。

2

这学期宿舍里没了小妖,气氛好像特别的不对。别看小妖不爱说话,可只要有她在,哪怕悄无声息地像只小猫一般卧在上铺上,空气里流动的也是一种淡淡的幽香和恬静。我一直很自责的是,那天晚上,我要是再多问她几句就好了,我真不应该放她走!或者,我应该去接应她一下,也不至于落得那样的谁也不愿意看到的结果。

如今，小妖不在了。她离开军校之后，很快给我们来过一封信，信写得很短，就是告诉我们她一切都好，让我们别挂念她。她的铺位大家都没有动，还是铺着白床单，军被每天都由郝好整理得规规矩矩的。宿舍里谁要洗床单了，就把小妖的那一床也拽下来洗洗，晒干了就好好铺回去。就是偶有投宿客，郝好把铺位贡献出来，宁愿自己睡在地上，也不让任何人碰一下小妖的铺位。到了换季的时候，郝好抢着把小妖的军被给拆洗了。我们都不愿相信，那个精灵一般的小妖，就这么从我们的生活中消失了。我们在冥冥之中暗暗期盼，或许，不久后的一个清晨或者黄昏，小妖会有一天突然推开宿舍的门，冲我们调皮地一笑。再或者，当我们下课或者收操归来，小妖会忽然从上铺起身，冲我们调皮地一笑。直到快毕业了，我们宁愿相信，小妖像是随时还能回到我们身边似的。

　　可是没有，一直到一个秋天都过去了，小妖都没有影踪。

　　冬天开始，郝好的一个追求者出现了。他的出现，令我们紧张沉闷的生活多少有了一点色彩和暖意。虽然，后来因为我们中间某个人的汇报，他遭受了近乎毁灭性的打击，曾令我们一度甚为不安。这个追求者出现得很是突兀，在老洪的高压政策之下，风声鹤唳之时他突然冒将出来。他怎么喜欢上郝好的不得而知，也不需要刨根问底。男女之间的爱恋和吸引从来是说不清楚的，能一二三地罗列出来那就不是爱情了。我只是隐约记得，郝好似乎帮这个男生缝过一次军被。

　　到了拆洗军被的季节，我们几个女生里就数郝好最忙，男生们请她去帮忙缝被子的人能排成队了。一是她的针线活儿好，二是她人好说话。不像我，人虽然质朴实在，可粗手笨脚，一次帮廖凡缝被子，把根针落被子里了，害得廖凡当夜一声惨叫，所有的男生在知道我差点要了廖凡的命根子后，从此对我退避三舍。朱颜

缝被子的手艺绝对一流，可就是太讲条件了，甩出来的总是那句："缝被子可以，可要请我吃冷饮啊。"男生们倒也没小气到一顿冷饮都不想请的地步，可总觉得朱颜这话说得不够有阶级感情。所以，虽然朱颜同学学习成绩一直是班里的前三名，军人素质也不差，她也一直在向党组织积极靠拢，可她就是入不了党。在经历了那次感情重创之后，丁素梅似乎对所有的男生很冷漠。她曾经抛出来的一句话，是许多电影里怨女们的最爱："男人，没一个好东西。"所以坏东西们自然也不会主动去碰一鼻子灰的。只有郝好，是他们的大救星，飞针走线之际，吸引若干爱慕的眼光绝对顺理成章。

论长相气质，郝好绝对拿得出手。郝好说话的口音带着一些西北调，这西北的乡音却一点不破坏她说话的味道，西北话是温厚而实在的，透出的便是说话人的本分。郝好的肤色出奇得好，白里透红，脸蛋上的那两团红晕，随着在江城生活久了，南方的湿润空气似乎已经把它们稀释了。不知何时，那两轮红太阳竟悄然消失了。这使她面庞清润，整个人也跟着清丽起来了。

郝好的人缘也好，班上对她心存好感和欣赏之意的男生不在少数。郝好的性格属于外向型，爽朗大方，热情奔放，是男生们比较欢迎的那种。她热心助人，遇到哪个男生家里有点难事，跟她一说，她绝对没二话。哪个男生家里来了亲戚，舍不得花钱住招待所的女眷，统统把郝好这里当成了临时客栈。晚上人家来投宿，郝好让人家睡床上，她拽下草垫往地上一铺，就能对付一夜。我叫她和我一个床挤挤，她不肯，她说，从小一个人睡习惯了，不喜欢和人头碰头睡觉。郝好是家里的独生女，在我们这个年龄段的人中并不常见。朱颜一听，就在上铺露出头逗她说："那你以后结婚了怎么办，闹分居可危险呢。""用不着你瞎操心。我看你脑袋里全是小市民的东西。庸俗！俗不可耐！"郝好回击。

其实，我一直觉得郝好似乎对爱情不怎么开窍。虽然，我也不是多开窍的一个人。但我怎么看郝好怎么觉得她像是不解风情的那类女孩儿。男生们喜欢郝好，在我看来，许多人是把她当姐姐，甚至是同性在欣赏。与爱情无关。事实证明，我错了。

在军校的第四年，突然冒出的郝好的这个追求者，他追求郝好的方式倒是很别致，就是专门给郝好送吃的。这男生家在山东农村，家里人除了种地还种植果树，苹果结得又大又红，在方圆数百里号称"果王"，是村里第一批富裕起来的大户人家。可能是受家族观念的影响，这男生虽然是个脑瓜子相当聪明的理科生，考进来的时候分数还特别高，但他对学业似乎并不怎么上心，政治上也淡泊得很，唯独喜欢把"传宗接代"、"不孝有三无后为大"这样的话挂在嘴边。军校第四年开始，他不知怎地就盯上了郝好。于是他开始经常地，胜似闲庭信步一般出现在女生宿舍的周边，顶着与生产队小队长一般的小分头，举着一双水汪汪的小眼睛左顾右盼，面带警觉时刻戒备。毕竟女生宿舍属禁区，男生是不能随便出入的。眼见着哪个女生走过来，也不管认识不认识的，这位一准儿会从怀里掏出个纸包，央求人家带给郝好。纸包里往往今天是两块锅底的锅巴，明天则是一只咸鸭蛋，后天又是三包方便面，如此这般源源不断地送来。

起初郝好绝对是原物打包返还。可后来事情坏就坏在我和朱颜这两张不争气的嘴上，她没在宿舍的时候，我俩实在忍受不住美食的诱惑，于是狼吞虎咽地暴殄天物起来。有了一就有了二，我们有了口福了，没曾想就给郝好增添了那么大的精神负担。对了，这位果王的传人姓郭名福来，我和朱颜都喜欢他的名字，真正的名副其实，他一来我们嘴巴的福气可不就来了嘛。因为心里头不

想欠着郭福来的,郝好就要不断地还情还礼,这让她感觉着实疲惫。山东老家来人看郭福来,带了一面袋自家果园摘的国光苹果来。不想这郭福来真是实在,一个苹果没舍得吃,就原封不动把一面袋苹果扛到了郝好的面前。郝好真是给吓着了,一面袋的苹果,三四十斤呢。何况,还是从那么老远的地方一路捎来的。她死活不肯要,差点就要把面袋子推到地上去了。但后来郭福来在宿舍楼下叫住了我,他绝对叫对人了,一面袋苹果成了我们几个的饭后消遣。郝好这次没骂我,骂多了她也累了,光用大眼珠瞪我了。她面色沉重,默默地把面袋子洗干净,而后跑到江城的街上去,买了四十斤上好的柑橘,正好装了整整一个面口袋。而后,她找了个安静的午后,把一面口袋的柑橘放到了郭福来的面前。

她这样做完全是不想给郭福来造成什么错觉,没曾想郭福来偏偏就像得了什么暗示一样,送起吃的来是更有劲头了。这一次,他竟是托一个女生把一只炖在沙锅里的热腾腾的鸡连汤带水地端了来。他可是真有本事!鸡汤稳稳地放在郝好的床头柜上,诱人的香气从锅盖缝里飘了出来。才下晚自习,又是冬天里雨夹雪的暧昧天气,我和朱颜没谁能抵抗住这样的致命诱惑,纷纷找搪瓷水杯来舀鸡汤喝。碗盆都在食堂里搁着呢,只好将就着来吧。连丁素梅也没能沉住气,接住了朱颜递过来的一杯鸡汤,低头轻轻喝了那么一小口,而后就神色迷离地一气儿灌了下去,算是破了先前绝不拿群众一针一线的自律守则。我记得郝好那大晚上负责打扫教室卫生,回来晚了。一进门,见了书桌上的那只沙锅,和我们凭借了多么大的毅力才给她留下的,两只鸡大腿和小半锅鸡汤,马上明白过来是怎么回事了。她端起沙锅,腾腾地走到盥洗室去,而后便端了个空锅回来了。她竟然把鸡连汤带水给倒掉了。

第二天,郝好把洗净的沙锅和十元钱一并递还给郭福来的时候，不由满面通红，是气的。她不由又一次把自己的立场再次重申了一遍。但同时她也有几分气短，毕竟锅里的鸡和鸡汤去向不明无法解释，所以脸上不由一阵红一阵白起来。听了郝好的一通训斥，眼见得郝好面如桃花含羞带怒的神情，郭福来不恼反喜，他想岔了，以为郝好是不好意思呢。他死活不收郝好递上来的十块钱，兴奋得一整天满面红光。

郭福来为搞这些吃的确实是煞费苦心。好在他有个战士老乡在炊事班，近水楼台先得月，手边上总难免有点好吃的。因那老乡准备考军校，总让郭福来给辅导，时不时就给他点供应以示感谢。这只鸡呢就是老乡的馈赠。

可惜好景不长，那炊事班的战士在郭福来的醉翁之意不在酒的殷切辅导下，不久便名落孙山光荣退伍了，自此告别了他揩油顺捎的炊事班生涯。货源一断，郭福来不由傻了眼。

3

可很快，情书事件的重创令郭福来就不仅仅只是傻眼了。

男女之间怎么表达感情，郭福来显然也不是太有经验。军校里刚出了小妖的事，方方面面，敏感得很呢。思来想去，郭福来决定写信。但这信绝对不能稀松平常，得让郝好读得涕泪涟涟芳心大动，放下信恨不得立马扑入他的怀抱才行。郭福来在高中是学理科的，现在念起哲学来，自感有几分生涩隐晦，三年学下来还经常把自己绕进来。他自忖没有这个文笔和才华，找别的同学代笔吧他又不是很放心，弄不好说出去岂不成了笑谈。他郭福来可是个要脸面的人。

于是他跑到图书馆，把《情书大全》、《情书指南》一类的书翻了个遍。却发现这类书里的情书范本大同小异而毫无创意，不是

那一曲军校恋歌

高谈革命理想人生意义就是引经据典故作风花雪月。并且，这些书大都肢体不全蓬头垢面，书页油乎乎黑光光，显然经过了无数双手的亲密接触，忍辱含垢立在书架上准备随时遭受再次的蹂躏。郭福来没有多作流连，他决定另起炉灶自己亲自支锅。

当郭福来整整忙活了近两个礼拜，把近三万字的一本情书塞到郝好手里的时候，他的胖乎乎的圆脑袋似乎小了一号，人疲惫得近乎虚脱了。容易吗？一个理科生，哼哧哼哧愣是写出了个近三万字的东西，而且是一个字一个字地从心里头吐出来，货真价实的原创。郭福来把他呕心沥血的作品，确切地说是他写给郝好的情书送到了郝好手上。本来他想来一点情调，跑到外面的邮局把信寄给郝好，给她一个意外惊喜的。但寄普通信件他不放心，怕丢了或者是落到别人手上了。寄挂号呢，他又嫌邮费太贵了，够买本书了。于是他找了个机会，晚自习后离开教室的时候故意落在了后面，见四下无人，亲自把信交给了正在打扫教室卫生的郝好。

一连几天郭福来心里都美滋滋的，连走队列的时候都忍不住想哼歌。他暗中观察着郝好，发现她神情正常与平时并没有两样，看来他的情书巨著并没有吓着她，她或许正在慢慢品味仔细琢磨呢。但一周以后，郭福来没看出郝好的异常，却发现同班男生看他的眼神发生了明显的变化。男生们的眼睛里都含着笑，但那笑却是怪怪的，像是看见了什么可笑的怪物而又不敢惊动它，笑里透着忍俊不禁和小心谨慎。郭福来丈二和尚摸不着头脑，心说这帮坏小子这是犯的那门子神经啊。

这一天晚上，也就是郭福来把情书交给郝好一周多的时候吧，郭福来被自己班的班长喊到了队部。一进门，郭福来就望见班主任老洪端坐在书桌后面，区队长任天行和四个班长围坐了一圈。心里正纳闷这是哪一级会议呢，他一眼看见了放在桌子上的一样东西，一摞厚厚的粉红色的稿纸。这一看，他的头立马就大了。那不正是自己写给郝好的情书吗？不会错的，因为他用的信纸是特意跑到街上的一个小礼品店买的。那家小店的姑娘说，给女孩子写信就要用这种粉红色的信纸。这东西，它怎么就到了这地界了呢？而且还惊动了这么多的人。郭福来完全晕了。

后头的事情就更让他晕了。为写情书挨顿批评不怕，为这样的事情受批评在军校男生中已经不是什么新鲜事儿了。可让人感到难堪甚至可怕的是，这情书竟在这么多人的眼皮底下曝了光，简直赶上流传民间的手抄本小说了。那封情书，已经成了郭福来的标志性笑柄。一时间，郭福来简直退学的心都有了。

郝好啊，郝好，你怎么就对我下如此毒手呢？平日里不见你挺真诚挺和善的一个人吗？怎么就……还是老话说得对啊，最毒妇人心啊！

郭福来不愿再想了。

一天晚上，郝好从图书馆出来，正遇见对面走来的郭福来。这还是情书事件之后，两个人第一次单独见面。郝好不觉先把头低了低，而后偷眼望了他一眼。天！他脸上的表情从未有过的奇怪，神情冷峻，两眼漠视前方，仿佛在看一座透明体，完全对她视而不见。

郝好怔怔地立在那里，却不知道该怎么开口跟他解释。因为，她真不知道那封情书是怎么落到班主任老洪手里去的啊。

正是金秋，校园里的桂花开得正盛，醉人的香气随晚风轻轻飘送，军校的夜晚，空气里弥漫着温情和伤感。郝好周身被桂花香包裹着，心里不知怎地竟忽然涌起了一股怅然。背后下黑手，这绝不是郝好的为人能干出的事情啊。看到他在大会小会上检讨，郝好的心就一次次打颤。

郝好清楚地记得，那几个晚上，她是打着手电筒一点点读完那封情书的。面对这样的一场情书盛宴，郝好不能不说很有几分感动。感动归感动，但却没有互动的冲动。当时她就想，要赶紧把这封情书还给郭福来，做得越没有痕迹越好。小妖的事情之后，老洪上任，班上的空气一直挺紧张。

　　可那天早操后，她却忽然找不到那厚厚的一摞情书了。问了宿舍里的女生，却都说没见着。郝好有点慌，她清楚地记得，自己是压在枕头下面的啊。后来，它怎么，怎么就落到了老洪手里去了呢？她想不明白。

　　这学期开始，班主任老洪走马上任，针对小妖的事，对我们四个女生进行了一次系统深入的教育。按照惯例，郝好作为骨干人物，需要在这种场合一次次地发言，一次次地表态。但这几次她却是异常的沉默，带动得会场上也很是沉闷。班主任老洪就以为她是有思想包袱，找到她认真进行开导，帮她解思想上的疙瘩。还特别叮嘱她了，你可是咱们系里和区队的好苗子啊，千万不能在这方面出问题。在党的生活会上，他们所有党员都表过态了，必须随时把收到的情书上交。可是，那样的事情她绝对干不出来。唉，要是早些把情书烧掉就好了，像那些时不时就"焚情"一下的女生们一样。

　　这样想着，郝好已经走到了教学楼下，几个男生说说笑笑迎面从台阶上下来，并没有望见暗影里的她。

　　"咳，郭福来这回可是给她害惨了，顶风作案，一逮一个着。老洪正抓典型呢。"一个男生说。

　　"是啊，说是老郭的入党预备期都延长了，怕是毕业前入党的事都悬。"另一个男生说。

　　"要不说兔子不吃窝边草呢。没个好！这郝好平时挺不错一个人，怎么说翻脸就翻脸啊。"最边上的一个男生说。

"要不说军校的女生属老虎的，碰不得呢。哈哈哈哈！"头一个男生接了话就笑开了。

几个人说着就下了台阶，猛一眼看见了郝好。他们猛地一怔，话立刻就停了，互相望望，有两个还对着挤了挤眼睛，而后礼貌性地冲郝好点了点头，没说任何话便远走了。

可刚才的话，郝好都听进耳朵里去了，她着实委屈，委屈得直想大哭一场。

4

失落的其实并不只郝好一人。

元旦前夕，我的小说处女作《军校爱情》发表在了文学月刊《军营文艺》上。小妖的退学，老安的突然离开，像两个惊叹号始终悬浮在我的脑海里，带着深深的阴霾挥之不去。加之老洪的高压管理政策，一度压迫得人喘不过气来。彷徨中，我把自己交给了亲爱的文学，向我所深深挚爱的文学寻找答案和出路。我把小妖的故事写了出来，一个飞蛾扑火追求纯真爱情的军校女生的故事。我走的是现实主义加浪漫主义的路子，现实过于忠于生活而浪漫得又完全超出常理。小说里的小妖退学后马上跟她的心上人结合了，两人浪迹天涯四海为家。为了突出矛盾，小说里面作为反面形象出现的是军校里一名骨干，大讲形式主义而忽略了纯真内心。班主任的形象则多少借鉴了眼前的老洪，那一阵他的高压政策正把我们治得喘不过气来，所以在塑造中自然没把这个班主任形象往真善美上靠。

小说完成，我把它寄给了父亲。一半是因为我想向父亲展示一下，我并没有在军校里只是跳墙违规胡乱混日子，而是依旧在

发奋创作；另一半则是因为父亲的一个战友在《军营文艺》做编辑，这位朱传雄伯伯一直鼓励着我读书写作。这篇如今看来相当幼稚的小说一投即中，自然有朱伯伯的帮助和扶持。小说发表后，军校阅览室的那本《军营文艺》很快被翻得油渍麻花体无完肤，我的骤然升起来的知名度背后，是无尽的猜测和议论。开初，我还曾飘飘然了一番，因为图书馆门前竟然有人堵住我看，据说就是为了一睹军校新锐女作家的芳颜。

我清楚地记得那男生是进修班的，他的一篇小说恰好和我刊登在了同一期的《军营文艺》上。那晚，他站在图书馆的大门边上，手执一本崭新的《军营文艺》，见到女生出入就上去寒暄，报上我的名字后以论虚实。终于我们相遇了，他竟然一时语塞。或许是我过于平淡的外表和绝对卓尔不群的气质震撼了他吧。半天，他才问出一句："你，是处女——不，不是。我是说，这是你的处女作吗？"他说话有点结结巴巴的，我愿意理解为是过于激动的缘故。

但我并没有真正高兴几天，很快狂喜的情绪便被一种无奈和失意所替代了。

我并没有把这篇小说送给洪主任指正，因为凭直感他不会是我的文学知音。但没想到老洪却是逐字逐句把它读下来了，甚至比一般的读者都要用心。因为，在晚点名时，他在全班同学面前这样发表自己的观后感："有些同学搞创作，这我们不反对，但搞创作也要有个方向。白主任，白主任，军校的班主任为什么姓白而不姓别的，赵钱孙李百家姓里哪个姓你不能用，非姓白，不是表示白色恐怖表示什么？军校是让你来热爱的，不是任你糟蹋的！要警醒了同志们呢。"

小说里的班主任是姓白，为什么姓白呢？写小说的时候我似乎并没好好想过，并且，向毛主席保证，我真没有要影射谁的意思,而且,我当时还相当缺乏那种深刻的处处设置隐喻的写作功力。当然,眼前的我也一样尚需努力。

这样的结果是我始料未及的。我感觉异常失落。一个晚上,我从抽屉的角落里摸出剩余的半包大前门烟,一个人跑到了操场上。坐在草地上,我狠狠地一口口吸着,很快被烟呛得咳出了眼泪。外班一个男生路过,像是见了纵火犯一般睁大了双眼,脚步加快,边走边回头看。那男生挺面熟,像是这一届历史系的,任天行的一个老乡。

备感失意的日子里,我走在回宿舍的路上,正全神贯注地听着校园广播站播放的歌儿。突然身后有人喊我的名字,是他。任天行说:"小米,去操场走走可以吗?我有话对你说。"

有话要说,是期待中的,说给我一个听的话吗?

江城的冬天似乎格外冷,用东北人张雪飞的话说就是——"都说南方暖和,可谁知道这南方的冬天才遭罪呢。俺那疙瘩,冬天屋子里头可舒服了,有暖气呢,有的人家还烧个土炕,窗户上都雾蒙蒙的淌水珠呢。这儿可好,屋子里还不如屋子外头呢,冻得跟冰窖似的。"

那一段儿,校园广播站放的比较多的是小虎队的歌,"好喜欢看你坦白的眼眸,一片蔚蓝晴空。四季还有夏和冬,谁说只能做朋友……当我真心爱上你,天地也会变温柔……""周末午夜别徘徊,快到苹果乐园来,欢迎流浪的小孩。不要在一旁发呆,一起大声呼喊,向寂寞午夜说 byebye……跟着我尽情摇摆,跟着我不要伤怀,跟着我散发光彩,照亮天空的阴暗。"

走在黄昏时分的冬日校园,小虎队的那些奔放热烈充满青春热力的歌曲,曾经,多么温暖多么阳光,把我们军校生的心儿照亮。

那天,我就是在小虎队的歌声中,一路面带沉思地走向宿舍

的路上,任天行叫住了我。

冬日的黄昏,只镶嵌着一颗明亮的星星。操场上的草都枯干了,显出了一派冷寂。但实在地说,我的心里热乎乎的。操场上没有什么人,只有几只麻雀还在一如既往地飞上飞下地觅食。任天行捡起一块石子,向离他最近的一群甩去,动作极灵活。我没有看他,只是注视着那群飞散的鸟雀,我感觉那正如我的心情。

很快,任天行的话出口了,直接干脆没绕任何弯子:"小米,你的小说我看过了,文笔很好。但这并没有什么值得夸耀的,你想成为一个作家,这是最基础的东西。但是,你的小说,我不喜欢,人物脸谱化得厉害,非黑即白,没有写出人性的复杂。并且,你对军校生活的理解也太个人化了,非常小家子气,缺乏一种悲天悯人的大胸怀……"他一路说着,此刻,周遭安静得有些不可思议。

"我觉得创作是个人的体验,我的小说,代表的只是我的个人体验,不需要承载那么多的东西。它,只是一篇小说。"我打断了他,我恨他,恨他自以为是,却牢牢俘虏着我的每寸神经。

"哈!小米,你可厉害多了。怎么,生我的气是吗?"他停下了步子,望向我。

"笑话!我为什么要生你的气?"我继续往前走,没有接住他的目光。

"小米!"他追上我,与我并肩前行,"小米,你,能不能给我些时间?"

给他时间,什么意思?我不做声,继续往前走。

"有些事情,现在我还不知道怎么跟你说。我一直觉得,咱们肩膀上扛一天的红肩章,就是一名堂堂正正的军校生。每一天,每一刻,我们面临的困扰都很多。过早地跌落到感情的旋涡里去不能自拔,军校的纪律又摆在那里,怎么办?等于是自己给自己上了一副镣铐。戴着镣铐跳舞，听上去浪漫，那滋味好不了。有些事，等到毕业的时候，或许我会给你个答案。但，绝对不是现在。"

他一口气说下这样的话，我不觉停下了步子，望向了他。

"你是自由的了？"我这句脱口而出的话，竟让他一下子笑了出来。哎，愚蠢的我。

"毕业的时候，我会把一切告诉你的。好吗？"他迅速把头扭开了。

我瞪着他，不说话。

"另外，不要用一些消极的行为来惩罚自己，比如吸烟，对女孩子不好。希望你学会爱护自己。其实，我一直想告诉你的，你的精神面貌，比入学的时候好很多，人精神了，也自信了许多。"他望着我，目光诚恳而炽热。

任天行从挎包里取出了一本书来，《傅雷家书》。"这是我最喜欢的一本书，送给你。希望对你有所帮助。"一边说，他把书递了过来。

我接过那本书。他的理论听上去似乎有一定的道理，但，我不接受。感情不是自来水，可以随时关关停停。并且，含含糊糊模棱两可的做事风格，不是我心中闪电一般岩石一般的罗切斯特！

我整理了一下情绪，抬头望定了他说："谢谢你，书我收下了。但我觉得，你根本不懂感情！"而后，我转身就走，不看他的表情。

终于下雪了，雪花大朵大朵地落下，很快把江城的这所军校掩映在了一个冰雕玉砌的银色世界里。军校生们出来打雪仗了，操场上到处是举着雪球满场跑的男生。脸孔一律冻得红红的，映照着肩上的那一对红肩章，有种格外的生动。女生们也出来了，大多只是站在操场边上说笑，她们的笑声咯咯咯的，清脆响亮，直引得男生们纷纷往这边看，手上的雪球扔得更远了。

毕业,不远了吧? 就是明年夏天的事情了。

5

戴着镣铐跳舞,任天行说得没错,这就是军校里的特殊的爱情。

许多年以后,我们军校同学的聚会上,总有人情不自禁地提到小妖。此时的小妖,已经跟着她的爱情中尉,而今的商界精英陈骁,移民加拿大生活多年了,她的父母也一直和他们生活在一起。昔时倾倒众生的小妖,在发给我们的电子邮件的照片上,依旧风姿绰约,美目含烟,杀伤力不减当年。她搂着一双儿女——两个小小妖微笑的样子,令我们由衷地羡慕,甚至有一丝妒意。小妖告诉我,他们家实行的是军事化管理,每天孩子们听起床号起床,听熄灯号上床睡觉。号声,是陈骁离开军营时特意录制的。

而我们回忆小妖,总是从那个夏日,她来军校报到那天,惊鸿一瞥之际,掀起的巨大波澜开始。再到著名的海伦之战,一直到她倔强地离开。而最令男生们捶胸顿足后悔不迭的,是小妖怎么能墙内开花墙外香,弃众多的军校里的追求者于不顾,而偏偏选择了校园外的那匹黑马呢?

就在昨天,我们的班主任老安,而今带着研究生整日研究宗教课题的安教授,来北京参加一个学术会议。会议间隙,我们一行六个弟子劫持他到了一家酒楼。在给恩师接风的宴会上,又有一个姓侯的而今已经是位军中官员的男生,再次问出了同样的问题——我们军校里精英荟萃、虎踞龙盘,小妖怎么就会落入他人之手呢?

我说:“你们男生不勇敢呗。”

侯官员满面委屈:“怎么勇敢? 军校里那么多的条条框框,束缚人呢。"

旁边一男生插话："你别装无辜了啊，我可记得你请小妖喝过咖啡的啊。那天我站岗，你们回来的时候在大门口被我抓了个现形。"

侯官员做回忆状，苦笑着说了："是她帮我缝被子，我想谢谢她。是个周末，我约的她。开始说什么都不去，后来总算答应了。咖啡是喝了，可烛光里她根本就不抬头，什么都没说。"

我接话："你为什么不在摇曳的烛光里，一把抓住小妖的手，说一声'我喜欢你'呢？"两杯葡萄酒下肚，我的创作激情上来了。

"咳！你这纯属搞创作，不是生活！拉个手容易，那以后呢，以后怎么往下发展呢？众目睽睽下恋爱，你以为那滋味好受。有那个心有那个胆，可没那个承受能力啊。像校园广播站那样的爱情故事，绝对需要勇气。那种爱情，不是一般人能承受的。所谓，生命中不能承受之轻吧。"侯官员一脸认真。

"不是不想爱不是不去爱，怕只怕，爱也是一种伤害。"当年汪国真的这句诗，曾经抄录在不少军校男生的笔记本上。

说到校园广播站，就又牵扯出一桩令人欷歔不已的爱情故事来。

可以说，记忆里，我们上学的几年里，似乎校园广播站就基本没什么广播，一直都在疯狂而大肆地播放港台流行歌曲。正因为如此，它才深得我们的无限热爱。

20世纪八九十年代，社会上风靡一时的，正是这些如今在《同一首歌》里被称做"老歌"的歌儿。那时，校园广播站播放的这些歌，在我们眼里还都相当新鲜和时尚呢。并且，一首歌所受到的追捧，就跟文化贫瘠时期人们对同一部电影的迷恋一般，那才是实实在在的同一个世界同一个梦想呢。要不怎么中央台的那个保留栏目叫《同一首歌》呢。

苏芮的《跟着感觉走》唱响的时候，女生走廊上，随时都能听到一声河东狮吼——"跟着感觉走，紧抓住梦的手！"齐秦的《北方的狼》一唱开，男生宿舍楼立马成了"狼窝"了，"我只有咬着冷冷的牙，抱以两声长啸，不为别的，只为那传说中美丽的草原。"——到处是狼嚎一般凄厉的长啸，隔着一个操场，女生宿舍楼都经常能清晰地收听到对面狼啸的波段。陈淑桦的《梦醒时分》刮来之际，女生们一时间都变得凄凄惘惘起来，口里哼哼唧唧着："你说你爱了不该爱的人，你的心中满是伤痕。……早知道伤心总是难免的，你又何苦一往情深。……"一时间满目都是哀怨伤感的苦情女。

我们也有录音机随身听，可一个人默默地听歌，和许多人同时听歌，那感觉绝对不一样。要不怎么叫"同一首歌"呢。并且，大喇叭里放送的音响效果，虽然并不卓越逼真，但是它有一种现场的沸腾感。要不怎么那么多人要到现场去看演出呢。

临近我们这一届毕业，不承想校园广播站却突然停播了，像是《挺进报》被查封一般，大家一时都颇觉愤慨。等一段校园广播站里的爱情故事浮出水面之后，大家都不由欷歔感慨起来。广播站里的美丽的女广播员，也是军校里倾倒众生的人物，和负责养护和维修广播器材的战士，一名名心灵手巧、相貌堂堂的我军战士。在工作中接触多了，日久生情，两人发乎情而难止于军校的校规，越了雷池不说，女生还有了身孕。区队上一发现，女生主动提出了退学，跟着提前复员回家的战士，一步三回头地挥别了军校和军校同窗，去往了那个对她全然陌生的南方小城。

这算不算是个悲情的故事我不知道，但它在军校里引起的轰动自然是空前的。无数个夜里，无数个年轻的身体辗转在军校的床板上而不能入眠的时刻，他们和她们不约而同地达成了一个共识——那些煽情的歌儿，绝对是他和她情感的催化剂！我们走在军校的林荫道上，或者在操场上散步，再或者是捧着饭盆坐在食堂里吃饭的时候，听到那些歌都忍不住心头春意融融或者伤感难当，更何况天天被这些歌儿所环绕的一对俊男靓女呢。

近二十年过去，军校同学的一次聚会中，谈起这件爱情旧事，大家又是一阵欷歔。有人还当场提议，为那一对勇敢无畏的爱情先驱干杯。还有人回忆，说校园广播站被查封前的一段儿，广播里总是放小虎队的歌儿。角落里，我们区队原来最不爱说话的一个男生却开口发言了。这男生长着一张清俊的脸，但眼睛却似张非张，朦朦胧胧的似乎永远弥漫着一层雾气。在同学们看来，他学哲学学得是乐此不疲，甚至有点走火入魔，经常是眼睛不睁而思想在沸腾，随后说出的都是些大家都听不懂的话。这家伙书呆子气十足，当年还曾追着我和朱颜，直问为什么女生的津贴要多出一项卫生费来。而今这位仁兄推了一下鼻梁上的眼镜，突然插了一句："不对，放的不是小虎队，是《让我悄悄蒙上你的眼睛》。"举座哗然，而后是一阵欢快的大笑。

问世间情为何物，直教人生死相许。一副镣铐，岂能捆绑住爱的灵魂和翅膀？

6

元旦来临，军校生们都在格外认真地准备着新年晚会。而这是我们这一届学员在军校里的最后一个新年了，这一年的夏天，我们就要毕业离开军校，自此各奔东西，踏上不同的征程了。在即将与军校说再见之际，许多人的胸中不禁浮荡起一丝难舍之意。军校再是管理严格、作息紧张，再是外出不易、恋爱遭禁，但毕竟是同学们人生路途上不容忽视的重要一站啊。而这一站，又是处

处充满了他们青春的豪情和激扬,彷徨和伤感的啊!人生,又有几个这样的一站啊!

那一晚,屋外飘起了雪花,整个军校笼罩在了一片白色的苍茫之中。各班的新年晚会都在进行中呢,却突然发生了点小意外,停电了,整个军校笼罩在一片黑暗中。我们区队的会场上,好在主持人庞尔反应快,他立马找了只打火机,"啪"的就引燃了一束小火苗,而后找来几根蜡烛点上。摇曳的烛光中,庞尔抱来吉他,给大家演唱了那首《读你》——

> 读你千遍也不厌倦,
> 读你的感觉像三月,
> 你的眉目之间,
> 锁着我的爱怜。
> 你的唇齿之间,
> 留着我的誓言。
> ……

深情款款的歌声中,一教室的同学围了温暖的烛光而坐,一张张年轻的面孔被烛光映照得金烁烁的,红色肩章像两片红色的枫叶,把每个人的脸蛋映衬得红彤彤的,每个人心头不觉升上阵阵柔情来。我看见,坐在我对面的班主任老洪起身,走到窗口,背对着大家站了许久。

唱歌时的庞尔最是洒脱,他那双多情的眼睛似乎有意无意地总往我们四个女生这边望,眸子里闪动着温柔的光彩。我望向身边,我马上知道了,他的知音就在我们中间。朱颜和丁素梅的眼睛里都泪光莹莹,而郝好微笑的脸上,已然挂满泪珠。

说实在的，一个月前，当庞尔被军区总院确诊为淋巴癌的消息传开时，我就一直怀疑是医生的误诊。因为，有着飞扬气质的，有着明亮笑容的庞尔，从他的身上，哪里能看出半点患病的症状呢？更不要说是如此重的疾病了。就是手术过后，短暂的住院治疗结束，庞尔重新出现在大家中间的时候，他依旧是风度翩翩的美少年一个啊。

庞尔的歌唱了一首又一首，大家听不够似的，渐渐地，男生里也有人低下脑袋，悄悄地抹去不知何时涌到眼角的泪花。感谢这突然降临的停电，感谢这温暖的烛光，感谢庞尔的歌声，它令多少人内心蕴蓄的情感，终于有了一个可以暂时疏放的空间。在热烈的掌声中，庞尔还是走下台来了，老洪一把接过他手里的吉他，而后冲大家摆摆手说："庞尔累了，累了。得歇歇！来！别的同学上个节目。郝好，你来，给大家组织组织。"

郝好起身，都没来得及把脸上的泪好好揩一揩，就走到了台上去。突然的停电，使下面需要借助音响来完成的节目一时无法施展，团支书郝好只能赶上来应场。这样的场合她显然并不紧张，落落大方地往中间一站，说了句："我给大家唱首西北的歌儿吧。"而后清了清嗓子，就站在那里唱开了——

上河里的鸭子下河里的鹅，
一对对毛眼眼照哥哥。
煮了那个钱钱哟下了那个米，
大路上搂柴撩一撩你。
清水水的玻璃隔着窗子照，
满口口白牙牙对着哥哥笑。
双扇扇的门来哟单扇扇开，

叫一声哥哥你快回来。

……

　　郝好的声音婉转热辣,情深意切,把我们带到了西北高坡,山
岭起伏,一派的丽日艳阳。众人不觉都屏息静气,凝神倾听。

　　郝好的歌声盘桓在教室的每个角落,引得坐在观众席里的郭
福来牢牢地把目光望向了她。郝好把一首哥长妹短的柔情蜜意的
歌曲唱得这么好,她怎么能不懂爱情呢,不应该啊?更不应该把情
书给交上去汇报啊。他专注地望向郝好,不由心中再一次升起了
疑惑。

　　烛光下,郝好那已经留至耳根的短发被橙色的光浸染着,仿
佛披了层金色。她的圆脸蛋被抹了层柔光,面孔娇艳得似一朵红
艳艳的山丹丹花。往日黑白分明的那双杏眼,眸子里被涂上了一
层金色,眼波流转,竟是一派从未见过的柔情似水的小女子模样。
站在会场边的庞尔也不觉看愣住了,惊得他连手里的节目单滑落
在地都全然不晓。

　　只有恋爱中的女孩才会有如此夺人心魄的美丽啊,难道,难
道郝好恋爱了吗?渐渐地,我望见郝好的眼睛里蒙上了一层水雾。

　　爱情是甜蜜的,可是它又是无时无刻不和眼泪、伤悲相随的。
有人说,如果一个人从没有为爱情落过泪,那要么就是他或她的
命格外好,要么,就是他或她还从来没有真正地爱过。我,绝对相
信后一种。

　　郝好的歌声刚落,教室突然一派大亮,来电了。此刻,教室的
门突然被人推开了,一个披了一身雪花的、高大俊朗的上尉军官
突然出现在了我们面前。他殷切而急迫的目光,在我们全班同学
的脸上迅速扫过,最后锁定在了我们几个女生身上,望了又望,又

去望台上的郝好，眼睛里瞬间写满焦虑。

"我找姚小遥同学。"他冲着向他走去的老洪大声说着，似乎，希望用他的声音把他心上的姑娘招引出来。

"陈骁！"郝好满面惊喜地喊出声来了。

是陈骁！这个失踪了8个月零23天的小妖的爱情中尉，哦，现在是上尉了，终于现身了啊。

接下来的场面你可能想都想不到。男生们一个个起身，张雪飞头一个冲过去，当头就给了陈骁一拳。男生们哗啦啦地往前涌，瞬间就把陈骁围拢在了教室的中间，如果不是老洪关键时刻挺身而出，陈骁顷刻就会被那些愤怒的拳头淹没。

老洪大声对那些面红耳赤的男生高喊道："是男人就给我滚回来！打架能把姚小遥打回来你们就打。现在一个个有本事了，当初怎么没让人家看上你们哪一个啊？！啊？你们就剩下了打架的劲头了。"

老洪的脖颈子充血，眼睛里也满是血丝。我忽然发现，老洪其实挺汉子的。

上尉陈骁捂住流血的鼻子，没有还手，也没有惊愕，老洪冲进人群，把陈骁给夺了下来。

当我和郝好在冬雪的校园里，陪着陈骁走了一圈又一圈，当我们把那天夜里发生的事情，一五一十地讲述给他时，陈骁始终沉默，只是不时低头，狠狠地吸一口手上的烟。我看出，他握烟的手一直在哆嗦。

终于，陈骁开口了，他对我们说："郝好，小米，你们回去吧，我这就去找小妖。今天夜里十点三十五分，应该还有一趟车。"

"你肯定吗？这么晚耽误在火车站怎么办？要不先找个地方住下。"郝好满面关切。她有点担心陈骁的状态。

"那趟车我坐过的,春天小妖送我走,我坐的就是那趟车。"说到这里,陈骁忽然就哽咽了,像是喉咙里进了东西,半天说不出话来。"我想马上见到她,一刻都不想耽误。"

"我们区队的男生啊,晚上会餐喝了点酒,刚才,挺过分的。你鼻子还疼吗?别往心里去啊。我替他们给你道歉了。"郝好对陈骁说。

"我理解,不,是感动。放心,这辈子,我不会辜负小妖的。这顿打挨得值,它让我知道了,小妖的同学们是多么得爱她,小妖,她有多好。"说到这儿,他又一次哽咽了,顿了顿又说,"是我的责任,我的错,是我没有保护好她。我一定,用我所有的力量,让小妖生活得很幸福很幸福。替我转告兄弟们,谢谢他们了!"

陈骁掐灭手上的烟,望定我们。而后,郑重地给我们每个人行了一个军礼,转身大踏步地,朝军校大门的方向走去。被他踩在脚下的雪,发出咯吱咯吱的声音。

我和郝好一直目送着他穿越操场。

熄灯号忽然悠悠地响起来了。不远处,陈骁立定,身影久久伫立不动。迷蒙的夜色下,我们三个人同时侧耳倾听。

还没有哪一次的熄灯号,在我听来如此缠绵,如此难舍难分,如此令人肝肠寸断。

7

没有人注意到,一段恋情悄然在郝好的心中发芽了。

为了照顾庞尔,老洪向军校请示,特别抽调了一名战士定期陪同庞尔去医院做化疗。而班上为了随时随地对庞尔有所照顾,特别把团支部书记郝好和庞尔的座位排到了一起。

那段时间,郝好喜欢说:"表面上是我照顾他,其实是他在照顾我。"每天一早,庞尔把他自己面前的水杯蓄满了,再把郝好的杯子里也倒上开水。还是跟庞尔做同桌以来,郝好才学会带水杯上课,以前她在正课时间是从来不喝水的。庞尔说了,不喝水可不行啊,尤其是你们女孩子,不喝水皮肤可是老得快呀。他还总是在课间,变戏法似的,从兜里摸出个橘子或者苹果什么的,放到郝好的面前。

上课的时候庞尔的笔记记得很少,他总是支棱着脑袋似听非听的模样,但每每提出的问题却总是要让教员们费上好几番周折才能做答。见了郝好伏案疾书,恨不得把教员说的每句话都记下来,他颇不以为然,他总是拿了手上的笔轻点郝好的额头,附在她耳边轻声说,郝好同志啊,不要光知道用笔头,要用脑壳子记啊。庞尔的声音在她耳畔低低回旋着,音色淳厚,有种别样的味道。而他在她额头上那一点更是神奇,像是点在了郝好的某个穴道上一样,令她脸面禁不住地发烫。

课间的时候郝好喜欢把头趴在课桌上休息,庞尔则喜欢抓紧时间听会儿音乐。他总是把随身带着的小录音机打开,轻轻放一只耳机在郝好的耳朵里去,另一只挂到自己耳朵上去。因为有耳机牵扯着,庞尔的头总是挨着郝好很近。他鬓角的头发擦碰着郝好,鼻息近在咫尺,甚至连他的心跳也能感受得到,和一个男生这样亲密地几乎是头碰头地在一起,于郝好自然是史无前例。这样的时候郝好从不敢看庞尔,怕他看见自己又红彤彤起来的脸蛋。

他还会弹吉他唱歌给郝好听。她最喜欢听他唱那首《读你》,唱歌的时候庞尔望向她,眸子里闪动着温柔的光彩。"你的眉目之间,锁着我的爱恋。你的唇齿之间,留着我的誓言。"她愿意相信,那些动人的歌是专唱给她一个人听的。她也把自己拿手的信天游唱给庞尔听,两个人有时一唱一和,唱到动情处郝好是泪水涟涟,

庞尔则是满面伤感。

庞尔今天会说："我发现你的头发很漂亮,黝黑黝黑的,怎么不留长一些呢?女孩子就应该留长发的。"明天他会说："你的眼睛长得很不赖啊,标准的杏眼。别老瞪着啊,那可一点味道都没有了。"后天他又说了："喜欢照相吗?哪天我给你照几张吧。让你知道自己有多美。"

星期天的时候他真就来了,早早地背了相机等在女生宿舍楼底下。郝好在他的导演下,一会儿在操场边作含笑状,一会儿在图书馆门前作深思样,好一通折腾。而庞尔照出来的照片一到女生们手里,立即获得一片喝彩。照片上的郝好显出从未有过的动人模样,尤其是那双杏眼,似两潭幽深的湖水,脉脉含情,美得简直像电影明星的眼睛。这些照片惹得女生们啧啧称羡,有好几个当场报名要让庞尔给照几张。郝好当时就想,庞尔还真有两下子,怪不得那么招女孩子们喜欢呢。

有一天他忽然说了："你看上去不像个傻女孩啊,怎么会把人家的情书上交了呢?"

郝好就哭了,第一次为了这件令她委屈了许久的事掉下了眼泪。并且,是在一个男生面前。

"我明白了。不是你做的?对吗?生活里谁都有被误会的时候,那就别放在心上好了。"庞尔的话语听上去很轻松,而郁结在郝好心头的多日的疙瘩忽然也就解开了。

那段时间,郝好对我说的最多的一句话就是："有时候我真羡慕庞尔,你看他,活得是真洒脱。"

随着交往的日渐密切,郝好对庞尔的牵挂日渐加深。习惯了有庞尔每天坐在身旁,一同听课一起聊天,一旦课桌那半边空荡荡的,郝好心头就没着没落的,一整天都有些恍惚。眼见着每回庞尔做化疗回来,头发稀疏起来,面孔也消瘦了些,她就想,他真受了不少的罪啊。但庞尔却从不说什么,每回做化疗都是高高兴兴地去,总是以那句"等待我胜利的好消息"笑着与她告别。不知怎么地,每次送庞尔走,她心里总是酸酸的,眼睛也酸酸的,望了他渐渐远去的身影,一个赶也赶不去的念头总会倏地一下浮上她的心头——他,不会就这样一去不返了吧?

连她自己都没有意识到,她不觉间已爱上了他。

可是庞尔却突然变得冷漠起来,甚至,连后来的化疗都不让她去医院探望他了。他甚至都不告诉她一声,就悄悄地去了医院。

8

为了控制病情,庞尔现在是每隔一个月去做一次化疗,一般要在军区总医院里住上一周。做化疗的七天里要躺到病床上输液,输一种抗癌药物,一输就是一整天,有时要到晚上八九点钟才能结束。军校抽调来照顾庞尔的战士是个 18 岁的毛头小伙子,屁股根本坐不住。除了想着把庞尔的饭打来放到他面前,其他的时候总是见不着人,许是跑到别的病房玩或者找女护士聊天去了。庞尔是个性格随和的人,总觉得自己这一场病已经够给军校的上上下下添麻烦了,所以一直努力克制着,输液时尽量不吃东西不喝水。有时在床上尿实在憋急了,才赶紧喊上护士一声。

冬天的一个晚上,是雨夹雪的天气,天空阴阴的。已经过了晚七点了,庞尔还躺在病床上输液呢。那小战士把晚饭打来后就不知了去向。庞尔躺在那里,胃里只犯恶心,神情很是恍惚,直盼着能赶紧结束输液。

庞尔紧闭口唇坚持着,眼睛下意识地一次次扫向病房的门。每回住院,庞尔总是这样一次次瞅向病房的门。刚生病那会儿,母

亲和两个姐姐专程从青岛赶来照顾他,陪他度过了患病后最艰难的一段时期。后来是军校的领导、教员,再就是班上的同学们。病情一稳定,他就选择了独立面对一切。连他的新同桌郝好,他也断然拒绝了她的探望要求。他愿意在自己和这个可爱的女孩子面前,保留这样的一分距离。并且,他越来越看出,郝好望着他的眼神里,有种东西越来越鲜明起来。他陷入了痛苦的矛盾之中。

如果不能给对方健康和快乐,爱情还有幸福可言吗?他在心里一次次问着自己这个问题。答案显然是否定的。可是,如果上帝只让你在这个世上活上一天,遇见了美丽春光的一霎,你难道还要把自己躲藏起来吗?他又总是禁不住这样想。

但眼前能做的却只有回避和躲藏。

虽然总对别人说着不要再来看他了,而在庞尔心里,他其实又是多么盼望能有个人来看看他,和他聊聊天啊。而今,就在他这么再一次无望地注视着病房的门时,突然,病房的门被人从外面推开了。一个穿着学员服的女生站在了病房门口。这个提着一网兜橘子的女孩,披一身雪花,连头发上也是。雪还在下。她的圆脸蛋红扑扑的,可能是在外面冻着了,像是抹了一层胭脂一般红得耀眼。那网兜里的橘子不断往下滴着水,看来外面的雪不小啊。

来人竟是郝好。

因为刚从雪中来,她周身带着一股清新爽朗的气息,这气息令庞尔感到兴奋,更感到亲切,他的心跳一下就加快了。此时,郝好正满面焦灼地朝病房里四下张望着。庞尔赶紧支撑起半个身子,冲她微笑着招了招手。

郝好把装着橘子的网兜放到了庞尔的床头柜上,那一个个黄橙橙的橘子被雨雪打湿了,水灵灵地散发着清香。望着郝好给他剥橘子,庞尔贪婪地闻着周遭这新鲜动人的气息,真想立即狂奔到冬的天地里去。他想着，下雪了，冬天来了，又可以吃橘子了，活在这样的有雪的，有橘子吃的冬天里该是多么的好啊！

眼见躺在病床上的庞尔虚弱地微笑着，床头放着的两份饭已经冷了。郝好一边剥橘子一边暗想，他肯定是一整天没吃东西了。他的嘴唇干干的，身边的水杯也是空空的。望着庞尔那干裂得起了糙皮的嘴唇，郝好一下就想到了军校第一年的秋天，在军校的舞会上，庞尔邀请她共舞的场面。那时的庞尔，是多么明朗欢快的一个人啊。而今眼前的他，面容还是那般俊朗，却分明没有了往日的活力和灵动。郝好的心里不觉一阵酸楚，眼眶里很快有泪在打转转，看庞尔的眼神就不禁有些飘忽起来。

从郝好注视自己的眼神里，庞尔明显感觉出了她对自己的那份怜惜。平日里，庞尔最怕别人用这种眼神来看他。他是个天性乐观的男孩，所以并没有轻易就被疾病吓倒。患病以来，虽然沮丧，也有过烦躁，但他从来没有过胆怯。因为他始终相信，老天还是爱他的，不会轻易就把他从这个世界带走。

最令他最害怕的，并不是疾病本身，而是，别人那充满怜悯的眼神。从那样的眼神里，他看出了自己与别人的不一样，那眼神似在时刻提醒着他——你是个病人啊。在那样的眼神的注视下，他没了往日的自信，甚至觉得，连自己那点可怜的自尊也所剩不多了。

而今，又有一个人在用这样的眼神望着他。但奇怪的是，庞尔一点没有感觉到往常的不自在，他老老实实地躺在那里，平静地微笑着，任由那目光在他身上扫来荡去。他的新同桌，披着一身雪花来看他的女孩子，周身仿佛有种特别的气场，令他不自觉地安静下来了。

他和她之间，似乎从来就没有距离。往常他们的交往并不多，可真遇见什么事了，几个女生里，他头一个想到就是去找郝好。每

次拆洗军被，都是郝好帮他缝的。几个女生里，他一直觉得，郝好是最具有贤妻良母潜质的一个，虽然在军校的环境里，她似乎女性的柔美少了一些。虽然，他还听到一些男生在后面说她虚伪，上交情书是为了表现自己。可庞尔不这么看，他相信她绝对做不出那样的事情来。有着那样一副动人歌喉的女子，应该是有着热辣的内心和真纯的情感的。

庞尔望着郝好那双杏眼，越看越觉得好看，黑白分明的，是性格外向的女孩子常有的眼睛。这双眼在自己身上左右打量着，怎么忽然像是蒙了一层雾气呢？噢，怎么了，怎么这双眼睛流泪了呢？

庞尔心忽然就动了一下。自从他生病以来，还只有母亲和两个姐姐这样当面为他流过眼泪。庞尔赶紧把自己的目光移开了，他有点受不了这个。他本不是一个软弱的男孩，在病痛突然袭击他之时，他从没有退缩过。但他毕竟是一个只在这世上生活了22年的青年，还没有足够的历练令他的心坚硬起来，坚硬到能够笑对死亡淡看人生。他的心还是柔软的啊，柔软到一不小心触碰了它，便会有晶莹的水花飞溅开来。那是他心灵的泪花。

但是，眼前，他还不想让任何一个人窥见这泪水。他不需要，因为，他是个天性乐观的人。病床上，庞尔紧紧闭上了眼睛，他不敢再多看一眼郝好那双含泪的眼睛了。在这个带着一身雪花的芬芳和清新的姑娘面前，他绝对不能，不能撤掉所有的防线和面具。为了自尊，更是为了对方。

内心里备受煎熬，开了口却是这么一句再平淡不过的话："不是说好不来的吗？"

郝好一边把橘子瓣送到庞尔的嘴边，一边眼泪不由流了下来。

"我只是想……能看到你。"郝好脱口而出的，是这句话。

我只是想，能看到你。爱情就是这么简单。

让我看到想要看到的你,不管能看多久。请你尽可能地让我看到你,一直,到我看不见你为止。

9

郝好对庞尔的感情,却没能逃脱一个人的眼睛。

许多年后,我们生活的城市里,街巷上开始冒出那种油汪汪的炸鸡腿,麦当劳和肯特基的炸鸡广告也满天飞的时候,我的胃口已经不似当年好得无边无际了。但每当在街边上或者电视广告里与它相逢,我一定会认真地把它看了又看,观察良久,思忖半晌。我透过眼前的这只炸鸡腿看到的,是另外的一只炸鸡腿。一只产地在厦门大学,当时绝对是金贵食品,而这么多年来一直被我们军校同学口口相传,一次次把我们的青春记忆激活的炸鸡腿。这是一只承载着爱情和友谊的炸鸡腿,这是一只注定不平凡的炸鸡腿。

在厦门进行社会调查的时候,我们住的招待所条件很有限,特别是伙食上令大家很不习惯。菜只给一点点,主食的分量也小,很多同学都嚷嚷吃不饱。跟餐厅交涉了几次,问题却并没有得到根本解决。

于是我们那点可怜的津贴,就变成了我们的伙食补助。一到午休或者晚饭后的自由活动时间,招待所周围的小街上,到处游荡着面露菜色,见到吃的就两眼发光的抬不起步子的军校男生。外出行动,老洪采取的策略是看好四个女生,他把我们的房间安排在了他宿舍的对面,基本上是一举一动都在他的眼皮子底下。用他的话说,防患于未然,只要我们几个女生没点火,那火自然就燃不起来。所以,男生们的活动限制就少了许多,可以经常上街吃点小吃打个牙祭什么的。

我们四个女生如被困在笼中的鸟儿一样，肚子里没油水不说，外出的机会基本等于零。老洪任命丁素梅做了我们的女生组长，她一天早请示晚汇报的，精力都扑在革命工作上了。我和朱颜就不行了，天天喊饿，管招待所我们的房间叫囚笼。郝好则是满面焦躁写在脸上，实习的这一阵儿，她明显瘦了，原本的一张苹果脸而今变成了鸭梨脸，生生是给饿的。每次吃饭，她总是磨磨蹭蹭到最后，基本不怎么动筷子。看人走得差不多了，再悄悄把饭菜拨到庞尔的饭盆里去。庞尔自然需要营养，可眼前这样的条件，又不可能给他一个人开小灶。

　　在吃的问题上，我向来是"谁说女子不如男"，所以即使是大门不出招待所，二门不迈我们的房间，招待所那个物品少得可怜的小卖铺里所有能够吃进嘴里的东西，都被我疯狂扫荡了好几番。当我把这些乱七八糟的零食带回房间的时候，郝好先是推辞，而后总是吃得很开心。每到这时，我都禁不住有几分心酸。这样的时候，我就会想，爱情，它究竟是个什么样的东西呢？是否苦涩总是大于甜蜜，牺牲注定多于获得呢？

　　不久，在那只炸鸡腿现身之后，我给出了肯定的答案。

　　那天下午，我们临时组成的这个班，奉命去厦门大学做社会调查。工作结束，我们十个人漫步在校园里。走到学生食堂门口，但见门口支着个大烤箱，里面卧着一只又一只金灿灿、油汪汪、香喷喷的油炸大鸡腿。当时我的腿就不往前走了，眼睛也直了，可掏裤兜，又傻了。多日里对招待所那个小卖铺的光顾，已经把我那点可怜的津贴花了个所剩无几。我身边有个人冲了上去，说冲上去绝对不夸张，是郝好，她大步流星简直像是飞到了烤箱前。

　　她二话没说，上去就点了那只最大最油腿形最优美的炸鸡腿。哎，看给饿的，人都近乎疯狂了。在我们九双眼睛的注视下，炸鸡腿被放进塑料袋里，送到了郝好的手上。可这时，郝好回头望向了我，红着一张脸。我赶紧走了上去。

郝好低声问我："小米，你带钱了吗？我身上的钱不够。没想到，这鸡腿挺贵的。"我伸手掏钱包，打开来，里面躺着一张票子，一张一元大票。一到月底，我的钱包里都是如此空虚。郝好问我："就这些？"我又掏裤兜，摸出来两枚遗落的硬币，五分钱一枚，就两枚。我把这一块一毛钱——我的所有财产——交到了郝好的手上。"向毛主席保证，就这些了。"郝好好看的杏眼冲我瞪圆了，仿佛不相信我一般。鸡腿在塑料袋里晃荡了一下，是卖主冲我们把塑料袋晃了晃，他向我们发出了盛情的催促："买不买啊，我这鸡腿快凉了啊。凉了就不好吃了。"

正在发窘间，卖主话音未落，一张十元钱仿佛从天而降，落在了我们面前。"来，算我的。"我和郝好同时回头望，天，是郭福来。我说什么来着，他一来福气就来嘛。郝好的脸腾一下就红了，红得比刚才还激烈。刚才是几朵云霞，现在是一块红布。

郝好和他极力推辞着，但郭福来最后的一句话却让郝好的手停住了。郭福来说："总这么撑着你不累啊？只允许你对庞尔好，就不让我对我兄弟慷慨一次啊。"郝好的手就停住了。这个郭福来啊，怎么他对郝好的了解比我还要深厚呢？他怎么就一眼看出，郝好的那个炸鸡腿不是给自己买的？哦，想起来了，他曾经给他心爱的姑娘——郝好，不也是如此表达过爱意吗？

那天，我们回招待所的路意想不到的艰难。为了节省开支，也是为了锻炼我们的腿脚，按照老洪的命令，外出一律步行不许搭车。以前只知道厦门是个靠海的城市，但去了才知道这里层峦叠翠，满城的山。确切地说，这应是一座靠海的山城。那段时间，我们基本都是在山里跋涉。这都是指北针害的。老洪发给每个班长一

个指北针,说是好掌握方向。几个班长对厦门地况也不熟,人人手执一册厦门地图,一说去哪里,马上划出一条直线,而后就带领我们开始翻山越岭了。人能走的路我们走,人不能走的路我们也要走。我们把军事地形学的那点底子和周身的精力,全部贡献给了厦门的山山水水了。直整得我们一个个跟野人似的,一周不到我的凉鞋就坏了两双。为了节省开支,我坚决不肯再买第三双了,天天捂着双军用胶鞋。我是宁肯脚难受也不能让嘴难受。那段时间我还明白了一个道理,就是红军长征为什么要穿草鞋了。草鞋结实还凉快啊。

郝好接受了郭福来赞助的炸鸡腿。可接下来,我们就在山里迷路了。首先是班长多事,非要带我们走一条新的捷径,所以我们就没有按照来时的路走。刚上路吧,班长手上的指北针又坏了。那是他带领大家,头一个爬上一处陡峭的山崖的时候,指北针从他军裤兜里摔了出来,直滚下高高的山崖,我们捡到手上的时候,那家伙的指针定死在了一个方向,失灵了。那天下午又是个阴天,这一下,大家很快转了向了。从下午四点出发,走到六点多了还没从山里绕出去。

天色渐渐暗了下来,大家倒没害怕。八个军校小伙儿和两个军校女生,心理素质那都是相当过硬的。可肚子受不了,本来中午招待所的那点猫粮就顶不住饥,更别说又一去一回走了这么多的路了。大家伙儿饥肠辘辘,郝好身上的大鸡腿发出的香气就变得格外诱人。有男生就跟她开玩笑:"郝书记,把你的炸鸡腿拿出来共享了吧。"见郝好不吭气,有男生还喊上来:"你多少钱买的,出个价儿,我买下来了还不行吗?"最逗的是第三个人,他大声说:"炸鸡腿的拍卖开始了!我愿意出双倍的价钱,出手吧郝好?"

郝好不理他们，只是用手又紧了紧束在军用腰带上的大鸡腿。因为要腾出两只手来爬山，她把放大鸡腿的塑料袋用手绢包好缠牢，而后绑在了后腰上。

"哎，哎，大家伙儿别逗人家郝好了啊。待会儿，到了招待所，我请大家出去吃面。"是郭福来的声音。男生们一阵欢呼，我也跟着鼓掌。

将近八点，我们一行人终于到了招待所的门前了，报到完毕，就可以去吃郭福来请客的面了。可这时郝好却突然"噢"的一声喊了一嗓子。众人停下脚步，望向她。路灯下，郝好惨白着一张脸说："炸鸡腿丢了。"大家不觉都跟着"啊"了一声。"怎么会呢？你再好好找找。"我过去搜郝好的身。后腰上，只有一个花手绢。"肯定是，肯定是下山的时候，给树枝划的。我感觉背上给刮了一下的。"郝好喃喃地说。

"不行，我得回去找。"郝好说着，转了身就往原路上走。

大家你看看我，我看看你，没说什么，都默默地跟上了郝好。我不情愿地，走在最后一个。我好像已经没有力气再多走一步了。

"大家好好找，回来，我请大家吃饺子。俺们山东水饺！"又是郭福来。大家一阵欢呼，我的腿上立刻有了劲头。

一只手电筒的微光在我们刚才经过的山石间闪烁。好在班长带了这只手电筒来。当躺在一个塑料袋里的大鸡腿出现在我们面前的草丛上的时候，我们十个人同时欢呼起来，我和郝好抱在一起跳啊叫啊的，眼泪都笑出来了。

一旁的郭福来，脸上浮动着由衷的笑容。他一直不做声地望着郝好，眼睛里，有掩不住的感动，还有，一份怅然和失落。

10

六月里，就在我们毕业前夕，连日的暴雨，使长江的水位一度上涨，江城危在旦夕。抗洪的命令一下，军校学员当即出动。长江沿岸，立时一路飘扬着我们的院旗，鲜红夺目，与学员们身上那草绿色的作训服上，那一对红肩章相映成辉。

男生们在抗洪一线与险情搏击，女生们留守在军校，帮助食堂做饭和值班守电话。每天黄昏，我们还要搭送饭的车到前线去，给男生们送报纸还有他们的信件。庞尔非常不情愿地留了下来，怕他累着，我们把值班守电话的活儿派给了他。他不干，非跑到食堂来帮厨，都被我们一次次给赶回到了队部。郝好甚至像劝一个小孩子一般，说着守电话的诸多重要意义，他才乖乖地坐回到电话机旁。

郝好去前线的时候多，几乎每次都是她去，丁素梅也去过一两次。在这样的时候，党员的威力表现出来了。

"关键时刻党员冲在前面，非党员要一切行动听指挥。"党员郝好如是说，几次三番把我和朱颜要去前线的要求给驳了回去，令群众面目的我和朱颜不觉很有几分失落。不假外出翻越围墙的事件发生后，我的入党变得遥遥无期。

从一早下着的瓢泼大雨，到了晚饭前还没有停止。天仿佛漏了一般。我和朱颜又一次恳求郝好带我们上前线看看，郝好回答的很干脆："去看看？你们以为是去长江边游览呢？咱们区队所在地段虽不是决口处，可是也是随时有危险的。再说，家里的工作也很重要，没人不行。"从男生们奔赴抗洪一线那一天起，我们就把抗洪一线叫做了前线，军校大后方叫做了家里。于是我们只好帮着把男生们的晚饭抬上车，然后望着雨雾中，郝好女八路一般"腾"

的一下跳上了军校的吉普车,招招手就随着车子一路远去了。

晚上七点多钟了,郝好还没有回来。往常,七点前她是一定会回到宿舍的。她总是要兴奋地把前线的见闻讲给我们听,有时还要到军人服务社去,购置一些男生们急需的物品。

八点钟已经快到了,走廊上还没有传来郝好兴冲冲、急匆匆的脚步声。或许,是下雨的哗哗声,掩盖住了她的脚步声。我拿了把雨伞,跑到女生宿舍楼的楼下,站在楼口,望了外面飘飞在黑漆漆的夜里的雨帘,满心焦急地等待着郝好。

雨这么大,抗洪前线不会出什么事吧?

快九点钟的时候,雨雾中晃过来一个人影。来人穿着军用雨衣,手里摇晃着一只手电筒。我兴奋而大声地冲了雨中喊了声:"郝好!"

"小米,是我。"那人应着,却是庞尔的声音。

我支了雨伞走进雨里,扑上去慌忙问道:"庞尔,郝好来电话了吗?"

"队部的电话坏了,可能是雨太大,把线路冲坏了。我也一直在等她。平常回了军校,她总是要去我那儿一趟的。小米,我这就去一趟前线。线路断了不行。"庞尔沉着的语调下,有着和我同样的焦灼。

"你,怎么去?这么晚了。还是我去吧。"我立即表态。这样的天气,庞尔的身体不允许他如此劳顿。

"可我,不放心郝好……他们。"庞尔的声音里满是担心。

"可是要外出派车,没有批准令不行。你怎么去?黑灯瞎火的。还是我去吧。"我坚持着。

"我能行。郝好跟我说过他们的具体位置,长江大桥西行五公里处,一个叫萨家村的地方。我沿着长江走,就一定能找到!"庞尔

是有备而来。

"可是,你的身体……不行,还是我去!"我有些急了。无论如何,庞尔他现在还是一个病人啊。

"我是个男生,中共预备党员。关键时刻,听党员的!你们几个留守,随时待命。"那一刻,庞尔果断的样子,真跟郝好极其相像。

我十分不情愿地望着庞尔转身走进雨中,时间,是当晚九点一刻。

熄灯后女生宿舍楼依旧灯火通明,因为,各区队到前线去慰问的人都没有回来。

凌晨三点,窗外的雨声渐渐地小了。我坐在铺位上大睁着双眼。我惦挂着郝好,更为庞尔揪心。那么长的一段路途,天还落着雨,他找得到我们区队的队伍吗?我真后悔,不该放他走啊。

"嘟嘟——嘟嘟——",紧急集合的哨音突然急促地划过青灰色的夜空,整座女生宿舍楼立时地震一般晃动开来。三分钟后,我们班三个女生披挂整齐,首批冲出宿舍楼。而别的班的女生中,大多衣帽不整狼狈不堪,过了足有七八分钟才晃悠着跑出来的大有人在。这时候,老安的声音突然又一次响彻在我的耳畔——

"知道我为什么坚持检查你们的内务吗?内务检查不仅仅是一种形式,更是一种规范和要求。我希望,四年军校生活下来,你具有一个军人应该具有的起码的素质。这样的素质,肯定会令你受益一生。无论到什么时候,一言一行,都要对得起军校生这三个字!等到将来过了许多年,你会为这样的军校生活感到自豪而不是感觉遗憾。"

亲爱的老安,我真希望,你能够回到我们的身边,再检查一次我们的内务。

女生宿舍楼前。"全体听令!面向我,按大小个排序,以四列横队集合!"仿佛从天而降的,我们的军训大队长朱金亮高声喊着口令,一身作训服衬得他威武矍铄。两个月前,我们刚刚听到了朱大队长的退休命令的啊。

"目前,长江水位已经高出城区两米,前线告急,军校的通讯已经陷入瘫痪状态。下面我宣布,留守女生立即进入一级战备状态,即刻上抗洪前线援助。各区队各系听我的命令,整理着装……"朱金亮的声音响彻在军校的上空,中气十足,声如洪钟。

十分钟后,由39名军校女生组成的临时小分队,上了一辆军用大卡车,而后,向着长江,向着我们大部队战斗的前线,一路浩荡前行。

卡车起初是一路风驰电掣,越靠近长江,车速越缓。路上,不断有与我们逆行的人流,耳朵里满是鼎沸的人声。车过大桥,沿着长江西行的时候,雨不觉停了下来。透过微蒙的曙色,我们看见岸边上密密匝匝的跑动着的人群,以及不断往堤岸上堆积的编织袋。

车越往前走,路越窄路况越差,最后变成了小窄条的泥泞的田间小路了。大卡车艰难地前行着,一下陷进了泥泞中,怎么也发动不起来了。于是在朱大队长的带领下我们下了车,以急行军的步速前进。

天色渐渐亮了。走在队伍最前头一身作训服的朱金亮,作训帽下露出的点点花白的头发格外触目。那一刻,我内心忽然被什么东西撼动了一下。对自己身上的这身作训服,肩头的这两块红肩章,心头忽然涌起一种从未有过的神圣感。那感觉如此明晰,令我的脚步越来越豪迈。

终于,望见我们军校的院旗了,高高地竖立在堤岸上,鲜红的旗帜迎风飘扬。院旗50米一杆,一直延伸到望不见的远方。无数穿作训服的草绿色的身影,正在大堤上搬运着编织袋。浩荡的长

江水,翻滚着灰白色的浪花,一浪接一浪地袭来。

我们立即投身于惊涛骇浪的战场。

当天色大亮,长江水终于被我们用编织袋构筑起的大堤阻挡在外的时候,我们泥一身水一身的,互相寻找辨认着,接受着一次次地地握手和拥抱。我用目光在人群中急切地寻找着一个人——庞尔。

当我和一脸急切的郝好跑向对方,不约而同问出了同一句话:"看见庞尔了吗?"

天,难道庞尔失踪了?

郝好一下就泪如泉涌,掩面哭泣起来。

11

一时间大家肝肠寸断,老洪一下就急红了眼。他当即指派,立时组织了一支由任天行带队的 10 人小分队,开始沿着长江一路寻找庞尔。

直到下午,小分队才回来了一个报信的男生。一路气喘吁吁赶回来的张雪飞报告说,昨天夜里,沿长江大桥东行六公里处,有一个不知名的解放军,抢救出两名漂流在江水中的儿童,正要上岸,却被突然袭击的江水冲跑了,至今杳无音讯。当地的百姓已经向沿途驻军求救,派出了两辆巡逻艇紧急搜救。可至今毫无进展。张雪飞带回来的,还有那个解放军身上的一件作训服,说是解放军战士跳下长江抢救儿童的时候,随手扔在岸上的。

老洪把作训服握在手里,一双大手不停地摩挲着那一双红得刺眼的红肩章。他的手突然很强烈地抖动起来。

"那你还跑回来干什么,还不快去找他,找庞尔啊!"老洪一声咆哮,把在场的人都震住了。

果真是庞尔吗？他一定是在夜雨中迷了路，沿着长江往东去了。

郝好一头就栽倒在了在地上。立时被战地流动医院的两名医生给架走了。朱颜和我围着郝好，忍不住都哭了。

"任天行他们已经又争取到两艘巡逻艇了，正在大力寻找。让我回来是报个信，怕你们着急……"张雪飞还在解释。

"滚，你给我滚回去！找不到庞尔，你们就别回来！"老洪高声地冲张雪飞吼叫着。

黄昏来临，残阳如血。当一艘巡逻艇轰鸣着出现在我们的视野中的时候，所有的人都停下了脚步。静默中，我们望见任天行、张雪飞、廖凡和邓班长，把一架担架从巡逻艇上抬了下来。躺在我的怀里恍惚了一个下午的郝好，第一个扑了上去。

担架上躺的正是庞尔，凌乱的头发、惨白的面孔、紧闭的双眼、被水泡得肿胀的嘴唇。

郝好扑在担架上，用手轻轻地梳理着庞尔的头发，一边喃喃着："不是说好了吗，你在家等我的？你说过还要带我去长江边上玩的，让我看你打水漂。你说过，你的水漂打得可好了，一下子就能打好几个。可是，你怎么不等我了呢，自己一个人先跑去了？……"郝好一边说，一边俯下身子，满是泪水的面庞贴上去，滚烫的嘴唇一下下掠过庞尔的额头、鼻子和嘴唇……

我们都在落泪。同学们谁都没看出来，那样一个看起来爽朗大方，甚至有几分男孩子气的郝好，内心却能隐藏下如此汹涌奔放的情感波涛。

突然，郝好停住了。

"他还有呼吸啊。"郝好突然跳了起来。

"是啊，他只是太虚弱了，暂时的昏迷。他运气不赖，漂流时抓

住了一棵小树,在树上被困了十多个小时。刚才,战地医院的医生已经给他输了液了。"任天行在旁边解释说。

郝好愣在那里。泪水滂沱而下,她用颤抖的手抚摩着庞尔的脸。

"那抬回来干什么?还不直接送医院?以为这是拍电影呢。"老洪瞪了任天行一眼,也顺便狠狠刮了郝好一眼。

"报告主任,暂时没找到车,所以先送这儿来了。另外,经当地群众指认,庞尔就是那位在江水中救上两名儿童的解放军。当地政府正在为他请功,并且……"任天行继续报告。

"没有车,马上给我抬着担架跑!庞尔他是个病人啊。要快!少废话!快啊!"老洪打断了任天行的话。

"是,主任!"任天行一个立正。

担架队一行四人和郝好奔跑在小路上的时候,我才忽然发现,任天行的背影似乎削瘦了许多。

老洪的目光久久地注视着担架队伍里的郝好的背影,表情越来越严肃,眼神越来越阴郁。

12

庞尔很快康复了。并且,他身体状况稳定,病情并没有发现进一步发展。鉴于他在抗洪中的优秀表现,军校还给他立了二等功。经过这么一场,他和郝好的恋情大白于天下不说,两个人也不再刻意回避对方了,开始成双入对地出现在众人的视野中。

班主任老洪急了。

毕业前两周,郝好的父亲突然来到了军校里,他是为女儿恋爱的事情而来。之前,老洪已经几次三番找过郝好,但他没有找庞尔。老洪说:"郝好,我不能找庞尔,我只能跟你谈。那么好的一个小伙子,连我都喜欢。我很矛盾。我真很矛盾。要在地方上呢,我应该大力表扬你,表彰你。可是,我做不出来。我不赞同你们的恋爱。一是因为纪律,你穿着这身学员服,是我的兵一天,我就不能让你在我眼皮子底下卿卿我我谈恋爱。再有,我纯粹是个人意见。算是一个比你大十多岁的人,你的老大哥,或者叔叔吧,对你的一点忠告。我可能是管得宽了一点,但我希望你不要太冲动。庞尔是好,可他得的不是一般的病,你知道。他要是今后万一有个闪失怎么办?你年纪轻轻,今后的路怎么走?一时冲动不能代替永久的感情,一次冒险换来的可能是终身的遗憾。人生是个漫长的过程,要警醒不要冲动啊,我年轻的朋友。不对。这段抄过了……"

郝好忍不住扑哧一乐。老洪从笔记本上抬起头,眼睛里有隐约的血丝。他用红眼睛瞪了郝好一眼:"严肃点!我这是跟你在谈正事,你的人生大事呢。这不是儿童游戏,绝对不是儿戏!"老洪拿笔在本子上划拉来划拉去。他正襟危坐,神态庄重,语重心长,为了这次和郝好的谈话,为了让自己的话更有说服力一些,他把老安留下的那些书翻出来,特意做了摘抄,准备了整整大半夜。

在父亲面前,郝好却乐不起来。

郝好原本并不想把自己和庞尔的事,这么早地告诉家里的。是老洪为了做好郝好的工作,和她的父亲通了电话,郝政委当即抛下部队繁忙的工作,一路风尘仆仆地赶来了。他在江城整整待了七天,归期一拖再拖,几乎把想到的话都说了。南方的高温酷暑并没有使他焦躁不安,而是女儿坚如磐石的态度令他的一颗心凉冰冰的。

他甚至在晚上,郝好到招待所看他的时候,他找个借口出门来,跑到了教学楼里,透过我们教室门上的玻璃窗,偷偷地一次次向教室里张望。他甚至还求人把庞尔喊到了楼下来。可是,当他望

了庞尔,望了这个完全不知情的帅气的小伙儿,这个抢走了他的女儿的人,那一双干净得像是纤尘不染的眼睛,他最终什么都没说出口。军人的涵养和父亲的尊严,还有,面对那双眼睛的突然触动,使得他想找庞尔谈心的冲动,就这样被他自己扼杀在了就要开口的一瞬。在庞尔茫然的注视下,这个身穿军裤的男人只留下了一个沉默的背影。

那些日子,郝好没有当着父亲的面落过一次泪,她总是表现得很快乐。郝好后来告诉我说,从小家里把她这个独生女当男孩子养,记忆里她几乎就没怎么哭过,父亲总喜欢骄傲地对旁人说:"这丫头随我,不爱哭,心肠硬,能成大事!"如果她当着父亲的面哭,父亲肯定会特别难过。

当郝好的父亲揣着一颗近乎绝望的心离开了江城的时候,临别,他没让女儿去送她,而是一个人悄悄坐上了回家的列车。那天,我们晚上自习回来,一进女生宿舍楼,女宿监喊住郝好,把两个又圆又大的西瓜从桌子后面抱出来了,说是一个姓郝的大校军官托她转交的,并且,转告郝好说他走了。我和朱颜一人抱住一个西瓜,欢呼着上楼去的时候。郝好没有跟上来,她站在楼下发了半天呆。

宿舍里,郝好把我送到她嘴边的西瓜,轻轻推开了。一个晚上,她总是发愣,始终没有说一句话,也没有落一滴眼泪。

郝好哭得稀里哗啦的,是在江城的这家电影院里。一年前,我和任天行、张雪飞来过这里的。而今,坐在郝好和庞尔中间,我充当着一只既幸福又心酸的爱情的大灯泡。

电影的名字叫《青春无悔》,讲述的是一个温情而伤感的故事。美丽的护士麦群,陪伴从战场上归来的英雄郑加农,走完了他饱受病痛困扰的人生。

从电影一开始,郝好就一直没有停止过擦眼泪。

电影的伟大之处在于,黑暗中,你可以堂皇地看着别人的故事,而为自己的命运尽情哭泣。

曾经,在郝好的父亲走后,晚上的散步中,我问过郝好一个很残酷的问题。我问她:"你不害怕吗?假如,假如,他有了意外,你们不能白头到老?"

郝好的眼泪先下来了。她说:"当一个人只是为了见上你一面,走了三个多小时的夜路,并且,天下着大雨;当一个人被困在洪水里,因为想到你,才没有把手从树枝上松开,坚持了十多个小时,这样的人,你会放弃吗?"

爱情就是这么简单。让我看到想要看到的你,不管能看多久。请你尽可能地让我看到你,一直,到我看不见你为止。

爱情,这沉甸甸的,令人肝肠寸断的,令人走火入魔的,谜一样的爱情啊。

13

七月到来,我们这一届军校生毕业分配在即。班上,两个去边疆的名额一下达,大红的决心书一下挂满了队部的白墙。这两个名额一个是去西藏,一个是去甘肃酒泉,陡然间激发起了大家献身国防的热情。

随着一个个方向和单位浮出水面,私下里都有些人心惶惶。四个女生里,丁素梅突然神秘起来,行踪不定满面深沉,甚至几次熄灯号响才急急地奔进宿舍来。晚点名后我在操场跑步,不止一次,我望见她提着一大包一大包的东西,匆匆地穿过操场,往家属区的方向去了。我猜测,她是在为那一个留校名额做努力呢。

毕业前夕,我们从外地社会调查归来,她的那个亮哥哥突然

找来了，还在军校的小酒馆请丁素梅吃了一顿饭。从此丁素梅突然被激活了一般，额头发亮，两眼放光。没人的时候，她告诉我，她的亮哥哥已经跟女朋友分手了，现在在江城的一家外企公司工作，希望她能留在江城跟他一起生活。她还拿出亮哥哥写给她的信给我看，最后两句是"我这张旧船票，能否登上你的客船"。

哎，让我说什么呢。是祝福丁素梅吗？我说不出口。我只知道如果是我，是绝对不给这张过期的废船票上船的机会的。

班上两个留校的名额，优先给了庞尔一个，系里这样决定是从他的身体现状考虑的。还有另一个留校名额，按理是应该给朱颜的，她学习好军事素质过硬，关键是，她的家就是江城的啊。那如今丁素梅盯上了这个名额，朱颜可怎么办啊？据说，江城的名额就这留校的两个了。难道，还要把家在本地的朱颜分到外地去吗？

我很想提醒一下朱颜，丁素梅紧锣密鼓，却不见她有任何动作。但又不知道该怎么开口。我得承认我在感情上和朱颜肯定更近一些，不，是许多，但在背后嘀咕人总是不好，尤其是在毕业分配的关键时刻。朱颜倒不慌，天天跟廖凡忙着练习打网球。毕业前，老洪对我们的高压政策有所缓解，体力上一轻松，大家打发业余时间的花样就多了起来。廖凡也不知从哪里弄了副网球牌，天天唤着朱颜去打。

后来我才知道，正是为了我，他们两个先后辞去了一次绝好的分配机会。正是为了缓解分配带来的躲之不及的心理压力，他们让自己迅速爱上了网球。

我的毕业分配说起来也是一波三折，北京的这家部队文艺单位来人考核我时，见到我档案里的那个警告处分，来人不觉皱起了眉。所以，我是在与用人单位见面整三天后，才拿到分配通知书的。当时我并不知道，老洪叫来了廖凡，让他去见见那家单位来人。四年下来，廖凡已经在几家有影响的学术刊物上，发表了数十篇学术论文了，他又是个男生，所以，应该说他比我具有绝对的优势。可廖凡说："让叶小米去吧，北京就这一个名额。我是个男生，不能跟一个女孩子争。不够爷儿们的事，我绝对不做。"

老洪又找来朱颜，对她说："留校的名额已经有人选了，江城待不了你就去北京吧，北京总比江城强吧，怎么样？"朱颜只有一秒钟的迟疑，而后她说："那家文艺单位更适合叶小米。再说，我既然回不了家了，已经很惨了，不能拖累得小米也回不了家啊。"她同样没去见北京来的人。

这些，都是毕业一年后，一次老洪到北京出差，我们几个校友请他吃了顿饭以后，他在酒后吐露的。他说："你别恨我啊叶小米，我当时绝对是秉公办事。人家用人单位提出来再见见别的人选，我当然要安排了。说实在的，廖凡和朱颜就是比你强，他们为什么就不能多一些机会？就因为你爸爸是个领导，我就得哈着你？不可能，我老洪不做那样的人！"

当时，我沉默着，一时百感交集，不知道该说什么。那一刻，望着窗外北京夜色中的万家灯火，我想念朱颜，从来没有这样强烈地想要马上见到她。此时的她，正在离江城千里之外的南方的一座小城，独自一个人在闷闷地读书呢，还是百无聊赖地听歌嗑瓜子打发时间？我也想念廖凡，塞外的风雪，是不是把他的睿智和哲学家思想冰冻起来，还是把他心中对朱颜的那一份热情，早已吹得烟消云散？

朱颜和廖凡为我做的这一切，直到今天他们两个都未曾向我吐露过一个字。我的好姐妹好兄弟！我为你们做过什么，值得你们为我做这么大的牺牲呢？

那天，在火车站送别朱颜的时候，郝好和我哭了，丁素梅也红

着眼睛，廖凡则笑嘻嘻的。他逗我们说："朱颜这是去接受新的革命工作，又不是被发配，哭什么哭吗？"他这么一说，引得我们几个哭得更厉害了。

车开前铃声响起的一刻，廖凡对着车上的朱颜喊："我提的那个建议，你要给我答复啊。绝对的，答案只能是肯定的啊！"朱颜的眼泪在眼圈里打转转了，长睫毛上都是泪珠，迷梦一般的眼睛格外得迷人。车子晃荡了一下，就把朱颜带走了。廖凡站在那里并没去追车，望了朱颜那张梨花带雨的脸越来越远，半天没动一下。等他一回身，我望见，这个七尺男儿摘了眼镜在擦眼泪。

到今年，我认识廖凡已经 20 年了。而那天我所见到的廖凡，是历史上最深情最男人的廖凡。

我有理由恨老洪吗？我清楚地记得在与那家文艺单位来人见面后第三天一早，正在焦急等待回音的我，被老洪找了来，他把我发表在《军营文艺》上的那篇小说要了去。当天晚上，我便顺利接到了分配通知书。三天之后，当我去新单位报到的时候，接待我的干部处处长一见面就说："还在上军校呢，你就在《军营文艺》上发表作品了，不简单嘛。""我的小说，您怎么知道？"我满面疑惑，那篇小说他也读到了吗？"多亏你有这篇小说。本来我们对你可不怎么满意，不假外出还把腿摔了，警告处分一个。但后来见了这篇小说，你的分数一下高上去了。现在都已经走上工作岗位了，以后可不能胡来了啊。"

肯定是老洪！我应该感谢一辈子的人。

马小蕾的故事却在苦涩中收尾。

那一天，我的老乡马小蕾也来和我告别，说是她的孙大哥已经帮她联系好了石家庄的一家单位，她就要去报到了。

我冒失地问："你不回北京了吗？"

她苦笑了一下，摇头说："我哪有你那么命好啊。我们系，今年根本就没有回北京的指标。石家庄离家还算近些。慢慢调吧。"

我愣在那里，不知道该如何作答。我这个后门兵，内心不由对她充满歉意，嘴巴却就是张不开。一声"抱歉"，是否显得太轻飘了，甚至，还有几分虚伪。

她的孙大哥呢，她嘴巴里跑动着的那些上通天下入地的人物，而今去了哪里了呢？

马小蕾去了石家庄，一年后和调过去的孙宏雷结婚。过了一年，他们离婚。据说是男方有了外遇。而后，马小蕾只身回了北京，有军校同学在新东方学校的报名处见过她。不久，她远赴加拿大留学。至今，再没跟任何军校同学联系过。

郝好的去向也已经明了，是东北的一所军校。老洪已经跟她谈过了，她父亲临走前对组织上只有一个要求，就是毕业分配，尽可能地把郝好往远了分。老洪于是把东北一所军校的名额派给了郝好，他说："郝好啊，东北冷呢，冰天雪地的，我当兵的时候待过的，要不怎么叫林海雪原呢。可是好在你去的是大城市，条件还应该算不错。庞尔呢，我们确定他留校了，这样对他的身体恢复有好处。你看，这是没办法的事，我答应了你父亲的，而且，我把你俩分一起了，怎么给下一届的学员做榜样？望你理解吧。"说罢，老洪似乎有点不忍心，"欢迎你常回学校看看啊。"

郝好临走前的那晚，丁素梅接到了留校通知。晚饭前，丁素梅提出，要和她的亮哥哥一道，请我和郝好吃饭，我们都没有应下来。

丁素梅忽然就哭了。她说："郝好，是我对不起你，那封郭福来写给你的情书，是我上交的。是我从你床铺底下扫地时扫出来的。你，莫怪我啊，我真的没有别的意思。"

郝好和我都没有吃她的那顿饭。

不想第二天，郝好才被我鼻涕一把泪一把地送上北上的列车，第三天，她就回军校来了。老洪满面诧异着，郝好说："不是我要回来的，是人家一见我是个女生就急了，说是只要男生。当天就给我买了回程票发我回来。你说我不回来去哪儿，总不能刚毕业就当盲流吧。"

军校于是顺势给优秀学员郝好办了个留校。

老天有眼，庞尔命中注定离不开生命中的贵人。

14

当我读到任天行留给我的那封信的时候，他已经独自一人悄然离开军校了。

当我得知他主动把那个去西藏的名额争取到手的时候，当他和其他立志扎根边疆的军校学员们，胸前佩戴着大红花，从院领导手上接过三等功奖状的时候，我的眼睛不禁一次次湿润了。

毕业典礼后，当晚的会餐，我没有见到任天行的身影。带着失意我回到女生宿舍，女宿监转给了我一封信。我没顾上上楼，坐在楼前的台阶上，就着走廊上的灯光，把这封信赶紧打开了。是他。

小米，你好！

当你读到这封信的时候，我已经离开咱们的军校了。那种敲锣打鼓的送行场面，我不习惯。更不习惯你站在他们当中，为我不停地流眼泪。我害怕那样的场面。你也不要来火车站追我，我知道冲动起来你会那样做的。因为，我不希望我们之间的故事还没有开始，就先来了一次分别。哈！玩笑了。

你一定对我的毕业选择感到惊讶吧。你是不是在想，我的选择太革命了一些？

说起来，真从内心挺感谢军校的，因为没有她，就没有我的今天。这绝对不是一句套话。如今去西藏，我不否认我有报答母校的成分在里面，但最主要的原因，还是我渴望建功立业，渴望过一种不那么循规蹈矩，不是一眼就能望到头的生活。我希望在那里开始我事业的第一站，迈开通向成功的第一步。再有，我喜欢到处走走，这几年的寒暑假转了一些地方，连新疆都去了，西藏是我一直所神往的，这下好了，以后我可以天天呼吸着高原的空气晒着高原的阳光了。

虽然我们天天在军校见面、出操、上课、一日三餐、晚自习、晚点名，这样的集体生活看似亲密无间，其实我们俩好好在一起谈谈心的机会都没有几次。这不能不说是一种遗憾。但其实，遗憾的还不只是这些。

我经常问自己，是从什么时候开始喜欢上你的呢？是从军训中，我们一起出公差运公粮吗？当你说出自己是个后门兵的时候，我就被你小小震撼了一下。你的坦白和透明，从那一刻就打动了我。还是我们和张雪飞三个一起去看电影，你听到我随口开玩笑，说我有女朋友时的失态？一包茴香豆都被你全掉在了地上。这真的只是一个玩笑，可是，哎，面对心思透明得如露水一般的你，我却没有再多解释什么。别怪我狠心，解释了又怎么样，或许增添给你的是别样的苦恼。不如将错就错好了。还是，你在《战地雄风》发表的那些才华横溢的小文章？好像是又好像不是。坦率地说，你不是一个美女，这让我

对你的喜欢并不是那么直接和冲动，我是在慢慢的交往中，学会欣赏你，渐渐地喜欢上你的。

下部队锻炼归来，在食堂猛一碰见你，你的眼睛里都有泪光了，我一下就诧异了，这个女孩子是不是喜欢上我了呢？后来，我又无意看到了你的文字，才明白了你的心始终是有我的。这件事我在后面再说。但我都没有表露出来。直到后来，当你为了我重病的老师去挂号，翻墙回来却把腿摔了，这时我感到了实实在在的震撼。一个女孩子，还能怎么样来表达她的感情呢？对一个男人的爱意？我配吗？

但我还是刻意回避了你。不，应该说，是努力地回避了你。那年寒假，看灯归来，在黑暗的女生宿舍的走廊上，我的内心充满矛盾。我还没有勇气接受你的感情。因为，这是在军校。不是我害怕什么，而是在军校里，这样的一段恋情，又有多少可供她开花结果的空气和土壤呢？没有，有的只是狂风和毒太阳。我是个名利心很重的人，我还想在毕业的时候，能够保留一份主动，去到我理想的所在，比如当前。如果我是个档案上有处分的学员，边疆这块热土肯定不会接纳我。你骂我自私也好，无情也罢，我都不会生气，因为你实在是个太单纯的姑娘，很多事需要给你时间去慢慢体会。况且，走在你前面的人，小妖，她的遭遇，实在是在我心上投下了一道阴影。我不希望我所爱的姑娘，整日为爱哭泣。

这一次毕业分配，把我们的距离陡然间拉大了。小米，我是多么不希望看到一个终日苦苦等待爱人的你啊，一个奔波在两地的辛苦的军嫂，再或者，一个抛弃了都市生活而在高原上被吹出满面沧桑的你。那不公平。我希望的是，你有你自己幸福而稳定的人生轨迹。虽然，我是这么的不舍得你这个好姑娘和傻丫头。

我特别欢迎你到西藏来看我，是作为来西藏采风或者到基层部队采访的作家，而不是千里寻夫的苦人儿。这样，我才会心安些。

在这封信的结尾，我想要告诉你的，也是一直令我特别不安心的一件事，是总想向你道歉，却又不知该怎么开口的一件事。那一晚，排练话剧《青春之歌》，散场后，我在一把椅背上拾到了你的军用挎包。无意中，我看了你的日记。起初，我只以为是你写的诗歌，好奇地翻开了。可第一面上，我就见到了自己的名字，所以我带着万分的好奇，非常不应该地连续看了下去。罗切斯特，我曾经多么想做你的罗切斯特啊，小米！可是，现在我只能跟你说声抱歉了。为了日记，更为了我不能成为你的最爱。

当你读到这封信的时候，我可能已经以急行军的步速，走在江城的大街上了。四年了，就像没有时间和精力好好打点一下自己的感情一样，我们，甚至都没有时间把这座城市好好看上一看。这座记录下我们的青春的眼泪、欢笑、彷徨和感伤的城市。

临走前我去看过老安了，他是特别回来送我们大家的。前天的毕业阅兵式，他就在主席台上。他总是念叨你，说是你瘦了也长高了，好看了，丑小鸭变白天鹅了。这几天，同学们一批批去了他家。有空，你也去看看他吧。这么好的班主任、恩师，一生难求啊。

小米，真是很感谢你，在我的青春岁月，曾经给了我这么一份纯洁无瑕而炽热真挚的感情，才让我的军校生活没有留下空白。在我的军校时代，真的很高兴认识了你！

谢谢你！我的好姑娘！

小米，愿你一生幸福！

此致

敬礼

任天行于毕业前夕

在滂沱的泪水中，我拼命地跑向操场，跑向男生宿舍楼的方向。我要爬上楼顶，在军校的最高点上，远眺任天行的那趟西行列车经过大桥。

奔跑中，熄灯号悠悠地响起来了。

我猛然刹住了脚步。

在那天籁一般的声音里，我听见无数声音在夜空里温柔地徘徊，安详地回响。

是小妖，是郝好，是朱颜，是任天行，是廖凡，是邓班长……是他们和她们——我军校的兄弟和姐妹。在军校的青葱岁月里，在一去不返的红肩章映照的年华中，那是关于青春的梦呓，那是花开一般的声音。

这声音翩然而至。她说，他说——

我爱你！我爱你！我爱你！

号声清冽缠绵，直逼我心。